DOUGLAS ADAMS'

RAUMSCHIFF TITANIC

Roman von

TERRY JONES

Aus dem
Englischen
von
Benjamin
Schwarz

Rogner & Bernhard
bei Zweitausendeins

1. Auflage, August 1999.
2. Auflage, September 1999.
3. Auflage, Dezember 1999.
4. Auflage, November 2000.

ISBN 3-8077-0206-7

Lektorat Sven Böttcher, Hamburg.
Umschlaggestaltung Britta Lembke, Hamburg.
Umschlagillustration © Oscar Chichoni/Digital Village.
Foto Umschlagrückseite © Richard Blanchard.
Herstellung und Gestaltung Eberhard Delius, Berlin.
Satz Theuberger, Berlin.
Gesetzt aus der Goudy.
Druck Gutmann, Talheim.
Einband G. Lachenmaier, Reutlingen.
Printed in Germany.

Dieses Buch gibt es nur bei Zweitausendeins im Versand,
Postfach, D-60381 Frankfurt am Main,
Telefon 069-420 8000 oder 01805-23 2001 (24 Pf./Min.),
Fax 069-415 003 oder 01805-24 2001 (24 Pf./Min.).
Internet www.Zweitausendeins.de, E-Mail info@zweitausendeins.de.
Oder in den Zweitausendeins-Läden in Berlin, Düsseldorf, Essen,
Frankfurt, Freiburg, 2x in Hamburg, in Hannover, Köln, Mannheim,
München, Nürnberg, Saarbrücken, Stuttgart.

In der Schweiz über buch 2000
Postfach 89, CH-8910 Affoltern a.A.

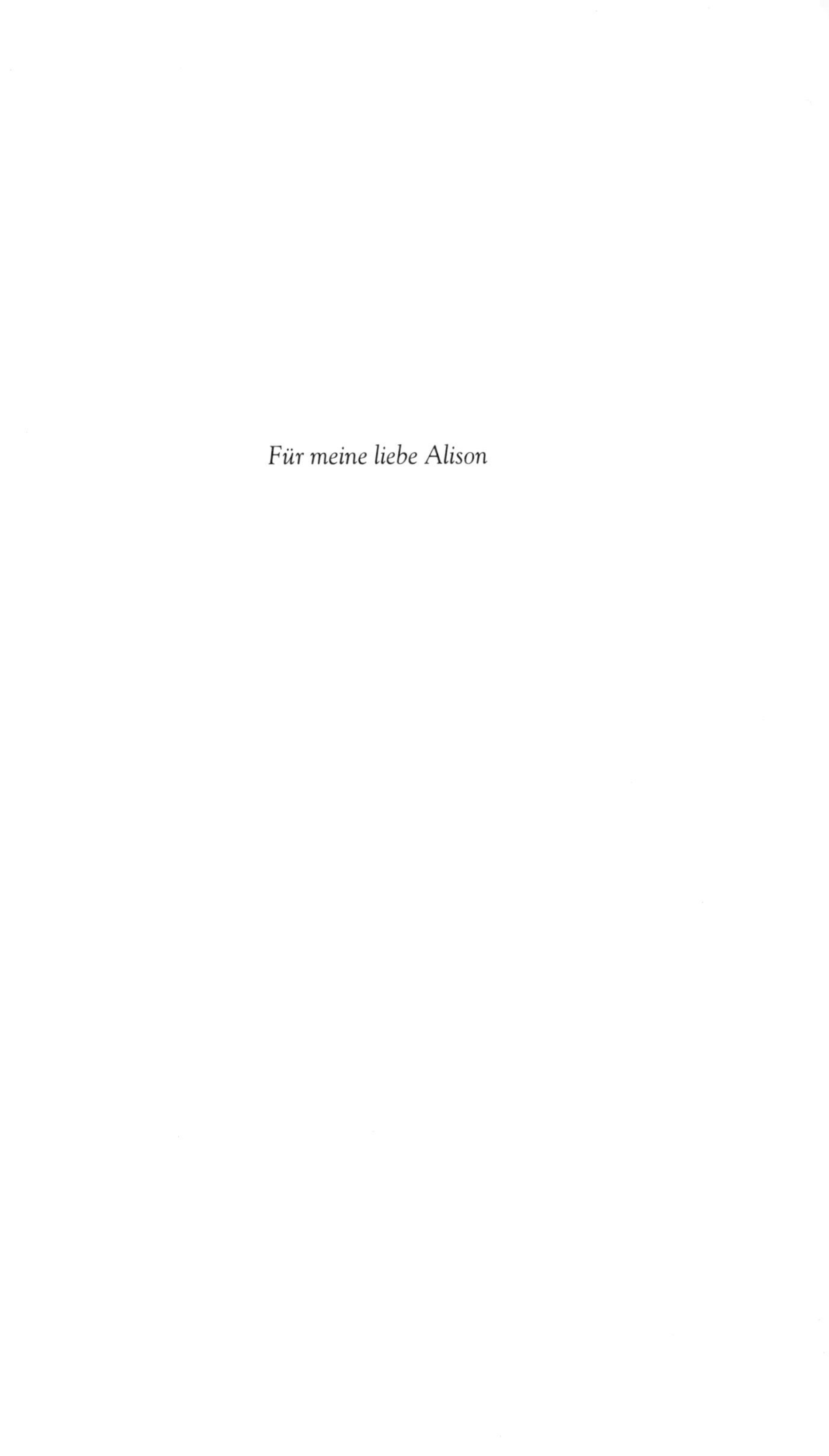

Für meine liebe Alison

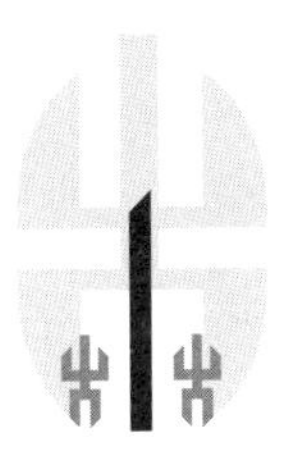

Wo ist Leovinus?« wollte der Gat von Blerontis wissen, Ober-Mengeninspektor des gesamten Nordöstlichen Gasdistrikts des Planeten Blerontin. »Nein! Ich möchte kein verdammtes Fischpaste-Schnittchen mehr!«

Er gebrauchte nicht genau das Wort »verdammt«, weil es das im Blerontinischen nicht gab. Das Wort, das er benutzte, könnte wörtlicher übersetzt werden mit »etwa so groß wie das linke Ohrläppchen«, aber die Bedeutung kam »verdammt« viel näher. Auch benutzte er eigentlich nicht den Ausdruck »Fischpaste«, weil es auf Blerontin keine Fische in der Form gab, in der wir sie als Fische ansehen würden. Aber wenn man aus der Sprache einer Zivilisation übersetzt, von der wir nichts wissen und die in so weiter Ferne liegt wie das Zentrum der Galaxis, muß man sich Annäherungen ausdenken.

Ebenso war der Gat von Blerontis genaugenommen kein »Mengeninspektor«, und ganz bestimmt vermittelt die Bezeichnung »Nordöstlicher Gasdistrikt« absolut keine Vorstellung von der Erhabenheit und Würde seiner Position. Ach, vielleicht fange ich am besten noch mal von vorne an.

»Wo ist Leovinus?« wollte der Gat von Blerontis wissen, der Wichtigste und Einflußreichste Politiker auf dem ganzen Planeten Blerontin. »Der Stapellauf kann nicht ohne ihn vonstatten gehen.«

Mehrere subalterne Beamte wurden ausgeschickt, um nach dem Großen Mann zu suchen. Unterdessen brodelte wachsende Ungeduld in der riesigen Menge vor dem gewaltigen Montagedock, in dem das neue Raumschiff unter seiner reizvollen rosa Seidenhülle verborgen stand. Obwohl kein einziges Mitglied der Mannschaft bisher auch nur eine Mutter oder Schraube des Schiffs erspäht hatte, war dessen Ruf bereits von einem Spiralarm zum anderen durch die Galaxis erschallt.

Auf dem Stapellaufpodium war der große Leovinus immer noch nicht gesichtet worden. Ein subalterner Beamter setzte dem Gat von Blerontis noch einmal auseinander, weshalb die »Fischpaste«-Schnittchen unbedingt erforderlich waren.

»Normalerweise, Eure mächtige und erhabenste Herrlichkeit, hättet Ihr völlig recht mit Eurer Annahme, daß der simple Stapellauf eines Raumschiffs durch derart aufsehenerregende Vorschriften nicht speziell hervorzuheben ist. Wie Ihr jedoch wißt, ist dieses Raumschiff ganz etwas anderes. Dieses Raumschiff ist das größte, grandioseste, technisch fortschrittlichste Raumschiff, das je gebaut wurde – dies ist das Ultimative Raumschiff –, die größte cybernautische Errungenschaft dieses oder jedes anderen Zeitalters, und es ist vollkommen unzerstörbar. Der Intergalaktische Rat hielt es daher für angemessen, die Angelegenheit zu einem ›Fischpaste-Schnittchen‹-Ereignis zu erklären.«

Den Gat verließ der Mut. Seine Verteidigungsstrategie

schrumpfte vor seinen Augen in sich zusammen, und er wußte, er würde dazu verurteilt sein, wenigstens ein »Fischpaste«-Canapé zu essen, ehe der Stapellauf vorüber war. Der Geschmack blieb einem, wie er aus Erfahrung wußte, monatelang im Mund. Und ein blerontinischer Monat entsprach mehreren Lebensdauern, wenn man zufällig von der Erde stammte. Was auf Blerontin natürlich niemand tat.

Es war vielmehr so, daß kein einziger aus der gigantischen Schar von etwa fünfzig Millionen Blerontinern, die zusammengeströmt waren, um dem Stapellauf des größten Raumschiffs in der Geschichte des Universums beizuwohnen, auch nur jemals etwas von der Erde gehört hatte. Und wenn man sie gefragt hätte, hätten sie einen nicht verstanden, weil es bei »Fischpaste«-Ereignissen nicht gestattet war, Dolmetschpflaster zu tragen. Es war eine weitere von diesen dummen kleinen Traditionen, die den Gat wütend machten.*

Und Leovinus tauchte immer noch nicht auf.

⁂

»Alle hier halten den Atem an und die Daumen gedrückt«, flüsterte der Chefreporter des Blerontinischen Nachrichten-Sammlungs-Büros in sein unsichtbares Mikrophon.

* Die Blerontiner bestehen darauf, bei Festivals und der Neuvorstellung wichtiger Bücher sogenannte »Fischpaste«-Canapés zu servieren, und das trotz der Tatsache, daß alle Blerontiner sie ekelhaft finden. Diese Tradition geht zurück auf die Zeit, als Blerontin ein verarmter Planet dicht vor dem Hungertod war. Da alle anderen Lebensmittel ausgegangen waren, mußte die blerontinische Mannschaft bei der hundertjährigen Intergalaktischen Canapé-Meisterschaft schweren Herzens »Fischpaste«-Schnittchen als Entree auftischen. Aus irgendeinem unerklärlichen Grund sagte die »Fischpaste« den abgestumpften Gaumen der Juroren zu, entschied die Meisterschaft für Blerontin und bahnte den Weg zur künftigen, Äonen währenden blerontinischen Vorherrschaft über das gesamte Galaktische Zentrum.

»Niemand hat bis jetzt auch nur einen flüchtigen Blick auf das sagenhafte Raumschiff werfen können, aber alle sind sich sicher, daß es nicht nur das technisch fortschrittlichste, sondern auch das schönste Raumschiff sein wird, das je gebaut wurde. Es ist schließlich das Geistesprodukt unseres Leovinus, dessen architektonischem Genie wir die große Nordsüdbrücke, die heute die beiden Polkappen miteinander verbindet, dessen musikalischer Inspiration wir die blerontinische Nationalhymne »Unsere Canapés triumphieren alle Tage«, und dessen unübertrefflicher Beherrschung der Ballistik und Biomassen-Energetik wir unsere dritte Sonne verdanken, die bis heute ihr Licht mit dem berühmten An-Aus-Schalter über uns erstrahlen läßt ... Aber hier kommt gerade eine Nachricht herein, daß ... was ist denn das? ... Meine Damen, Herren und Dinge, es scheint, daß der große Leovinus vermißt wird! Den ganzen Tag hat ihn noch niemand gesehen. Zweifellos kann man den Stapellauf nicht ohne ihn beginnen ... aber die Menge verlangt allmählich, daß irgend etwas passiert ... Und, oh-oh! Was ist das denn?«

Ein mürrisches Grollen hatte sich aus der Menge erhoben, als ein Trupp kleiner Individuen, die zerfetzte Overalls und Arbeitermützen trugen, sich plötzlich in den Zuschauerbereich hineindrängten. Sie brüllten etwas in einer Sprache, die niemand verstand (wegen des Verbots von Dolmetschpflastern), und schwenkten unentzifferbare Transparente.

»Es scheint, als ob es der yassakkanischen Delegation gelungen wäre, sich Zutritt zu verschaffen!« Leichte Besorgnis schwang in der Stimme des Chefreporters. Das lag hauptsächlich daran, daß er seinen ganzen Kommentar schon im voraus verfaßt hatte – wie er das immer tat. Der

Gedanke, eine unvorhergesehene Wende der Ereignisse könnte ihn zwingen, mit Blick auf das tatsächliche Geschehen zu improvisieren, war ein Alptraum, der ihm all die Jahre, die er nun schon im Reportergeschäft war, den Schlaf raubte.

»Öhm!« sagte der Chefreporter. Er fühlte, daß ihm schwummerig wurde. »Äh!« Er rang nach Atem, als er spürte, wie seine Eingeweide ins Rotieren gerieten. »Oh! Ähm! Was soll ich sagen?« Er betete um einen Einfall. In seinem ständig wiederkehrenden Alptraum – den er immer hatte, wenn er Schnorkkutteln gegessen hatte – befand er sich genau in dieser Situation: Etwas Unvorhergesehenes hatte sich ereignet, das Manuskript wurde ihm von irgendeiner unsichtbaren Hand weggerissen, und ihm fiel einfach nie ein, was er sagen sollte.

Zur Entschuldigung des Chefreporters muß gesagt werden, daß in Blerontin unvorhergesehene Ereignisse bei öffentlichen Anlässen selten vorkamen, weil die Behörden in dieser Hinsicht keine Laxheiten duldeten.

»Es wird sich gleich zeigen, wer!« rief der Chefreporter. In diesem Moment riß ihm eine unsichtbare Hand das Manuskript weg, und er spürte, wie ihm am ganzen Unterleib warm wurde.

»Ich hab's! Ich meine, es sind zweifellos Yassakkanier! Ich kann sie jetzt sehen!« Das waren praktisch zwei ganze, vollständige Sätze! Er *konnte* es tatsächlich! »Sie haben purpurrote Drückrülpser! Ach, verdammt!« Wenn einem nichts einfiel, war das *eine* Sache, aber wie konnte er nur mit vollkommenen Unsinn aufwarten? Das war in seinem Alptraum nicht vorgekommen. Es war schlimmer!

⁂

Die Wahrheit ist, daß diese persönliche Katastrophe für den Chefreporter nur eine von vielen in einer ganzen Reihe von Katastrophen war, die den Bau des Raumschiffs heimgesucht hatten. Es hatte Gerüchte gegeben, es wäre gepfuscht worden: Die Cybernet-Tauben-Cursors hatten nicht den Vorschriften entsprochen; den großen Motor hatte man verkramt; Leovinus persönlich hatte sich mit dem Generaldirektor der Stern-Bau AG verkracht; es hatte Streitigkeiten zwischen Leovinus und seinem Projektmanager, Brobostigon, gegeben; es hatte Zank zwischen Brobostigon und Leovinus' Buchhalter Scraliontis gegeben; es hatte Streitigkeiten zwischen Scraliontis und Leovinus gegeben – und so weiter und so fort.

Tatsache war, daß der Bau des Raumschiffs fast alle Beteiligten in die Pleite getrieben hatte, darunter einen ganzen Planeten. Yassakka war bis dahin eine blühende Ansiedlung fleißiger Leute gewesen. Mit der leistungsfähigsten und zuverlässigsten Bauindustrie in der Zentralgalaxis hatten die Yassakkanier jahrhundertelang unauffälligen Wohlstand und hohes Ansehen genossen. Sie stellten niemals überhöhte Forderungen. Sie lieferten immer pünktlich. Sie pfuschten nie. Sie waren ein Volk stolzer Handwerker, die mit den intergalaktischen Canapés-Wettbewerben nichts zu tun hatten und daher ihren Reichtum dem Wohlergehen ihrer eigenen Leute widmen konnten.

Dies währte, bis sie den Bau von Leovinus' Meisterwerk übernahmen – des krönenden Glanzstücks seiner Karriere –, des Raumschiffs, das auch jetzt noch, allen Blicken verborgen, in seiner Stapellaufbucht steht und auf die Enthüllungszeremonie wartet.

*

»Gebt uns unser glückliches Leben zurück!« schreien die yassakkanischen Demonstranten, unverständlich für die blerontinischen Zuschauer.

»Planeten – keine Raumschiffe!« brüllt es von ihren Transparenten in die verdatterte Menge.

»Schafft diese Scheißkerle da raus«, knurrt Flortin Rimanquez, der Polizei- und Kaninchenchef.

»Wo ist Leovinus?« stöhnt der Gat von Blerontis.

Konnte es erst einen Tag her sein, daß Leovinus seine Pressekonferenz gehalten hatte? Er hatte sich so ungeheuer behaglich gefühlt, als er auf das Podium getreten war. Sein weißer Bart war eigens von Pheronis Pheronisis gestriegelt worden, dem renommiertesten Coiffeur auf Blerontis, und seine Augenbrauen waren mit einem neuen, garantiert absolut unsichtbaren Toupetklebeband wieder angeklebt worden. In vielerlei Hinsicht war dies der größte Augenblick in seinem Leben.

»Wie fühlt man sich denn, wenn man nicht nur der bedeutendste Architekt ist, den die Galaxis je gekannt hat, sondern auch der bedeutendste Bildhauer, das bedeutendste Mathematikgenie und ein Weltklassedekorateur und Canapé-Arrangeur?« Genau die Art Frage, die Leovinus liebte.

In seinen jüngeren Tagen hatte es Zeiten gegeben, da hätte er erwidert: »Geh und leck jemand anderem den Arsch, du Zeilenschinder! Ich bin nur an Wahrheit und Schönheit interessiert!« Aber je mehr Runzeln er auf der Stirn hatte und je mehr Probleme er mit seiner Kontinenz und seinem Siebenfach-Stundenplan bekam, desto willkommener waren ihm ein paar Schmeicheleien.

»Ihr Pandax Building mit seinen auswechselbaren Räumen und den totalen Neugestaltungsmöglichkeiten fand ich wunderbar!« rief eine junge, noch unerfahrene Reporterin mit sanften Augen und entzückend grünen Lippen.

»Danke«, strahlte Leovinus auf seine ehrwürdigste, dennoch gleichzeitig zugänglichste Art.

»Sie sehen phantastisch aus!« rief eine zweite.

Leovinus versuchte gerade zu entscheiden, welche von den beiden jungen Reporterinnen mit sanften Augen und entzückend grünen Lippen er auf einen kleinen Drink nach hinten bitten sollte, oder ob er sie gleich beide einladen und abwarten sollte, wie sich die Dinge entwickelten, als eine männliche Stimme dagegenhielt:

»An welchem wissenschaftlichen Experiment genau haben Sie denn gerade gearbeitet, als Sie Ihren jüngsten Unfall erlitten, Sir? Und stimmt es, daß Ihre Augenbrauen immer noch nicht nachgewachsen sind?« Leovinus erwehrte sich einer Panik, indem er sich sagte, seine Augenbrauen sähen absolut perfekt aus. Dieser ausgebuffte Journalist versuchte bloß, ihn aufzuziehen. Dann mußte er sich einer weiteren Panik erwehren, die daraus resultierte, daß er sich gerade einer Panik hatte erwehren müssen. »In meinem Alter ist es vollkommen normal, ab und zu panisch zu reagieren!« sagte er sich ernst, während er gleichzeitig dankbar die leise Verlegenheit bemerkte, die die versammelten Medien durchzuckt hatte. »Ich habe Glück, daß ich in meinem Alter keine Angina und keinen Hängebauch habe!« Leovinus war sich stets seines Glücks bewußt gewesen.

Doch irgend etwas war mit der Pressekonferenz komplett schiefgelaufen. Hinten aus dem Saal stellte ein Journalist eine Frage in einem Ton, der überhaupt nicht schmeichlerisch klang. Im Gegenteil, es war etwas derart *Un*schmeichlerisches an der Stimme, daß Leovinus sie kaum verstand.

»Ich sagte«, wiederholte der Journalist in unverändert unbegeistertem Ton, »was sagen Sie zu der Behauptung, beim Bau des Raumschiffs sei gepfuscht worden, und es habe finanzielle Ungenauigkeiten gegeben, an denen Ihr Projektmanager, Antar Brobostigon, und Ihr Buchhalter, Droot Scraliontis, beteiligt waren?«

»Derartige Andeutungen«, antwortete Leovinus, legte seine angeklebten Augenbrauen in die furchterregendsten Falten und zog seine Schultern zurück, womit er, wie er wußte, seine würdevollste und einschüchterndste Haltung einnahm, »sind unter aller Kritik. Mr. Brobostigon ist ein Mann von makellosem Ruf mit dem allergrößten Respekt vor korrektem Verhalten. Droot Scraliontis ist seit dreißig Jahren mein Buchhalter und hat sich in all der Zeit keinen Fehler zuschulden kommen lassen.«

Er fühlte, daß sich eine seiner Augenbrauen löste. Komisch – er stellte sich immer vor, daß er mit zunehmendem Alter und Selbstvertrauen nicht mehr schwitzen würde, wenn er eine unverfrorene Lüge aufzutischen hatte. Aber er schwitzte trotzdem.

»Aber ist denn nicht tatsächlich das Qualitätsniveau der Arbeit am Raumschiff gesunken, seit der Bau von Yassakka nach Blerontin verlegt worden ist?«

»Absoluter Quatsch!« erklärte das Große Genie mit seiner schönsten Wie-kannst-du-es-wagen-die-Zeit-eines-großen-Genies-wie-ich-es-bin-zu-vergeuden-Stimme (in der er sich in letzter Zeit häufig geübt hatte und die er inzwischen aus dem Effeff beherrschte). »Ich persönlich kontrolliere den Standard der Arbeiten in allen Bereichen des Schiffs, und ich kann garantieren, daß das Niveau – wenn überhaupt – nach dem Umzug nach Blerontin gestiegen ist.« Er fühlte, wie sich seine zweite Augenbraue von der Stirn löste.

»Was sagen Sie zum Zusammenbruch der yassakkanischen Wirtschaft, Mr. Leovinus?« Es war schon wieder dieser grauenhafte Journalist, der nicht lockerließ. Warum wollte ihn denn niemand fragen, ob er Architektur höher schätzte als Quantenphysik, oder ob er nicht meinte, daß die Malerei als eine höhere Kunstform als das Canapé-Arrangieren anzusehen sei? Das waren die Fragen, in deren Beantwortung er im Moment ein As war. »Fühlen Sie sich persönlich verantwortlich für all die augenblicklichen Leiden des yassakkanischen Volkes?«

Leovinus griff zur Letzter-Torhüter-im-Kasten*-Verteidigung: »Ich bin Künstler, lieber Herr von der Presse«, sagte er mit einer Stimme, die ausgewachsene Männer sich hinter ihre Mägen ducken ließ und jungen, unerfahrenen Reporterinnen mit entzückend grünen Lippen das Gefühl gab, sie seien am ganzen Körper feucht. »Natürlich bedauere ich zutiefst die schreckliche Zerstörung einer ganzen Kultur, die die Leute sich mit ihrer wirtschaftlichen Disziplinlosigkeit selbst eingebrockt haben, und hiermit spreche ich dem Volk von Yassakka mein tiefempfundenes Mitleid aus. Es trifft mich tief, daß es angeblich die Verwirklichung *meiner* Vision gewesen ist, die ihren finanziellen Zusammenbruch beschleunigt haben soll. Aber ich bin Künstler. Ich bin allein meiner Kunst verpflichtet. Und ich würde den heiligen Glauben an mein Genie verraten,

* In Blerontin wird Fußball mit bis zu sechs Bällen gespielt, folglich sind manchmal viele Torhüter erlaubt.

wollte ich meine Vision um der fiskalischen Nützlichkeit willen aufs Spiel setzen!«

»Oh! Oooooh! Ahh!« keuchte eine von den jungen Reporterinnen und verlagerte ihr Gewicht auf die andere Pobacke.

Aber Leovinus nahm kaum Notiz von ihr. Er war allzusehr von dem Gefühl in Anspruch genommen, daß die ganze Pressekonferenz außer Kontrolle geraten war. Ja, sie schien jetzt auf irgendeinen katastrophalen Schluß zuzueilen, den er unter allen Umständen verhindern mußte – auch wenn das bedeutete, daß er auf den entzückenden Drink mit den entzückenden jungen Reporterinnen würde verzichten müssen, die ihn gerade in diesem Moment mit immer entzückenderen Augen und immer entzückenderen grünen Lippen anstarrten. Auf jeden Fall wußte er, wie so ein Rendezvous zu enden pflegte: Bald würde er finden, daß ihm ihr Lächeln langsam auf die Nerven ging, daß ihn ihre sanften Blicke, diese forschenden Laserstrahlen voller Banalität, ermüdeten, und daß er verzweifelt und enttäuscht vor den beiden jungen Reporterinnen das Weite suchen würde. So lief das immer. Denn tief in seinem Inneren wußte Leovinus, daß niemand gut genug für ihn war. Warum also all das noch einmal durchmachen?

Leovinus erhob sich unsicher. »Ich danke Ihnen«, sagte er und war verschwunden. Das größte Genie seiner Zeit – verschwunden, ohne auch nur ein Nicken in die Richtung der jungen Reporterinnen. Es war kaum zu glauben.

*

Trotz seines Alters, seines funkelnden Geistes und seines Genies war Leovinus nicht immer vernünftig. Er hatte Leidenschaften. Leidenschaften, die sich in seinem Inneren erhoben und sein brillantes Gehirn heimsuchten wie die Cholera eine Stadt. Und nicht bei allen diesen Leidenschaften ging es um junge, unerfahrene Reporterinnen. Im Augenblick war seine vorrangige Leidenschaft das Raumschiff. Diese grandiose Schöpfung. Diese ruhmreiche Krönung seines Lebenswerks.

Seit seinem jüngsten Unfall hatte Leovinus sich gesträubt, ins Ausland zu gehen; zum Teil, weil seine Gelenke ein bißchen steif geworden waren, und zum Teil, weil er sich ohne seine Augenbrauen nicht sehen lassen wollte. Leovinus war nicht ohne persönliche Eitelkeit. Aus diesem Grund hatte er sich angewöhnt, den Bau seines Raumschiffs mittels virtueller Realität und Telepräsenz zu überwachen – die von blerontinischen Wissenschaftlern zu solcher Perfektion gebracht worden waren, daß man sich manchmal nur mit Mühe zu erinnern vermochte, was eigentlich die echte Sache war – vor allem, wenn man eine Arbeit vor sich hatte, der Geist aber mit grünen Lippen und der Gabelung am Brustansatz junger Reporterinnen beschäftigt war.

Denn von Gabelungen war Leovinus' Geist nun schon viele Monate eingenommen – aber nicht von den Gabelungen am Brustansatz junger, unerfahrener Reporterinnen. Nein. Leovinus war besessen von der Gabelung von Datenströmen, wenn sie sich in Zufallsdenkfelder schieden, von der Gabelung von Nervenbahnen, wenn sie sich in die Gedächtnisdatenbank und das Gefühls-Retrievalsystem aufteilten, von der Gabelung von Separatoren und Transkonnektoren, die jene beiden Lebensprozesse verbanden und unterschieden: Denken und Fühlen. Seine Obsession war das Herz seines Raumschiffs. Er nannte das Herz Titania.

Titania war das Herz, der Verstand, der Geist, die *Seele* des Schiffs.

Um das Schiff anzutreiben, war natürlich ein geballtes Cyberintelligenzsystem erforderlich, aber wie wir wissen, ist Intelligenz ohne Gefühl nicht funktionsfähig. Wie klug ein Roboter oder Computer auch sein mag, er kann nur genau das tun, wozu man ihm den Befehl gibt, und dann abwarten. Um von allein weiterzudenken, muß er es *wollen*. Er muß motiviert sein. Man kann nicht denken, wenn man nicht fühlt. Darum mußte die Intelligenz des Schiffs mit Gefühlen, mit Persönlichkeit durchsetzt werden. Und deren Name war Titania.

Das Raumschiff war Leovinus' Schöpfung. Titania desgleichen.

Während sich Leovinus auf diesen Lebenskern des Schiffs konzentrierte, war es ihm angenehm gewesen, von zu Hause aus zu arbeiten, aber jetzt wurde ihm plötzlich klar, daß er eigentlich auf dem Schiff selbst nicht mehr gewesen war, seit ... na ja, er wußte wirklich nicht, wie lange!

Und so kam es, daß sich der Große Mann in dieser Nacht nach der Pressekonferenz einen langen Schnorkhaarmantel überwarf und sich zum Montagedock aufmachte, wo sein Meisterstück stand und den morgigen Stapellauf erwartete.

Zuvor hatte er Anrufe von seinem Projektmanager, Antar Brobostigon, und dem Chefbuchhalter, Droot Scraliontis, erhalten. Beide waren so dankbar, daß er sie auf der Pressekonferenz verteidigt hatte, und dermaßen zuversichtlich, was den Stapellauf betraf, daß Leovinus bemerkte, daß in seinem rechten Oberschenkel eine Ader zu zucken begann, und er ohne jeden erkennbaren Zusammenhang unentwegt an das Wort »Papageienköttel« denken mußte.

Ungesehen schob er sich durch den Werkseingang und wartete im Dunkeln, bis er sah, daß der Sicherheitsroboter innehielt, um seine (von der blerontinischen Verfassung garantierte) Ruhepause einzulegen. Dann eilte er über den offenen Vorplatz und verschwand im Schatten der provisorischen Bauarbeiterhütten. Es war nicht so, daß er nicht das unbestrittene Recht gehabt hätte, dort zu sein, es war nur so, daß er das übliche Tamtam und die Begrüßungsparty und den offiziellen Besichtigungsrundgang und all das übliche Durcheinander vermeiden wollte, das seine öffentlichen Besuche begleitete. Er wollte sich mit seiner Schöpfung allein unterhalten.

Er blickte nach oben. Dort ragte das Montagedock hoch, hoch hinein in den Nachthimmel über ihm. Es türmte sich gut eine Meile in die Höhe, und das Raumschiff – sein Raumschiff – sein Baby – überragte es noch einmal um eine halbe Meile – bereit zum Start am morgigen Mittag – pünktlich auf die Minute.

Die Seidenhüllen flatterten in der Brise, die über die Beobachtungsarena, über das Verwaltungsgebäude und um die Dockaufbauten fegte. Leovinus fühlte, wie eine Woge des Glücks seinen Körper durchfuhr und sein brillantes Gehirn überrollte.

Sein Herz setzte mehrere Schläge aus. Seine Knie verwandelten sich in Gelee. Aber es war nicht sein Stolz auf dieses gewaltige Bauwerk, weswegen er Hummeln in den Bauch kriegte. Es war auch nicht die Begeisterung darüber, daß es nach all den Jahren endlich fertig war, was ihn sich fühlen ließ wie ein Schuljunge bei der ersten Verabredung. Nein, was seine Hand zum Zittern brachte, als er sich mit ihr durch die grau werdenden Locken fuhr, war der Gedanke, daß dort – in diesen gewaltigen Hallen und Prachtkabinen – Titania auf ihn wartete.

Als Leovinus sich zu dem Raumschiff hinüberbeugte, frischte der Wind auf und blies totes Laub, alte Snackverpackungen, zerfetzte Traktate, Seiten mit sentimentalen Versen, Strickmuster und all den anderen üblichen Müll, den Bauarbeiter hinterlassen, quer durch das Wartungsareal. Die Hülle, die das Raumschiff verdeckte, flatterte hektisch wie der Große Ghul in dem uralten Filmspaß *Der Große Ghul ängstigt viele Leute*. Eine Angst, an die sich Leovinus aus seiner Kindheit erinnerte, ließ ihn erschauern. Darauf erschauerte er noch einmal, als er sah, wie eine Gestalt von der Basis des Stapellaufportals in den Schatten gegenüber dem Hauptschacht des Raumschiffs glitt.

Als er diese Gestalt sah, wußte er augenblicklich, instinktiv und mit dieser Sicherheit, die daher rührt, daß man absolut ohne jeden wie auch immer gearteten Zweifel ist, daß alles furchtbar und entsetzlich schieflaufen würde.

Vorsichtig schob er sich in den Schatten, in dem er die Gestalt hatte verschwinden sehen.

»Na?« sprach eine Stimme aus der Finsternis zu ihm. Es war eine Stimme, die seinen Magen veranlaßte, in die Kniegegend umzusiedeln – eine Stimme, die ihn wünschen ließ, er müßte sich übergeben –, irgendwo anders zu sein, nur nicht dort, wo er gerade war. Leovinus sah sich nach einer Fluchtmöglichkeit um, aber es war zu spät. »Letzte Kontrollen, hä?« Die Gestalt trat aus dem Dunkel und baute sich ihm gegenüber auf. Es war dieser gräßliche Journalist aus der Pressekonferenz.

»Haben Sie mich noch nicht genug gequält? Haben Sie mir nicht bereits einen Tag kaputtgemacht, der einer der schönsten meines Lebens sein sollte?« Das war es, was Leovinus eigentlich sagen wollte, aber er murmelte bloß: »Ach, Sie sind's.«

»Fürchten Sie, mit dem Stapellauf wird irgendwas schieflaufen?«

»Natürlich nicht!« Leovinus machte sich genau den richtigen abweisenden Ton zu eigen, der nichts verriet. »Ich bin nur hergekommen, um einen Blick auf alles zu werfen.« Er mochte es, wenn man ihn nicht nur für ein großes Genie hielt, sondern auch für etwas sentimental.

»Ach, kommen Sie! Sie müssen doch ein bißchen besorgt sein. Jeder weiß, daß die Arbeitsqualität hier auf Blerontin nichts ist im Vergleich mit den Yassakkaniern – vielmehr, Sie wissen und ich weiß, die blerontinische Technik ist in keiner Hinsicht auch nur annähernd gut genug, um ein Schiff von dieser Perfektion hinzukriegen.«

»Nur weil die Regierung von Blerontin geruht, die Vereinigten Bautrupps Unmündiger Lediger Mütter zu beschäftigen, besteht kein Grund zur Annahme, daß die Arbeit auf irgendeine Weise schlampig ausgeführt worden wäre«, erwiderte der alte Leovinus. »Ich habe allergrößtes Vertrauen in ihre Arbeit.«

»Ich glaube Ihnen kein Wort«, antwortete der Journalist.

»Na schön! Ich werd's Ihnen zeigen!« Der Große Mann sah sein privates Tête-à-tête im Wind davonwehen, der sie jetzt durchrüttelte, als eine kleine unbeleuchtete Arbeitsplattform sie einen der Montagetürme hinauftrug, die das riesige Raumschiff umstanden.

Erst, wenn man so weit nach oben kommt, dachte der Journalist, beginnt man das volle Ausmaß der Unternehmung wirklich richtig einzuschätzen. Die Stapellaufzone unten wich in die Finsternis und Stille zurück, während sie an der Flanke des gigantischen Raumschiffs höher und höher nach oben ratterten, bis sich der riesige Kiel verbreiterte und sie den Hauptrumpf des Schiffs erreichten. Ein kurzer Gang über eine andere Montagebrücke, und sie waren an den Haupttoren des Raumschiffs angekommen. Ein Einlaß-Decoder las Leovinus' Fingerabdruck und überprüfte ihn mittels einer Blutprobe, neuerer Haarverlustschätzungen und der Nennung eines Lieblingshobbys. Die Tore glitten auf, und die beiden traten ein.

Der Journalist war natürlich schon früher in Raumschiffen gewesen, aber in einem wie diesem noch nie. Es war grandios, es war überwältigend, es war mit dem Gedanken an Luxus-Sternenreisen erbaut worden. Es war für die Ewigkeit gebaut. Es war auf Wirkung gebaut. Wichtiger noch, es wurde *noch immer* daran gebaut! Zwei Arbeiter schlüpften in den Versorgungslift, als Leovinus und der Journalist die Einschiffungslobby betraten.

»Bloß ein paar letzte Änderungen«, brummelte einer von ihnen zu Leovinus herüber, und schon waren sie verschwunden.

»Hm«, machte Leovinus in einem Ton, den der Journalist frei übersetzte mit: »Ich möchte wissen, was die beiden wohl vorhaben könnten. Sie können doch sicherlich nicht noch Änderungen vornehmen, so kurz vor dem Stapellauf? Und warum habe ich nichts davon gewußt? Am besten, ich kontrollierte alles noch mal.« Es war, wohlgemerkt, eine sehr freie Übersetzung.

»Hilfsdatenbänke!« rief das Größte Lebende Genie in der Galaxis. »Schauen Sie sich das an!«

Der Journalist schaute. Er sah einen geschmackvoll gekleideten Roboter, der Kopfhörer trug und auf dem polierten Marmorfußboden in einem der elegantesten Räume stand, die der Journalist je betreten hatte. Der Stil war typisch »Später Leovinus«, und dennoch war er von einem Geist erfüllt, der neu war. Er besaß eine Leichtigkeit, die nach Auffassung einiger Kritiker dem Großteil seiner früheren Werke gefehlt hatte, und die Farben waren kräftig, dennoch warm und angenehm. Vielleicht hatte Leovinus endlich mit der femininen Seite seines Wesens Fühlung aufgenommen – vielleicht aber war die zartere, zugänglichere Atmosphäre, die das Interieur des Raumschiffs verbreitete, auch den vielen kleinen Eingriffen zu verdanken, mit denen Titania der Sache letzten Schliff gegeben hatte.

Der Journalist kam nicht dahinter, warum der Große Mann so wütend war, aber Leovinus stiefelte bereits hinüber zur gegenüberliegenden Wand. Dort zerrte er mit aller Kraft an einer Ziertäfelung. »Verkehrt herum!« schrie er. »Ich habe manchmal den Eindruck, ich muß das ganze Schiff mit eigener Hand zusammenbauen!« Und er zog einen Schraubenzieher hervor und machte sich daran, das Paneel richtig herum anzubringen. »Merkt man denn nicht, daß durch genau diese Art Unachtsamkeit fürs Detail die Gesamtgliederung zerstört wird?«

Der Journalist fingerte eine Notiz in seinen Daumenrecorder.

»Willkommen im *Raumschiff Titanic*«, wandte sich jetzt der schmucke Roboter an einen Beleuchtungskörper, der aus der Wand ragte. »Gestatten Sie, daß ich Ihnen die Einrichtungen vorführe, die den Reisenden Zweiter Klasse zur Verfügung stehen.« Darauf machte das Ding elegant auf den Hacken kehrt und marschierte geradewegs gegen die nächste geschlossene Tür. Es schepperte, und der Roboter fiel rücklings auf den höchst dekorativen Marmorboden. »Hier sehen Sie den Großen Zweiter-Klasse-Kanal!« verkündete er stolz und streckte eine in einem weißen Handschuh steckende Hand zur Decke hoch.

Der Journalist griffelte eine weitere Notiz in seinen Daumenrecorder.

Auch Leovinus' Reaktionen auf das kleine Mißgeschick des Roboters hielt der Journalist fest. Sie begannen mit »blankem Unglauben« und endeten in »eiskalter Wut«. Zwischendrin erfuhren sie eine faszinierende Reihe von Korrekturen, die vom Journalisten allesamt notiert wurden: die »erstaunte Unzufriedenheit« wurde rasch ersetzt durch »verdutzte Empörung«, die wiederum rasch zu »bitterem Unmut« wurde, der sich ebenso rasch in »glühenden Rachedurst« und weiter in »eiskalte Wut« verwandelte.

»Brobostigon!« murmelte der Große Mann. »Der Mistkerl hat mit den Syntho-Neuronen geknausert!«

Der Journalist machte sich wieder eine Notiz, aber Leovinus drehte sich so plötzlich zu ihm herum, daß er seinen Daumen in den Mund stecken und so tun mußte, als lutschte er daran.

»Das darf auf diesem Schiff nicht passieren«, erklärte Leovinus und hob den gestürzten Roboter wieder auf. »Jedem Türboter wurde in die Schaltkreise ein störungssicheres Neuron eingebaut, das jede unvernünftige Handlung, wie wir sie gerade beobachtet haben, abstellt. Es sind teure Teile, aber – ich denke, da werden Sie mir zustimmen – sie sind ihr Geld wert.«

Der Journalist nickte und tat so, als hätte er einen Splitter in der Spitze seines Daumens.

»Nur daß dieser DRECKSKERL BROBOSTIGON SIE OFFENSICHTLICH WEGGELASSEN HAT! Wenn ich den zu fassen kriege, werde ich ...« Doch Leovinus unterbrach sich mitten im Satz.

»Er überlegt wahrscheinlich, was sonst noch mit dem Schiff nicht stimmt«, dachte der Journalist mit wachsender Erregung; er spürte, wie eine Story vor ihm Gestalt annahm – eine Mordsstory, eine gigantische Story –, und das Phantastische daran war, daß er überhaupt nichts würde tun müssen: Alles würde sich vor seinen Augen entwickeln. Er wußte es. Und tatsächlich hatte Leovinus, ehe der Journalist so tun konnte, als hätte er den nicht existierenden Splitter gefunden, am Türboter eine kleine Korrektur vorgenommen. Die Tür war aufgegangen, und der Große Mann war unter Verbeugungen in den dahinterliegenden Korridor eskortiert worden.

»Genießen Sie die Flitterwochen, Sie glückliches Paar!« rief der Türboter fröhlich. Der Journalist notierte das und eilte hinter dem Großen Architekten und Schiffbauer her, der gerade nach rechts in einen der erstaunlichsten architektonischen Räume eingetreten war, in die der Journalist jemals seinen Fuß gesetzt hatte.

Es war ein ovaler, von Säulen begrenzter Raum. Das äußere Mauerrund war mit einem Fries bemalt, auf dem die Lieblingsfreizeitbeschäftigung der Gründungsväter von Blerontin dargestellt war: Friesmalern zu sitzen. Leovinus stand da und blickte zu der gewaltigen Statue einer geflügelten Frau auf, die am anderen Ende stand. Doch der Blick des Journalisten wandte sich abwärts … abwärts und abwärts in etwas, das wie ein nicht endender Abgrund wirkte, denn dort zu seinen Füßen lag der große zentrale Schacht, der den gigantischen Kiel des Raumschiffs einnahm. Es war das Rückgrat des Schiffs, und um es herum sausten, wie Nervenimpulse, unentwegt erleuchtete Aufzüge auf und ab, die die Wohnquartiere bedienten, die unter ihnen übereinandergeschichtet waren – eine Schicht über der anderen. Ganz am Grund, weit, weit unten, nahe dem Kielraum des Schiffs, lagen die Deluxe-Suiten der Super Galactic Traveller Class, darüber die Vorstands-Doppelkabinen Zweiter Klasse, und darüber, weit, weit über ihnen, die sagenhaft ausgestatteten Prachtkabinen Erster Klasse.

Aber der Journalist hatte kaum Zeit, all das in sich aufzunehmen, denn Leovinus war schon weiter und schritt durch die von zahlreichen Säulen getragene Halle auf das Vestibül am anderen Ende zu – durch das er verschwand.

Als der Journalist ihn wieder eingeholt hatte, stand Leovinus am Ufer einer noch ungewöhnlicheren und schöneren Besonderheit des *Raumschiffs Titanic*: des Großen Zweiter-Klasse-Kanal.

Vom zentralen Aufzugsschacht des Raumschiffs zweigten zwei große Kanäle ab – einer nach vorn und einer nach hinten. Zum Teil dienten sie dem Zweck, die Maschinen zu kühlen, aber sie waren auch elegante Erholungseinrichtungen. Den Kanal hinauf und hinunter schaukelten Gondeln, deren vollautomatische Gondelboter ihre jeweils persönliche Auswahl blerontinischer Volkslieder sangen – mit Vorliebe das von der schönen jungen Akrobatin, die sich in einen Gondelboter verliebte und ihm sechs Pnedes (umgerechnet ungefähr drei Millionen Mark) als Trinkgeld gab.

Leovinus zog von neuem seine Von-blankem-Unglauben-zu-eiskalter-Wut-Nummer ab. Der Journalist notierte.

»Sie sollen überhaupt nicht singen, es sei denn, sie haben Fahrgäste!« Leovinus schien fast zu ersticken, als er mühsam in die nächstbeste wartende Gondel hinunterkletterte. Das Singen hörte augenblicklich auf.

Der Journalist setzte sich zu ihm und sagte: »Vielleicht machen sie einen Test? Machen alles verkehrt herum?« Mehr aufmunternde Bemerkungen fielen ihm nicht ein.

»Reden Sie keine Papageienköttel!« schnauzte Leovinus. Er war absolut nicht in der Stimmung, sich aufheitern zu lassen. »Aufzug zum Promenadendeck!«

»*Si!* Putzfimmelige und pedantische Mutter von Zwillingen!« sagte der vollautomatische Gondelboter. Leovinus zuckte zusammen und fühlte, wie die Ader in seinem Schenkel pochte.

⁂

Leovinus ließ den Ärger in seinem Inneren hochkochen, während er eines der unbezahlbaren No-art-Meisterwerke geraderückte, die das Aufzugsfoyer zierten.

»Ihnen einen guten Tag, Sir, Madame oder Ding. Und wie dürfen wir Ihnen heute bei Ihren vertikalen Beförderungsbedürfnissen behilflich sein?« Der Liftboter war halb in die Wand des Lifts eingelassen, seine freie Hand schwebte beflissen um den Hebel herum, der ihm aus der Brust ragte.

»Nur zum Promenadendeck, und keine frechen Antworten!« fauchte Leovinus. Er bedauerte manchmal, was für Charaktere diese Roboter sich zulegten, aber so sah's eben aus: Wenn es der Intelligenz des Schiffs erlaubt war, Gefühle zu haben – und niemand konnte bezweifeln, daß Titania starke Gefühle hatte –, dann mußte man ihr auch erlauben, sich Robotercharaktere auszusuchen, mit denen sie zu Rande kam. Druck auszuüben war zwecklos. Zwar hatte Leovinus gelegentlich mit Titania recht eindringlich über einige der Charaktere diskutiert, mit denen sie sich umgab. Aber andererseits war Titania auch wieder so tolerant, so verständnisvoll gegenüber Fehlern und Schwächen von Leuten, daß sie praktisch mit jedem zu Rande kam. So hatte er sie nun mal geschaffen.

*

Das riesige Promenadendeck war Leovinus' spezielle kleine Herzenssache. Unter dem gewaltigen durchsichtigen Plafond konnten die Passagiere flanieren und das hirnsprengende Funkeln der Galaxis bewundern, durch die sie reisten. Das Vario-Spex-Kompositglas, aus dem der Plafond bestand, verstärkte die strahlende Helligkeit der Sterne, während es dem Betrachter (Herr, Dame, Ding) gleichzeitig ermöglichte, sich durch einfaches Kopfdrehen jeden x-beliebigen Stern, der sein oder ihr Interesse weckte, in starker teleskopischer Vergrößerung anzusehen. Um die Außenwände herum gab der Pellerator (eine Art Horizontallift nach Leovinus' Entwürfen) weniger aktiven Reisenden die Möglichkeit, sich auf dem Deck herumzubewegen, ohne unnötig einen Muskel zu bewegen.

Das war die Theorie. Das, was Leovinus zu seiner großen Zufriedenheit daheim in seiner Telepräsenz und seinem Virtual-Reality-Betrachter gesehen hatte. Aber das war nicht das, was er jetzt vor sich sah. Die reale Realität sah völlig anders aus.

Was er jetzt sah, war etwas, das von Architekten gern als »Trümmerhaufen« bezeichnet wird. Der riesige Glasplafond erstreckte sich wie geplant über ihm und bot den Blicken die gewaltigen Bahnen aus rosa Seide dar, die das Schiff verdeckten. Doch darunter war alles ein einziges Drunter und Drüber. Der schöne, blanke Parkettboden bestand zu annähernd einem Zehntel aus schönem, blankem Parkettboden – den Rest bildeten freiliegende Balken und Kabel, klaffende Löcher und heraushängende Leitungen. Wo die große, weitgestreckte Brasserie für Zweiter-Klasse-Passagiere sich weithin erstrecken sollte, sah man nur einen großen, weitgestreckten leeren Raum, der mit Bauschutt und Styroportassen vollgemüllt war. Wie konnte das nur sein? Auf Blerontin benutzte man nicht einmal Styroportassen! Und trotzdem lagen sie da! Nichts konnte die grauenhafte, undenkbare Tatsache verbergen, daß das Promenadendeck *nicht fertig* war – und es wahrscheinlich vor dem Stapellauf morgen früh auch nicht sein würde.

Der Journalist drehte sich herum und bemerkte, daß Leovinus auf die Knie gefallen war. Plötzlich sah er aus wie der alte Mann, der er war. Die Großmannssucht und Galanterie, die üblicherweise seine öffentlichen Auftritte umgaben, schienen aus ihm herausgesaugt worden zu sein – und zurück blieb nichts als ein zerknautschter, leerer Sack.

»Das kann doch nicht wahr sein ...«, murmelte er in seinen Bart. »Selbst Brobostigon ... selbst Scraliontis können doch nicht so lügen ... Ich meine ... Erst heute morgen haben sie mir mitgeteilt, es wäre alles ...«

»Guten Morgen, Sir, möchten Sie Ihre Nasenhaare geschnitten haben?« Ein Türboter hatte sich plötzlich in

Bewegung gesetzt und versuchte offensichtlich, die beiden in einen Zementmixer zu drängen.

Da endlich platzte Leovinus.

»SAUHAUFEN!« schrie er die flatternden Seidenbahnen über dem Plafond an. »SAUHAUFEN!« brüllte er angesichts der unfertigen Arbeiten.

Mit einemmal bemerkte er eine Bewegung hinter einem der Pfeiler. Zur Verblüffung des Journalisten schien Leovinus innerhalb von einer Sekunde seine ganze Lebenskraft wiederzugewinnen, war über den Parkettboden gesprintet und hatte sich hinter den Pfeiler gestürzt. Ein einzelner Arbeiter in einem graubraunen Overall ging in die Hocke und versuchte sich in einem Spalt des unfertigen Fußbodens zu verkriechen.

»Was, zum Teufel, machst du hier?« schrie Leovinus.

Der Arbeiter stand schwankend auf und tat so, als befestige er ein loses Leitungsende. »Bring bloß was in Ordnung«, sagte er.

»In ORDNUNG?« brüllte Leovinus. »Nennst du das hier ORDNUNG?« Er gestikulierte in die riesige unfertige Weite des Promenadendecks. »Wir lassen das Schiff morgen vom Stapel laufen, und hier gibt's noch für Monate Arbeit!«

»Nu ja ... Es is ... 'n bißken ... langsam vorangegangen ...« Der Arbeiter schob sich auf den glänzenden Chromstahllift zu, der ihm die einzige Möglichkeit bot, diesem alten Irren zu entfliehen.

»Was hast du hier gerade gemacht?« wollte der alte Irre wissen.

»Ich? Jetzt grade?« antwortete der Arbeiter.

»Ja! Ich habe gesehen, daß du was gemacht hast!«

»Ich? Nein, ich wollte nix machen, ich bin bloß gekommen, um meinen Papagei zu holen.« Die Worte purzelten ihm aus dem Mund und schienen in der Luft zu erstarren, aber dann fielen sie eines nach dem anderen wie feste Eisklumpen auf Leovinus nieder, und er taumelte unter ihrer Wirkung.

»Papagei?« fragte er. »Papagei!!! Was für ein Papagei?«

»Es is ... äh ... bloß 'n Papagei ... verstehn Se ... zwei Flügel ... diese Art ... verstehn Se ...«

»Was tut ein PAPAGEI an Bord meines schönen Schiffs?« fragte das schockierte Genie.

»Ach! Da is ja der Lift!« sagte der Arbeiter, und im nächsten Moment war er drin – mit dem Journalisten hart auf den Fersen; die Tür ging zu, und sie sanken beide zu den unteren Etagen hinab.

»Ein Papagei! In meinem Raumschiff! Was, zum Teufel, geht hier vor?« Plötzlich sackte der Große, der Grandiose, der von allen beneidete Leovinus in einer Ecke vor der Statue einer geflügelten Frau zusammen und weinte.

»Titania!« schluchzte er. »Titania! Was ist geschehen? Was sollen wir tun?«

⁂

Titania!

Leovinus' Genie wurde nirgendwo sichtbarer als in ihr, seiner letzten und vergöttertsten Schöpfung; Titania war das Hirn des Schiffs, und ihre Statuen fanden sich überall an Bord – wo sie als Augen und Ohren und als Kommunikationsherzstück der Intelligenz des Schiffs fungierten. Aber die Intelligenz des Schiffs war auch mit einem Gefühlsleben ausgestattet. Und genau darin hatte Leovinus sich selbst übertroffen. Titania war nicht nur das Hirn, sondern auch das Herz des Schiffs.

Titanias gefühlsmäßige Intelligenz hatte mit aller Sorgfalt gefertigt werden müssen, um den Anforderungen gewachsen zu sein: Ein gigantisches Schiff von so verwirrender Kompliziertheit zu führen, seine Mannschaft zu dirigieren, für Unmengen von Passagieren verschiedener Rassen, Arten, Mentalitäten und Körperfunktionen zu sorgen und zu bewerkstelligen, daß alle sich glücklich, sicher und umsorgt fühlten, erforderte eine ungeheuer intelligente, freundliche, kluge, fürsorgliche, heitere, warme Titania ... und all das war sie.

Wie ihre Standbilder – all diese riesigen, vor sich hin sinnenden Engel in jedem Raum auf jedem Deck – sollte eigentlich auch Titanias Geist das ganze Schiff erfüllen. Ganz offensichtlich tat er das nicht.

»Antar Brobostigon, bitte.« Leovinus zischte den Namen in das Sprechgerät.

»Tut mir leid, Mr. Brobostigon ist nicht da. Möchten Sie vielleicht Mrs. Brobostigon sprechen?«

Leovinus hatte die Frau des Projektmanagers insgeheim immer bedauert. Er konnte sich nicht vorstellen, wie es wäre, mit einem dermaßen hinterhältigen, gefühllosen Egomanen wie Antar Brobostigon zusammenleben zu müssen – sein Mitleid hielt sich allerdings in Grenzen, weil er wußte, daß Crossa Brobostigon selber womöglich noch um eine Spur hinterhältiger, gefühlloser und egoistischer war als ihr Mann. Vielleicht neutralisierten die beiden sich gegenseitig, und die Brobostigons führten ein herzliches, intimes und rücksichtsvolles Familienleben. Es war dem Großen Erfinder ein Rätsel.

»Wie schön, von dir zu hören, Leo«, sagte Crossa Brobostigon. Leovinus haßte es, wenn Leute ihn so nannten, und er wußte, sie wußte, daß er's wußte, daß sie's wußte.

»Wie geht's der Familie?«

»Ich habe keine Familie, Crossa«, sagte Leovinus in einem Ton, aus dem sie hoffentlich seine überstrapazierte Geduld heraushörte. »Wo ist Antar?«

»Ich glaube … nein, ich bin sicher, er ist am Schiff. Er ist mit Droot vor ein paar Stunden hingegangen. Irgendwelche Aufregung über irgendwas – du weißt ja, daß diese Männer sich krank machen vor Sorge um dein Schiff.«

Er wußte es: ungefähr so krank wie eine Anakonda wegen einer Ziege, die sie gerade verschlungen hat.

»Können sie dich denn irgendwo erreichen, wenn sie zurückkommen?«

Leovinus schaltete das Sprechgerät aus. Ein unergründliches Gefühl böser Vorahnungen breitete sich von seinen Schenkeln in seinen Bauch und über die Brust in sein Herz aus. »Brobostigon und Scraliontis auf dem Schiff! Was, zum Teufel, führen sie im Schilde?« Das unergründliche Gefühl böser Vorahnungen verwandelte sich plötzlich in scharfe, stechende Magenschmerzen. Ihm war kalt. Ihm war übel. Er mußte mit der einzigen Person reden, die helfen konnte: Titania.

Er begab sich hinunter auf das Kanalniveau, dann schritt er am Großen Zweiter-Klasse-Kanal entlang auf den zentralen Kuppeldom zu. Als er die riesige Titania-Statue erreichte, die die gewaltige Kuppel und die Kopfseite des zentralen Aufzugsschachtes beherrschte, verschwand er durch eine Tür unter einem von Titanias Flügeln. Eine lange Treppe führte hinauf ins Nervenzentrum des Schiffs: die persönliche Geheimkammer Titanias.

Leovinus hatte lange im Ruf gestanden, der Erfinder der Ironischen Architektur zu sein. Dazu gehörte das berühmte Haus, das er für Gardis Arbeldonter entworfen hatte, den Professor für mathematische Unwahrscheinlichkeiten an der Universität von Blerontis, ein Haus, in dem die Türen in Wirklichkeit Funkgeräte waren und Ein- und Ausgang durchs Bad führten. Doch hier, auf dem Raumschiff, meinte Leovinus eine seiner faszinierendsten architektonischen Ironien ausgeführt zu haben: Titanias Geheimkammer, das Großhirn, befand sich genau in der Mitte der großen Zentralkuppel; sie bildete den riesigen Kronleuchter, der über dem zentralen Aufzugsschacht hing. Das geheime Innerste des Schiffs war direkt vor den Augen jedes Passagiers und jedes Mannschaftsmitglieds versteckt.

Die Kammer selbst hing verkehrt herum, war jedoch von einem invertierten Schwerefeld umgeben und erschien daher, wenn man sie betrat, richtig herum. Die gezackten Rippen, die die große Kuppel diagonal durchliefen, waren – hatte man sich erst einmal in das Inversionsfeld begeben und dem verwirrenden Prozeß der Schwerkraftumkehrung ausgesetzt – in Wirklichkeit lange, auf dem Kopf stehende Treppen, die zur Kammer hinaufführten, und die große Kuppel selbst war eine riesige konkave Fläche am Boden des gewaltigen zentralen Aufzugsschachtes, der sich nun auf dem Kopf stehend in einer Anordnung über einem erhob, die den Besucher, der dies zum ersten Mal sah, verwirrte und in Staunen versetzte.

Leovinus hetzte die Treppe hinauf, immer zwei Stufen auf einmal nehmend. Seine Überlegungen konzentrierten sich auf einen einzigen Gedanken. Die Liebe seines Alters! Die Obsession seines alternden Herzens! Intelligent, freundlich, klug, fürsorglich, heiter, warm … Titania!

Er stürzte in die Geheimkammer und schnappte nach Luft. In seinem Kopf begann es sich zu drehen – und wenn man einen Verstand von der Größe Leovinus' hat, ist ein Kopf, in dem es sich dreht, ein furchterregendes Gefühl. Ihm wurde übel. Er konnte sich kaum zwingen, den Blick auf das Grauen vor sich zu richten, und doch konnte er die

Augen nicht davon losreißen: Titania – seine Titania – seine Lieblingsschöpfung – seine Freude – war zerstückelt worden. Sie lag in der Mitte der Kammer, und ihr Haar und ihre Flügel lagen in einem perfekten Kreis um sie ausgebreitet. Aber ihr schöner, anmutiger Kopf war grotesk verunstaltet: Ihr Mund war weggerissen, die Augen ausgestochen und die Nase weggefetzt, so daß ein klaffender Hohlraum voller unverbundener Mikroschaltkreise sichtbar wurde.

Aber ehe er auch nur die Worte »Ihr Teufel!« flüstern konnte, bemerkte Leovinus, daß noch jemand in dem Raum war. Eine Gestalt kauerte hinter dem Sukk-U-bus-Schaltpult.

»Brobostigon!« Leovinus spuckte das Wort aus wie ein Stück Knorpel. »Was, im Namen der Finsternis, wird hier gespielt?« Ohne nachzudenken stürzte sich Leovinus auf den Projektmanager. Ein kleines, silbern glänzendes Metallstück fiel Brobostigon aus den Fingern und klirrte auf den Boden. Leovinus schaute nach unten und sah, daß eine von Titanias empfindlichen Zerebralarterien – Titanias Großhirn – vor seinem Fuß lag. »Du willst sie vernichten!«

Brobostigon stieß Leovinus von sich weg, und der alte Mann taumelte zurück und fiel zu Boden, quer über die ausgebreiteten Flügel seines geliebten Geschöpfs.

»Du bist blind, Leovinus! Du sitzt dort oben in deinem Elfenbeinturm und denkst, du bist zu edel und rein, um dich mit so schmutzigen Dingen wie Geschäften und Finanzen abzugeben! Tja, diese ganze Sache ist dank dir vollkommen außer Kontrolle geraten!«

»Was meinst du damit? Wovon redest du?« Leovinus schrie es beinahe.

»Dieses ganze Projekt ist eine finanzielle Katastrophe! Hast du das nicht bemerkt? Wir stehen am Rande eines geschäftlichen Super-GAUs!« Brobostigon versuchte zur Tür zu gelangen, aber Leovinus kam mit erstaunlicher Behendigkeit wieder auf die Beine und schnitt ihm den Rückzug ab.

»Also, was hast du vor?« Aber noch als er die Frage stellte, durchschaute Leovinus plötzlich – mit absoluter Klarheit – die ganze Verschwörung. »Die Versicherung!« keuchte er. »Du willst mein kostbares Schiff versenken und die Versicherung kassieren!«

»Werde endlich erwachsen!« knurrte Brobostigon. »Dies hier ist die wirkliche Welt …« Aber weiter kam er nicht mehr. Das gealterte Genie hatte sich auf den Projektmanager gestürzt und ihm einen bemerkenswert trockenen Aufwärtshaken mitten aufs Kinn versetzt. Brobostigon torkelte nach hinten, verfing sich mit dem Fuß in einer von Titanias Schwingen und fiel in den Sukk-U-bus-Ablagekorb.

Das aktivierte den Sukk-U-bus-Roboter. Er beugte sich vor, fuhr seinen Messingrüssel aus, verkündete: »Ist mir stets ein Vergnügen, Ihren Müll zu beseitigen!« und saugte Brobostigon in sich auf. Man hörte ein unangenehmes Mahlgeräusch und ein schwaches Plop!, und der Projektmanager war verschwunden.

Das Sukk-U-bus-System war ein ziemlich umstrittener Bestandteil des Schiffs. In einer Zeit, in der Telepräsenz der letzte Schrei war, erschien die Idee, Objekte mittels Vakuumröhren ganz physisch und wortwörtlich auf dem ganzen Schiff herumzuschicken, altmodisch und rückschrittlich. Aber Leovinus hatte darauf bestanden. Es war halt eine weitere kleine Ironie, auf die er Wert legte.

Schließlich setzte er sich mit dem Sicherheitsargument durch. Die natürliche Beförderung sei immer weniger riskant als Teleport oder irgendein anderes Pseudo-Transportmittel. Wichtiger noch, seine Sukk-U-bus-Roboter seien in der Lage, alles, was man in ihre Sammelkörbe legte, nach Arten zu unterscheiden und zu sortieren, so daß, wenn man ihnen nicht sagte, wohin man sein Objekt geschickt haben wollte, sie dies automatisch täten.

Das System war jedoch nicht für Lebewesen geplant, und der Sukk-U-bus sollte so programmiert werden, daß er alles Lebendige, was eventuell in den Sammelkorb fiel, wieder ausstieße. Fraglos war auch dies wieder ein Bereich, in dem man Kompromisse geschlossen hatte. Leovinus wußte mit einem Übelkeit erzeugenden Kribbeln, daß Brobostigon das Opfer seiner eigenen Intrige geworden und inzwischen ein komprimierter Abfallwürfel auf dem Weg in den Kielraum des Schiffs war.

Die ganze Schwere der Situation begann dem Großen Mann zu dämmern. Da stand er nun – das Größte Genie, das die Galaxis je gekannt hatte – einen Tag vor dem Stapellauf seines letzten und größten Meisterwerks mit einem unfertigen Schiff, einer Finanzkrise (von der er nichts gewußt hatte) und einem toten, bei einem Sabotageakt in flagranti erwischten Projektmanager. In seiner offiziellen Biographie würde das nicht gut aussehen.

Und wo war Scraliontis unterdessen? Crossa Brobostigon hatte gesagt, ihr Mann sei zum Schiff gegangen, um sich mit dem Buchhalter zu treffen.

Leovinus kniete sich neben die zerstückelte Titania und ließ zärtlich das silberne Metallteil ins Nervenzentrum an der Basis ihres Schädels gleiten. Seine Hand zitterte, als ihm klar wurde, daß auch die andere Arterie fehlte, es fehlte vielmehr, jetzt, wo er richtig hinsah, der größte Teil ihres Gehirns – wieso hatte er das nicht vorher bemerkt? Titanias Gehirn! So empfindlich wie es war! Die leichteste Erschütterung oder der kleinste Kratzer konnten bleibende Schäden anrichten.

Bei einem Schiff von dieser technischen Perfektion war es besonders gefährlich, wenn das Nervenzentrum nicht funktionierte. Es hatten neuerdings Geschichten von einem neuen Phänomen die Runde gemacht: von einer Art High-Tech-Metallermüdung, die bestimmte Apparate befallen konnte, die in zu hoher Dichte mit Logiksystemen ausgestattet waren: SMEV. Spontanes Massives Existenz-Versagen. Leovinus wußte, daß es theoretisch möglich, wenn auch unwahrscheinlich war. Er wußte auch, daß praktisch jedes Molekül auf dem *Raumschiff Titanic* auf irgendeine Weise Bestandteil des Logiksystems des Schiffs war. Wenn das Ding in seinem gegenwärtigen Zustand vom Stapel lief – wer wußte, welche Katastrophe daraus entstehen konnte?

Es war keine Zeit zu verlieren. Er mußte alle fehlenden Teile von Titania wiederfinden und sie wieder zusammensetzen, ehe das Unvorstellbare geschehen konnte.

Augenblicke später befand sich Leovinus in der Einschiffungslobby auf der Steuerbordseite, wo er den Empfangsboter anschrie: »Natürlich kennen Sie Scraliontis!« Der Empfangsboter blieb zwar vollkommen höflich, zeigte jedoch nicht die geringste Neigung, behilflich zu sein.

»Dürres Männchen! Brille! Er ist der Buchhalter dieses ganzen Projekts, Himmeldonnerwetter noch mal!« beharrte Leovinus. »Sie haben ihn hier schon Tausende von Malen herumschnüffeln sehen!«

»Ich bedauere außerordentlich, Sir, ich habe meine Bekanntschaftsdatenbank durchforscht, kann aber niemanden finden, auf den die Merkmale zutreffen, die Sie mir nennen. Ich bin aber befugt, Ihnen einen Schlafplatz auf der Steuerbordseite des E-Decks in der Super Galactic Traveller Class anzubieten. Die Kabinen sind rosa gestrichen, und der Lärm von der Müllanlage ist kaum zu hören.«

»Ich will wissen, wo Scraliontis ist!« schrie Leovinus und ließ zur selben Zeit ein kleines goldenes Kärtchen vor dem Empfangsboter aufblitzen. Das Kärtchen trug die Inschrift: »Sechzig-Millionen-Meilen-Club«.

»Gewiß, Sir«, der Empfangsboter richtete sich freudestrahlend auf. »Ich möchte Ihnen vorschlagen, im Erster-Klasse-Restaurant nach Mr. Scraliontis zu suchen.«

*

Im Erster-Klasse-Restaurant war Smoking vorgeschrieben, entsprechend schockiert war der Oberkellnerboter, als ein suspekt aussehender älterer Herr plötzlich hereinplatzte und schrie: »Scraliontis! Ich weiß, daß du hier bist!«

»Welche Ehre, Sie hier begrüßen zu dürfen, Sir!« rief der Oberkellnerboter freundlich. »Ich bin indessen sicher, daß Sie sich in der Brasserie in der Zweiten Klasse wohler fühlen würden ...«

»Halt den Mund!« sagte Leovinus.

»Natürlich, Sir. Es wird mir eine große Freude sein, nicht nur den Mund, sondern auch die Schnauze zu halten, mit Quatschen aufzuhören und einfach vor Ihren Augen zu verschwinden, Sir, aber darf ich darauf hinweisen, daß wir dem Herrn nur allzu gern mit ein bißchen angemessener Kleidung aushelfen würden, wenn der Herr also so freundlich wäre, mir zu folgen ...«

Leovinus hatte Scraliontis erspäht, der am Steuerpult des Telepräsenz-Roboters stand und etwas in den Sukk-U-bus zu stecken versuchte. Als er Leovinus' Stimme hörte, blickte er auf, lächelte schwach und ließ, was immer es auch war, in seinem Dinnerjacket verschwinden.

»Aber der Herr möchten sich doch sicher nicht vis-à-vis den anderen Gästen benachteiligt fühlen, darf ich daher vor der Einnahme der Cocktails einen Garderobewechsel vorschlagen?«

Der Oberkellnerboter trat Leovinus in den Weg, als der auf Scraliontis zueilte. Einen Moment verlor der Große Mann den Buchhalter aus dem Blick, während der Roboter unter Verbeugungen und Nicken vor ihm herumhüpfte und -scharwenzelte.

»Mach einfach Platz!« knurrte Leovinus.

»Es wäre mir ein Vergnügen, Sir, aber ich darf Sie darauf hinweisen, daß im Erster-Klasse-Restaurant zwar das Rauchen gestattet ist, daß aber Jackett und Krawatte zwingend vorgeschrieben sind, und daß ich leider Hilfe werde herbeirufen müssen, wenn der Herr auch nur einen Schritt weitergeht ...«

»Du kommst zu spät, Leovinus!« schrie Scraliontis. »Dieser Schrotthaufen fliegt nirgendwohin! Und zwar tut er das morgen mittag – spätestens!« Der Buchhalter redete immer gern in elliptischen Sätzen, die keinen rechten Sinn ergaben; so hatte er das Gefühl, er sei trotz seines Berufs in gewisser Weise literarisch.

»Egal, was du gerade tun willst, laß es bleiben!« rief Leovinus.

»Wir wissen Ihren Besuch zu schätzen, Sir, und hoffen, Sie in Zukunft noch recht häufig begrüßen zu dürfen, aber wenn Sie Ihre Stimme ein bißchen dämpfen könnten, zeige ich Ihnen den Ausgang, sobald ...«

»Ich sagte: Halt den Mund!« Leovinus drehte sich plötzlich zu dem Roboter herum, hob ihn hoch und warf ihn, wie er war, nach Scraliontis.

»Darf ich dem Herrn den Feuerfluchtweg empfehlen? Ich denke, der Herr wird die Schlichtheit der Korridore seiner gegenwärtigen Garderobe angemessener finden ...«, bemerkte der Oberkellnerboter, als er dem Buchhalter mitten ins Gesicht flog und ihn zu Boden streckte. Der Gegenstand, den Scraliontis hatte verstecken wollen, fiel ihm klirrend aus der Hand – es war die andere Zerebralarterie von Titanias Gehirn! Im selben Augenblick ging der Roboter auf dem stilvollen Fußboden des Restaurants in Scherben. Scraliontis rappelte sich hoch, griff sich eines der Beine des Roboters und ging damit auf Leovinus los. Der alte Mann wich ihm durch einen Schritt zur Seite aus, schnappte sich den rechten Arm des Roboters und trat dem Buchhalter entgegen.

Einige Augenblicke lang kreisten die beiden umeinander. Dann machte Scraliontis mit einem geraden Ausfallstoß die Eröffnung – das Roboterbein streifte Leovinus' Schulter, was als Treffer *hoch außen* gewertet wurde. Leovinus antwortete mit einer simplen *Parade* aus der vierten Position, indem er mit dem Roboterarm gewandt einen Kreis vollführte, was ihm das Recht zu einer *Riposte* einbrachte. Doch Scraliontis focht zweifellos nach einem anderen Regelbuch, denn er fiel geradewegs in ein *Redoublement*, ohne Rücksicht auf Leovinus' Recht auf eine *Riposte*. Der Große Genius war außer sich. Er schleuderte den Roboterarm auf Scraliontis, eine Angriffsvariante, die sicherlich in keinem Regelbuch vorkam, und warf sich in ein *corps à corps*, womit er jeden Anschein von guten Duell-Umgangsformen in den Wind schlug.

Leovinus hatte mittlerweile die Hände um Scraliontis' Hals geschlungen. »Brobostigon!« kreischte Scraliontis. »Hilfe!«

»Brobostigon ist Müll!« Leovinus' normalerweise freundliches und sanftes Gesicht hatte eine bösartige grüne Färbung angenommen. Was vor allem daran lag, daß die Lampe auf dem Tisch, auf dem sie jetzt rangen, sich direkt unter seinem Kinn befand.

»Er mag ja Müll sein«, keuchte Scraliontis, »aber er hat eine Pistole!«

»Er ist tot!« schrie Leovinus, und seine Finger begannen sich um den Hals des Buchhalters zu schließen. Hätte er gewußt, daß Brobostigon im Besitz einer Pistole war, wäre er ein bißchen vorsichtiger mit ihm umgegangen.

»Arrrrgh! Du erwürgst mich!« zeterte Scraliontis.

»Ich weiß! Genau das versuche ich ja!« Leovinus versuchte etwas Überzeugung in seine Stimme zu legen, doch kam es ihm extrem schwierig vor, seine Finger dazu zu zwingen, den dürren Hals des Buchhalters wirklich zusammenzupressen. Man könnte vielleicht sagen, daß Leovinus einfach keinen Killerinstinkt besaß.

Scraliontis hingegen besaß ihn. Er hatte die Tischlampe fest im Griff – eine vereinfachte Titania-Statuette, deren Flügel Licht spendeten. Als er merkte, daß die Hände des großen Genius an seinem Hals zauderten, stieß er Leovinus das Knie in die Leiste. Gleichzeitig hob er die Tischlampe in die Höhe und ließ sie krachend auf die grandiose Hirnschale hinuntersausen, die Leovinus' grandioses Gehirn beherbergte.

Leovinus' Hände ließen vom Hals des Buchhalters ab; er sackte auf die Knie. Krach! Scraliontis ließ die Tischlampe wieder und wieder krachend auf Leovinus' Schädel hinuntersausen... Der außerordentliche und einzigartige Verstand registrierte alles, was nicht in Ordnung war. Er schloß den Schmerz aus, dann wurde ihm klar, daß sich etwas wirklich Grauenhaftes ereignet hatte, und er entschied klugerweise, für die absehbare Zukunft den Kontakt mit der Außenwelt abzubrechen. Leovinus rollte bewußtlos auf den Restaurantfußboden, Blut sickerte ihm aus dem Kopf. Scraliontis blickte auf ihn hinunter. Herrgott! Er hatte den Großen Mann umgebracht!

Voller Panik blickte sich Scraliontis in dem Erster-Klasse-Restaurant um. Obgleich er so etwas noch nie getan hatte, war Leichen loszuwerden etwas, was seinem Buchhalterverstand entgegenkam, und wenige Augenblicke später eilte er mit federnden Schritten aus dem Erster-Klasse-Restaurant. In seiner Panik hatte er allerdings das kleine silbern glänzende Metallteil vergessen, das jetzt unter den Trümmern des Oberkellnerboters lag.

Leovinus war fest in einen der großen Vorhänge gewikkelt, die das ihre dazu taten, dem Erster-Klasse-Restaurant seine Atmosphäre echten Luxus' und Stils zu verleihen.

Während Leovinus auf diese Weise mit geschäftlichen Dingen befaßt war, hatte der Journalist versucht, Neuigkeiten aus dem Arbeiter herauszuholen, der behauptete, an Bord gekommen zu sein, um sich seinen Papagei zu holen.

»Ach, kommen Sie!« sagte der Journalist. »Das kauft Ihnen doch niemand ab! Was haben Sie wirklich vor?«

»Ich hab einen zahmen Papagei«, sagte der Arbeiter, der hartnäckig an seiner absurden Geschichte festhielt, »den nehm ich immer zur Arbeit mit. Ich weiß, Herr Leovinus würd's nich zulassen, daß 'n Papagei an Bord is, deswegen verstecke ich ihn immer. Aber als ich grade eben zurückkomme, um ihn mir zu holen, stell ich fest, daß irgend'n Arschloch die Käfigtür aufgemacht hat und er weggeflogen is.«

Der Journalist drehte die Augen zum Himmel. Er war an Räuberpistolen und Ammenmärchen gewöhnt, aber diese Papagei-und-Arschloch-Geschichte kam nicht mal von den glitschigen Startblöcken der Flunkerei weg. »Hören Sie zu«, sagte er. »Ich bin Journalist. Ich weiß, wenn irgendwas faul ist, und ich weiß, daß Sie was verbergen. Ich schlage Ihnen ein Geschäft vor!«

Der Arbeiter wandte sich zu ihm um.
»Ich mach mir wirklich große Sorgen! Ich liebe diesen Papagei.«
»Sie erzählen mir alles, was Sie über das Raumschiff wissen, und ich erzähle der Stern-Bau AG nichts von dem Papagei.«
Sie waren gerade in die Gegend des Großen Kuppeldoms gelangt, und der Arbeiter hastete über die Empore, die den zentralen Aufzugsschacht umgab, auf die Backbord-Einschiffungslobby zu.
»Warum sind die Arbeiten dermaßen in Rückstand geraten? Es ist gepfuscht worden, stimmt's? Leovinus hatte davon offenbar keine Ahnung. Und all diese Geschichten über die finanziellen Schwierigkeiten – die stimmen doch, oder? Was wird denn nun morgen passieren? Dieses Schiff hier ist doch wohl nicht startklar?«
»Das stimmt!« sagte der Arbeiter, während er rasch die Einschiffungslobby durchquerte. »Alles, was Sie sagen, ist wahr.«
»Wenn Sie Ihren Aufenthalt an Bord genießen, warum ihn nicht mit einem Abend in der Meister-Canapé-Lounge feierlich begehen, wo Ihnen Canapés aus den Gesamt-Blerontinischen Finales der letzten sechshundert Jahre präsentiert werden?« rief der Empfangsboter.
»Also?« sagte der Journalist.
»Also?« sagte der Arbeiter, drehte sich zu dem Journalisten um und sah ihm zum ersten Mal in die Augen. »Wenn Sie meinen Papagei sehen, geben Sie ihm das hier.« Er drückte dem Journalisten einen kleinen Metallring in die Hand und verschwand durch die Haupttüren. Der Journalist betrachtete das Metallstück in seiner Hand, auf das eine Adresse und eine Telefonnummer graviert

waren, die der Journalist als die der Yassakkanischen Botschaft in Blerontis erkannte.

*

Die nächste gute halbe Stunde verbrachte der Journalist damit, das Schiff auf eigene Faust zu erkunden. Er entdeckte noch mehr unfertige Abschnitte. Die Steuerbord-Einschiffungslobby zum Beispiel war vollkommen unfertig. In großen Teilen der Zweiter-Klasse-Kabinen fehlten die Tapeten, in manchen sogar die Betten. Er machte sich über alles Notizen und kehrte zur Hauptkuppel zurück, als plötzlich eine Gestalt um die Säulen der Empore herumgerannt kam und gegen ihn prallte.

»Droot Scraliontis!« rief er aus.

»Ich weiß, wer ich bin!« schnauzte der Buchhalter.

»Genau der Mann, nach dem ich gesucht habe!« lächelte der Journalist.

»Argh!« Scraliontis fuhr zusammen, und sein Blick schoß schuldbewußt über die Schulter des Journalisten hinweg, als erwarte er, die Mordkommission mit ihren dressierten bissigen Kaninchen auf das Raumschiff strömen zu sehen, um den Mörder des Größten Genies, das die Galaxis jemals gekannt hatte, zu verhaften. »Er ist nicht tot! Ich schwöre es!«

»Wer ist nicht tot?« Der Journalist konnte gar nicht glauben, wie viele obskure Geschichten ihm an diesem Abend aufgetischt wurden – wenn er doch nur eine davon beweisen könnte. »Wer ist nicht tot?«

Scraliontis merkte jetzt, daß er einen Fehler gemacht hatte. »Gehen Sie mir aus dem Weg!« schrie er.

»Nicht so schnell!« rief der Journalist, aber Scraliontis hatte einen Punkt jenseits der Grenzen der Höflichkeit erreicht. Er stieß den Journalisten rückwärts gegen einen Pfeiler und fing an zu rennen. Der Journalist rappelte sich hoch, raste hinter dem Buchhalter her und brachte ihn auf eine Weise zu Fall, die man als Rugby-Tackling hätte bezeichnen können, wäre auf Blerontin Rugby gespielt worden.

Scraliontis kämpfte mit der Kraft eines in der Falle sitzenden Tieres. Er versuchte, dem Journalisten das Gesicht zu zerkratzen und boxte und trat. Beiden gelang es, ohne voneinander abzulassen, wieder auf die Beine zu kommen wie zwei Schnorke in einem Eimer voll Schnorktrank (eine alte blerontinische Redewendung). Der Journalist, der jung und besser bei Kräften war, hatte den Buchhalter bald gegen das Geländer des großen zentralen Schachtes gedrängt. Während er den zappelnden Scraliontis festzuhalten versuchte, konnte er an ihm vorbei hinuntersehen in die schwindelerregende Tiefe des Schachts ... abwärts, abwärts, endlos, wie es schien ... ein atemberaubender Anblick.

»Sagen Sie mir, was hier vor sich geht!« Der Journalist nagelte Scraliontis' Arme an dessen Seiten fest. »Was für ein Schwindel läuft hier ab?«

»Schwindel?« feixte Scraliontis. »Das finden Sie nie heraus!«

»O doch, das werde ich!« sagte der Journalist.

»Na schön! Ich werde Ihnen alles erzählen!« antwortete Scraliontis ziemlich überraschend. Der Journalist war völlig baff. Fast hätte er gesagt: »O nein, das werden Sie nicht!« aber zum Glück gelang es ihm, sich selbst ins Wort zu fallen.

»Das ist sehr anständig von Ihnen«, brachte er heraus, aber er war nicht so blöd, Scraliontis' Arme loszulassen.

»Wir lassen es in die Luft fliegen! Wie finden Sie denn das als Story?«

Daraufhin war der Journalist so blöd, Scraliontis' Arme loszulassen.

»Soll das heißen, an Bord des Raumschiffs ist eine Bombe?«

»Aber du wirst sie niemals finden!« grinste Scraliontis. »Denn du wirst nicht mehr am Leben sein!« Und mit einemmal hatte Scraliontis etwas in der Hand. Der Journalist sah nicht, was es war, aber er spürte einen Stich in die Rippen. Er taumelte zurück, knickte in sich zusammen und sah nach oben: Scraliontis stand da, eine der Tischlampen aus dem Speisesaal Erster Klasse in der Hand; von der scharfen, erleuchteten Spitze tropfte Blut.

Genau in diesem Moment jedoch erhob sich plötzlich ein fürchterliches Gekreische und farbiges Blitzgewitter, als sich ein großer Papagei aus den Gewölbebögen direkt auf Scraliontis stürzte. Der Buchhalter versuchte, ihn zu verscheuchen, doch die Schwingen des Viechs schlugen ihm unablässig ins Gesicht, und mit dem Schnabel riß es an seiner Nase, so daß der Buchhalter wild mit den Armen fuchtelnd rückwärts gegen das Geländer taumelte und schrie: »Nimm das weg! Nimm das weg!«

Und dann passierte es.

Es war einer dieser ironischen Augenblicke, die mit Leovinus' gegenwärtigem Architekturstil perfekt übereinstimmten, und er lieferte dem Journalisten den ersten unwiderleglichen Beweis dafür, daß beim Bau des *Raumschiffs Titanic* tatsächlich gepfuscht worden war.

Natürlich hatte in erster Linie Scraliontis angeregt, die Baukosten des Raumschiffs zu reduzieren. Es hatte sich herausgestellt, daß das ganze Projekt niemals seine Kosten decken, geschweige denn Profit abwerfen würde. Vielmehr steuerte es auf eine vollständige, gigantische finanzielle Katastrophe zu. Sein und Brobostigons Ruf und persönliches Glück standen gleichermaßen auf dem Spiel. Und es gab nur eine einzige saubere, simple und vernünftige Lösung – und die lautete: das Schiff zum Absturz bringen und die Versicherung kassieren.

Das Schiff war natürlich bereits haushoch versichert, aber Scraliontis ließ die bestehenden Policen noch einmal aufstocken und sorgte dafür, daß alle kommenden Erstattungen über Firmen gelenkt würden, die ihm selbst und Brobostigon gehörten. Die Baukosten waren aufs äußerste zu reduzieren und der Bau selbst aufs bloß Kosmetische zu beschränken. Er hatte ohne Leovinus' Wissen die ausführenden Unternehmen angewiesen, die Angaben über jede Zahl von Bauteilen an Bord erst zu halbieren und später zu vierteln.

Eines der Materialien, das großzügig eingespart worden war, war das Metall, das für das Geländer um den großen zentralen Schacht gebraucht wurde. »Schließlich«, hatte Scraliontis geäußert, »wird's gar keine Passagiere geben, die sich dagegen lehnen, also warum es unnötig stabil machen?«

Jetzt wurde ihm der Grund klar, nämlich, daß es nicht unbedingt ein *Passagier* sein mußte, der sich dagegen lehnte; es könnte vielmehr der Projektbuchhalter selber sein, der sich in einem achtlosen Augenblick dagegen lehnte, während er von einem Papagei angegriffen wurde.

Aber diese Erkenntnis kam zu spät. Scraliontis hörte das spröde Metall bersten und sah sich im nächsten Augenblick rückwärts in den Abgrund stürzen.

Als der entsetzte Journalist an das zerbrochene Geländer trat und hinuntersah, war Scraliontis nur noch eine winzige Gestalt – noch immer nicht weiter als ein Drittel des großen zentralen Schachtes in die Tiefe gestürzt –, die sich sanft um sich selber drehte, mit den Armen fuchtelte und immer leiser nach oben brüllte: »Scheiß Papageien!«

Der angesprochene Papagei ließ sich auf der Schulter des Journalisten nieder.

»Scheiß Buchhalter!« krächzte er.

Alle bissigen Kaninchen waren wieder unter Kontrolle gebracht worden. Die überreizte Bereitschaftspolizei war von ihrem Chef beruhigt worden, und die yassakkanischen Protestierer lagen stöhnend in zerfleischten, blutigen Haufen am Boden. Es war eine durch und durch erfolgreiche Übung in Massenlenkung gewesen. Flortin Rimanquez salutierte schneidig, als er sich beim Gat von Blerontis zurückmeldete.

»Alles unter Kontrolle, Eure Erhabene Wohltätigkeit«, sagte er. »Ihr könnt mit dem Stapellauf fortfahren.«

»Aber Leovinus ist immer noch verschwunden«, erwiderte der Gat, der in äußerster Sorge darüber war, daß er die großartige Fotogelegenheit verpassen könnte, sich Arm in Arm mit dem Größten Genie zu zeigen, das die Galaxis je hervorgebracht hat. Es wäre genau das richtige Mittel gegen seine sinkende Beliebtheit bei den Wählern, hatte ihm sein Öffentlichkeitsberater gesagt. »Egal, was Sie tun, lassen Sie sich immer neben Leovinus fotografieren.« Tatsächlich hatte allein dieser Gedanke den Gat während der gesamten Zeremonie beschäftigt.

»Bedauere, Euer Allerhöchste Lordschaft«, sagte der Polizeichef und salutierte ein zweites Mal zackig. »Die

Menge dort unten zählt fünfzig Millionen. Sie ist bereits äußerst unruhig. Ich schlage daher in aller Bescheidenheit vor, daß wir diesen Stapellauf hinter uns bringen, damit meine Jungs sofort damit anfangen können, die Menge aufzulösen – sonst könnten wir es alle bereuen.«

Der Gat verstand, was er meinte. Die Menge hatte sich um die Leichen der unglücklichen yassakkanischen Demonstranten bereits wieder geschlossen, und er bemerkte, daß auf dem ganzen Stapellaufgelände Schlägereien ausbrachen.

»Na schön!« seufzte er. »Nein, danke!« fügte er hinzu, als der subalterne Beamte ihm ein »Fischpaste«-Schnittchen anbot.

»Ich fürchte, Ihr müßt, Eure Magnifizenz, es gehört alles mit zur Zeremonie!« flüsterte der subalterne Beamte eilig.

Der Gat stöhnte. Die Kapelle stimmte die blerontinische Nationalhymne an, und die Menge stellte sich geschlossen auf den Kopf – wie üblich, wenn sie ihren Respekt vor der Monarchie zu bekunden hatte.

»Meine Damen, Herren und Dinge«, psalmodierte der Gat von Blerontis in das zeremonielle Mikrophon. »Dieses ›Fischpaste‹-Schnittchen ist köstlich!«

Ein Jubelsturm erhob sich aus der Menge. Der Gat seufzte erneut. Was für eine armselige Zeremonie, dachte er. »Und nun ist es mir eine besondere Ehre, dieses – das größte Raumschiff, das je erbaut wurde, vom Stapel zu lassen! Liebe Mit-Blerontiner, dies ist ein stolzer Augenblick für uns alle. Ich taufe dieses Raumschiff auf den Namen ... *Titanic* ... Möge Glück alle begleiten, die mit ihm fliegen.«

Und mit diesen Worten ließ der Gat die mit Bändern

geschmückte Flasche französischen Champagners* los, so daß sie gegen den Bug des Schiffs knallte. Im selben Moment zog der subalterne Beamte an einer Leine, und die Umhüllung, die das mächtige Raumschiff bis zu diesem Augenblick verborgen hatte, rauschte in einer sanften Kaskade rosafarbener Seide zu Boden.

Ein Laut des Erstaunens erhob sich aus der Menge. Selbst ein Volk, das an den Anblick mächtiger Raumschiffe gewöhnt war, hatte noch nie eines von derartiger Riesenhaftigkeit und derart makelloser Formgebung zu Gesicht bekommen.

»Ist es nicht wunderschön?« seufzten zahllose männliche Raumschiffbeobachter, die mit ihren Doppelfernrohren den Rumpf nach der Zulassungsnummer absuchten.

»Deine Mammi hat das gebaut ...«, flüsterten zahllose unmündige ledige Mütter ihren kleinen Kindern zu.

»Welch Triumph!« rief der Chefreporter, dem plötzlich wieder einfiel, was in seinem Manuskript für diesen Moment gestanden hatte.

Es entstand ein gespenstisches Tosen, als brandeten Meere an ein fernes Gestade jenseits des Horizonts alles Vorstellbaren, als sich das sagenhafte Schiff riesig und grandios aus seinem Montagedock heraus langsam in Bewegung setzte. Es beschleunigte, schaukelte ein wenig, schwankte ein wenig, geriet deutlich vom Kurs ab, und als

* Es mag merkwürdig erscheinen, daß eine Zivilisation, die nie auch nur von dem Planeten Erde gehört und sicherlich keine Ahnung von dessen Existenz hatte, für einen solchen Anlaß französischen Champagner verwendete. Die Erklärung ist ziemlich kompliziert und hat mit einer Menge Zeugs wie Zeitverwerfungen, schwarzen Löchern und einem intergalaktischen Schmugglerring zu tun. Ich an Ihrer Stelle würde mir darüber keine Gedanken machen und einfach weiterlesen.

die Menge eben ungläubig entsetzt in lautes Geschrei ausbrechen wollte, verschwand es. Einfach so. Es hatte das erlitten, was wenig später unter der Bezeichnung SMEV (Spontanes Massives Existenz-Versagen) berühmt werden sollte.

*

Binnen zehn Sekunden war die ganze gewaltige Unternehmung beendet.

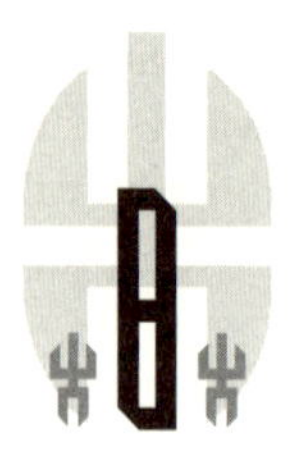

Hier kommt das Bad hin, und die Tür machen wir dort drüben«, sagte Dan.

»Klasse«, sagte Nettie. »Aber …«

»Ich dachte, das Bad käme dort drüben hin, und die Tür sollte hier sein?« sagte Lucy. Warum bloß verstand er immer alles falsch? Dan gab sich immer alle Mühe, und trotzdem, ganz egal, wie sehr er sich auch anstrengte, vergaß er die Dinge, über die er und Lucy nur einen Tag zuvor gesprochen hatten, oder brachte sie völlig durcheinander.

»Das meine ich ja«, sagte Dan.

»Klasse«, sagte Nettie. »Aber ich muß euch was sagen …«

Sie wurde von Nigel unterbrochen, der im Keller herumkramte. »Man kann direkt riechen, wie die Jahrhunderte weinseliger Freuden dem Mauerwerk entströmen!« rief er nach oben.

»Das Haus ist aber bloß hundertfünfzig Jahre alt!« rief Lucy nach unten.

»Es ist als Pfarrhaus erbaut worden«, flüsterte Dan Nettie zu.

»Hmmm, klasse«, sagte Nettie. »Aber hör mal zu, Dan …«

»Nein, ganz im Ernst!« Dan fühlte, wie die Begeisterung tief aus seinem Innern aufstieg, so wie sie's immer tat, wenn er sie brauchte. »Hier werden wir das Restaurant einrichten, gleich rechts, wenn man reinkommt – nicht die übliche Nouvelle cuisine, sondern kalifornische Avantgarde. Und hier kommt eine Bar hin.«

Lucy warf ihm einen vernichtenden Blick zu, korrigierte ihn aber gnädigerweise nicht. Ach ja, jetzt erinnerte er sich, das Restaurant käme nach links; anfangs sollte es auf die rechte Seite kommen, dann hatten sie es nach links verlegt, dann hatten sie es wieder auf die rechte Seite zurückverlegt, aber als Lucy dann gemeint hatte, die Küche käme besser auf die andere Seite, hatten sie sich wieder auf links geeinigt. Wie, zum Teufel, sollte er sich denn bloß daran erinnern?

»Klasse«, sagte Nettie. »Aber hört mal ...« Ihre Stimme verlor sich, als Nigel wieder auftauchte. Nettie sah phantastisch aus in ihrem schlichten GAP-T-Shirt, das ihren Nabel und das handgestrickte Wams nicht ganz verdeckte. Nigel legte seinen Arm um sie.

»Na, sieht das gut aus?« fragte er.

»Hmmmm«, sagte Dan.

»Ich meinte das Haus«, sagte Nigel. Dan ertrug diese mühelose, schleimige Überheblichkeit nicht, die sein Geschäftspartner an- und abstellen konnte wie einen Kaltwasserschlauch. Nein, halt! Es mußte heißen: *ehemaliger* Geschäftspartner. Das Reiseunternehmen Top Ten Travel gab es nicht mehr. Sie hatten es gerade für eine Summe verkauft, die Dan irrsinnig zufriedenstellend erschien.

»Es ist genau das, wovon Lucy und ich immer geträumt haben, stimmt's nicht, Butterblümchen?« sagte er. Lucy konnte es nicht ausstehen, wenn er sie in der Öffentlichkeit mit ihrem Kosenamen anredete, aber sie hatte es ihm nie gesagt und gab sich daher selbst die Schuld. Ihr war bewußt, daß er dachte, sie hätte es gern, und diesen unbedeutenden Irrtum schleppten sie nun schon so lange mit sich herum, daß sie keine Ahnung hatte, wie sie ihn noch korrigieren sollte. Wie lange waren sie mittlerweile schon zusammen? Es mußten dreizehn Jahre sein – genau, seit den Anfängen von Top Ten Travel, als Nigel sie in einer Bar in Santa Monica angequatscht und seinem Geschäftspartner vorgestellt hatte.

Lucy hatte sich ursprünglich zu dem zuvorkommenden Engländer sehr stark hingezogen gefühlt, aber als sie sich alle ein bißchen genauer kennenlernten, war ihr Dan, der stille Universitätsabsolvent von der Ostküste, aufrichtiger und begreiflicher erschienen. Mehr noch, je besser sie sich gegenseitig kennenlernten, desto mehr wunderte sie sich, warum, um alles auf der Welt, niemand auf den ersten Blick bemerkte, was für ein ekelhafter Fiesling Nigel war.

»Wir wollen es The Watergate Hotel nennen«, sagte Dan.

»Wird das nicht Republikaner abschrecken, die sich immer noch gegenseitig abhören wollen?« fragte Nettie.

Nigel tätschelte ihr den Hintern. »Geh und wende schon mal den Wagen, sei so lieb«, sagte er. Und Nettie stiefelte auf ihren hohen Absätzen die Treppe des eleganten frühviktorianischen Pfarrhauses hinunter in die Nacht.

Wie kann sie sich von ihm nur so behandeln lassen? dachte Lucy im stillen, aber sie sagte: »Wann wirst du die endgültigen Abtretungserklärungen für die Firma unterschreiben, Dan?«

»Oh, äh … Ich bin mir nicht sicher …« Dan schien plötzlich nervös zu sein. »Ich glaube, Nigel hat sie noch gar nicht …«

»Die Erklärungen müßten schon drüben im Hotel auf

uns warten«, sagte Nigel, ehe Lucy explodieren konnte. Explodieren war für Nigel eine Reaktion, die er immer natürlicher fand. Und in diesem Fall brannte die Lunte bereits, und sie würde weiterbrennen, bis sie ins Hotel zurückkämen und feststellten, daß die Abtretungserklärungen (Überraschung! Überraschung!) also doch nicht eingetroffen waren und daß dieser verdammte Botendienst Nigel *wieder einmal* im Stich gelassen hatte. Armer Nigel! Er hatte immer die eine oder andere Entschuldigung parat.

Sie schalteten in dem leeren Haus die Lichter aus und gingen im Dunkeln über die Auffahrt. Über ihnen erfüllten die Sterne den kalten Nachthimmel mit erstaunlicher Helligkeit.

»Warum hat Nettie denn den Wagen nicht gewendet?« Ein Stich Gereiztheit verlieh Nigels Verbindlichkeit einige Schärfe.

Als sie zu dem Wagen kamen, sahen sie, daß Nettie durch die Optik einer Spiegelreflex-Minolta linste, die sie auf das Wagendach gestellt hatte.

»Was, um alles in der Welt, tust du denn da, Schlaumeierchen?« Wenn Nigel heiter klang, war er immer am gefährlichsten.

»Schsch!« sagte Nettie. »Ich mache ein Foto von dem Haus. Nicht gegen den Wagen stoßen.«

»Ich weiß nicht, ob du's bemerkt hast, Einstein.« Nigels Stimme war pure Freude. Er liebte es, seine Freundinnen lächerlich zu machen. »Aber es ist Nacht.«

»Stimmt!« antwortete Nettie, die ihren Blondschopf keinen Millimeter bewegte. »Ich mache ein Foto mit dem Titel: ›Dans und Lucys Hotel unter den Sternen.‹ Vielleicht rahmt ihr es euch ein und hängt es in die Eingangshalle?«

»Man kann Fotos bei Nacht nur machen, wenn man einen Blitz hat, Dummbatz.« Nigel machte die Wagentür auf.

»He! Du bist gegen den Wagen gestoßen!« rief Nettie laut.

»Steig ein, du Leuchte, ich fahre«, sagte Nigel.

»Ich glaube, es war lang genug belichtet«, sagte Nettie zu Dan.

»Klasse«, sagte Dan.

*

Sie wollten gerade alle in den Wagen steigen, als plötzlich eine Windbö über den Rasen vor dem Pfarrhaus fegte und die Bäume sich zur Seite neigten, als wäre ein Hurrikan in sie gefahren – nur daß sie sich in alle möglichen Richtungen neigten.

»Herrgott!« rief Dan und hielt sich an der Seite des Wagens fest. »Was war das denn?«

»Seht mal!« hauchte Lucy. Sie zeigte zum Himmel hinauf.

»Eine Sternschnuppe!«

»Wünsch dir was!« rief Nettie.

»Holy Moly!« knurrte Nigel, der sein Leben lang Captain Marvel Superman vorgezogen hatte. »Nun seht euch das an!«

Über ihnen passierte etwas höchst Ungewöhnliches. Ein Wolkenkranz hatte sich urplötzlich gebildet und sich dann ausgebreitet – wie eine Atomexplosion –, bis der ganze Himmel mit einer brodelnden Schicht äußerst bedrohlich wirkender Kumuluswolken bedeckt war. Nigel wurden die Knie schwach; Lucy erschauerte; Dan fühlte, wie sein Magen sich zusammenzog, und Nettie glotzte nur.

Aber das war erst der Anfang.

Die vier Leute von der Erde hörten ein gespenstisches Tosen, als brandeten Meere an ein fernes Gestade jenseits des Horizonts alles Vorstellbaren, und dann kam riesig, grandios und ohne jede Vorwarnung ein mächtiges metallisches Horn aus der Wolke herab und schnitt ihr elegantes ehemaliges viktorianisches Pfarrhaus (mit Baugenehmigung zur kommerziellen Nutzung) in zwei Teile.

Nigel glotzte. Lucy glotzte. Dan glotzte.

»Klasse!« murmelte Nettie.

Man hörte kein Geräusch, nur den Wind, der wie verrückt in den Bäumen herumsauste, als suche er nach einem Versteck, und ab und zu das Plumpsen von herabstürzendem Mauerwerk, wenn Teile des Pfarrhauses, die nicht schon durch den Aufprall umgekippt waren, zu Boden fielen.

Das Ding selber war glänzend und senkrecht und reichte bis in die Wolken hinauf, als hätte es das schon immer getan. Es war so gewaltig – so präsent –, daß es ein ausgemachtes Recht zu haben schien zu stehen, wo es stand. Während sie noch glotzten, glitt ein winziger Leuchtpunkt an der Seite herab und verschwand in dem zerstörten Haus.

Die wild wirbelnden Wolken hatten sich inzwischen aufzulösen begonnen, und als sich der winzige Leuchtpunkt ein zweites Mal an den Abstieg machte, waren die Wolken verschwunden und hatten die volle, furchterregende Riesengröße des Dinges den Blicken enthüllt. Die riesige Klinge oder Spitze, die sich in das Haus gebohrt hatte, ragte noch fast eine Meile hoch in den Himmel, wo sie sich zu einem ungeheueren Metallkörper zu verbreitern schien – fast wie ein gigantisches Unterseeboot.

»Es ist ein Raumschiff«, flüsterte Nettie und begann wie hypnotisiert darauf zuzugehen; ihre Kamera baumelte vergessen an ihrem Handgelenk. Plötzlich schoß der winzige Leuchtpunkt wieder nach oben.

»Tu's nicht! Nettie! Komm zurück!« schrie Dan.

Doch schon rannte Lucy hinter Nettie her. Also rannte Dan hinter Lucy her. Nigel versuchte unterdessen nach besten Kräften zu helfen, indem er sich unter dem Steuerrad verkroch.

»Geht nicht so nah ran!« sagte Dan.

»Nettie!« Lucy zog sie am Arm und versuchte, sie zum Wagen zurückzuzerren. »Wir ... wir ... wissen doch nicht, was das ist!«

»Es ist wunderbar ...«, murmelte Nettie. Etwas an Netties Ton ließ alle drei an dem riesigen Ding hinaufschauen und in dem innehalten, was immer sie auch gerade taten. Vor etwas so Gewaltigem, das ihre Erfahrung oder Vorstellungskraft dermaßen überstieg, erschien alles, was sie taten, plötzlich bedeutungslos, nichtig.

Der winzige Leuchtpunkt war ein zweites Mal in das Haus hinuntergeglitten, und nun drang ein Lichtstrahl aus der Diele. Als die drei ihre Blicke wieder zur Erde senkten, erstarrten sie: Durch die verglaste Eingangstür war ein Schatten zu sehen.

»Da kommt was!« Dan spürte, wie seine Knie zu zittern begannen. Lucy zog Nettie am Arm. Doch Nettie schob sich langsam vorwärts – als wollte sie das Was-auch-immer begrüßen, das gerade eben die Haustür des zerstörten Pfarrhauses öffnete ...

»Arrggggh!« kreischte Lucy los, als das Ding ins Sternenlicht hinaustrat.

»Ihnen einen guten Abend, unbekannte Lebensformen«,

sagte das Ding. »Die Besitzer der Starlight Travel AG möchten sich für alle Unannehmlichkeiten entschuldigen, die Ihnen durch das unachtsame Notparken unseres Fahrzeugs eventuell entstanden sind.«

»Arrrrrghhh! Aaaaaaaarggghhh!« Lucy schrie inzwischen unglaublich gut. Nigel hielt sich die Ohren zu und versuchte, noch tiefer unter das Steuerrad zu kriechen.

»Ist doch alles in Ordnung, Lucy!« versuchte Dan sie zu beruhigen.

»Arrrrghhh! Aaaaaagghhhh! Arrrrrggghhhhh!« Lucy war nicht bereit, sich von irgend jemandem beruhigen zu lassen. Vor ihr stand ein Außerirdischer, und sie mußte einfach richtig schreien, ob sie nun wollte oder nicht.

»Psst!« sagte Nettie. »Es spricht mit uns!«

»Ganz recht«, sagte das Ding aus dem Weltraum. »Dürfen wir Sie als Entschädigung um das Vergnügen bitten, Sie zu einer Gratisreise an Bord unseres Raumschiffs einzuladen?«

»Vielleicht ein andermal ...«, sagte Dan.

»Aaaaaaaarrrrgggh! Arrrgh! Aaaaah! Aaaggghhhh!« schrie Lucy immer weiter.

»Ja!« rief Nettie. »Sehr gern!«

»Kommen Sie, Madame«, sagte das Ding aus dem Weltraum und trat schwungvoll in das zerstörte Haus zurück.

»Na, los! Kommt mit!« sagte Nettie. »Was für ein Spaß!«

Und ehe Lucy oder Dan sie aufhalten konnten, war sie dem Ding durch die Haustür gefolgt.

Dan zögerte, und dann wurde ihm klar, daß er keine andere Wahl hatte; bevor Lucy wieder anfangen konnte zu schreien, rannte er hinter Nettie her, und Lucy ertappte sich dabei, daß sie hinter Dan her rannte.

Das Ding stand neben einer erleuchteten Luke, und

nun konnten sie sehen, daß es offensichtlich nichts Furcht-erregenderes war als ein elegant gekleideter Roboter mit Kopfhörern, der sich höflich vor ihnen verbeugte und um Entschuldigung bat, daß er sie in den Versorgungslift bitten mußte.

»Machen Sie sich bitte keine Sorgen«, sagte er mit sanfter Stimme. »Ich versichere Ihnen, daß das *Raumschiff Titanic* das luxuriöseste und technisch fortschrittlichste intergalaktische Raumschiff ist, das je gebaut wurde.«

Wieder verbeugte er sich und führte sie nach drinnen, und irgendwie – weder Dan noch Lucy noch Nettie konnten später genau erklären, warum – betraten alle drei plötzlich tatsächlich den Fahrstuhl. Ehe sie wußten, wie ihnen geschah, war die Treppe hinter ihnen wieder nach oben geklappt, und der Roboter hatte einen Schalter umgelegt.

»Ich bitte nochmals um Entschuldigung, daß ich Sie im Versorgungslift nach oben fahren muß«, bemerkte der Roboter, »der Eingang ins Raumschiff befindet sich normalerweise auf dem Einschiffungsdeck.«

»He!« rief Dan. »Wieso sprechen Sie eigentlich Englisch?« Nachdem ihm diese konkrete Frage eingefallen war, fühlte Dan sich wesentlich besser.

»Ich bitte um Verzeihung, aber ich spreche gar nicht ... was haben Sie gesagt – ›Englisch‹? Alle robotischen Funktionen auf diesem Schiff sind mit Infraviolett-Dolmetschsensoren ausgestattet, die die Hirnimpulse der Passagiere automatisch nach Sprachmustern abtasten. Diese Muster werden dann in Ihren Köpfen umgewandelt, so daß Sie alles verstehen und sich verständlich machen können, solange Sie an Bord sind. Im Augenblick verstehen und sprechen Sie Blerontinisch. Ziemlich bequeme Sache für Science-fiction-Autoren, oder?«

Dan war sich nicht sicher, wie er diese letzte Bemerkung zu verstehen hatte – wollte der Roboter damit andeuten, daß er nichts weiter sei als das Phantasieprodukt irgendeines Schriftstellers und daß das Ganze hier gar nicht wirklich geschah? Doch bevor er in dieser Richtung auch nur einen Schritt weiterdenken konnte, überwältigte ihn die völlige Absurdität ihrer derzeitigen Situation: Sie sausten an dem riesigen Kiel entlang senkrecht nach oben auf den Hauptrumpf des Schiffs zu, eine Meile oberhalb der Erdoberfläche.

*

Nigel tippte eine Nummer in sein Handy und rief halbherzig aus dem Wagenfenster: »Dan? Lucy? Nettie?« Aber seine Stimme drang kaum bis zum zerbröckelten Mauerwerk des zerstörten Hauses.

Im nächsten Moment hörte er ein gespenstisches Tosen, als brandeten Meere gegen ein fernes Gestade.

»Hallo?« sagte sein Handy. »Polizeirevier Oxford. Kann ich Ihnen helfen?«

Nigel gab keine Antwort. Er war zu sehr damit beschäftigt, dem riesigen, unglaublichen Ding zuzusehen, wie es sich wieder in die Luft erhob und in Richtung Milchstraße verschwand.

»Hallo? Hier ist das Polizeirevier Oxford«, beharrte das Handy. »Wer ist dort?«

Nigel blickte auf das zerschmetterte Pfarrhaus und die Zufahrt, auf der seine Freunde noch vor wenigen Augenblicken gestanden hatten, und legte sein Handy auf die Ablage zurück. »Es ist nicht geschehen«, flüsterte er vor sich hin. »Es ist nicht geschehen.«

Man hätte meinen können, in der Art und Weise, wie

sich seine Schultern entspannten, wäre eine Spur Erleichterung zu erkennen gewesen, aber diese Idee hätte man gleich wieder als reines Hirngespinst von sich weisen müssen.

Nigel nämlich verkrampfte sich in genau diesem Moment bis in die Haarspitzen. Tatsächlich war er kurz davor, aus seiner Armani-Hose zu hüpfen; jedenfalls bumste er mit dem Kopf gegen die Decke seines Wagens.

»Autsch!« schrie er.

Ein alter Mann mit wallendem, weißem Bart saß schweigend auf dem Beifahrersitz; er hatte Tränen in den Augen, und eine seiner Augenbrauen war drauf und dran abzufallen.

Als das Schiff abhob, verspürte Dan ein flaues Gefühl im Magen. Was natürlich nur an der unglaublichen Schwerkraft lag, die auf seinen Körper einwirkte. Aber Dan, der gar nicht wußte, daß das Schiff abgehoben hatte, dachte bloß, er würde nervös. Das flaue Gefühl im Magen wurde rasch von einer Blutleere im Hirn abgelöst, die zu einer vorübergehenden leichten Benommenheit führte, der ein totaler Blackout folgte.

Wäre er nicht gerade ohnmächtig geworden, hätte Dan bemerkt, daß der Start auf Lucy und Nettie genau die gleichen Folgen gehabt hatte – auch wenn keiner von ihnen wußte, was geschah.

»Kein Grund zur Beunruhigung, Herr, Dame und Ding.«

Der höfliche Roboter schien sich mit der letzten Anrede an die im Augenblick völlig apathische Nettie zu wenden. »Ein Routinestart durch und durch. Ihr Lebensformen macht ein hübsches Nickerchen, während wir Maschinen das Schiff weitersteuern.« Dann jedoch wurde der Türboter selbst bewußtlos und lag als säuberliches Häufchen da, während das Raumschiff auf eine Geschwindigkeit beschleunigte, die die im Bauplan vorgesehene bei weitem überstieg, und seine Reise zu einem unbekannten

Viertel des intergalaktischen Raum-Zeit-Kontinuums aufnahm.

*

Die Roboter an Bord hatten das Bewußtsein offensichtlich vor den Menschen wiedererlangt. Denn Nettie stellte fest, daß sie entkleidet und in ein Bett in einer winzigen Kabine gepackt worden war, die ungefähr so groß war wie ihre Wohnung daheim in Haringay.

Abgesehen von der Größe war ihr alles an dem Raum fremd. Die Laken auf dem Bett bestanden aus irgendeinem Material, das sich wie Seide anfühlte, aber viel dicker und schwerer war. Auf dem Becher, in dem die Zahnbürste steckte, sah man das Bildnis einer in die Jahre gekommenen ägyptischen Opernsängerin – jedenfalls sah sie für Nettie so aus. Sie hatte mal eine Ansichtskarte von einer in die Jahre gekommenen ägyptischen Opernsängerin erhalten – und sie in einer Schublade aufbewahrt. Die Zahnbürste selbst war ziemlich merkwürdig, denn sie neigte ständig den Kopf und bürstete ihren eigenen Stiel, fast wie ein Vogel, der sich putzt.

Dem Bett gegenüber stand ein Fernseher, in dem ein Schneesturm das einzige Unterhaltungsprogramm zu sein schien. Nettie griff zur Fernbedienung, richtete sie auf den Apparat und begann auf Knöpfe zu drücken. Ein Cocktailschränkchen stieg aus dem Fußboden nach oben; ein Putzboter kam aus dem Kleiderschrank getrippelt, hob eine unsichtbare Staubflocke auf, quäkte: »Danke, daß Sie eine saubere Umgebung zu schätzen wissen!« und verschwand eiligst wieder; die Tür ging auf; die Lampen gingen an und aus, aber der Fernseher weigerte sich standhaft, ein anderes Programm als den Schneesturm zu zeigen.

»Oh! Hallo! Freut mich zu sehen, daß du dein Persönliches Elektronisches Teil gefunden hast, behalte es bitte ständig bei dir, denn er ist deine Verbindung zum *Raumschiff Titanic*. Willkommen an Bord.« Nettie stellte überrascht fest, daß offenbar die Stehlampe in der Kabinenecke sie angesprochen hatte. Instinktiv zog sie die Laken höher, um ihre Brüste zu verdecken.

»Wow! Kann ich dir nicht verübeln, daß du diese Schätzchen für dich behältst!«

»Würden Sie sich bitte umdrehen, während ich mich anziehe?« sagte Nettie. Die Lampe drehte sich brav herum. Von hinten sah sie genauso aus wie von vorn. »Würden Sie bitte rausgehen?« sagte sie.

»He! Das wär dufte! Ich hab's sowieso bis hier, in dieser Kabine rumzustehen!« Die Stehlampe marschierte forsch zur Tür. »Ach, nebenbei«, sagte sie heiter. »Ich bin dein Holboter. Falls du irgendwas brauchst, frag mich einfach. Ich stehe draußen. Mann! Herrlich, mal 'nen Tapetenwechsel geboten zu kriegen!« Und sie schloß die Tür.

»Ich bin sicher, daß sich dieser Roboter eigentlich gar nicht so verhalten soll«, sagte sich Nettie, während sie sich rasch die Kleider überzog und das Ding untersuchte, das sie irrtümlich für eine Fernbedienung gehalten hatte. Es waren eine Reihe von Knöpfen darauf. Sie drückte jenen, auf dem das Piktogramm eines Holboters zu sehen war; die Tür öffnete sich und der Holboter guckte herein.

»Maaann! Du siehst einfach super aus in diesem GAP-T-Shirt!« rief er.

»Würden Sie persönliche Komplimente bitte unterlassen!« sagte Nettie verärgert.

»He! Nichts für ungut, Mann!« Der Holboter schien ernsthaft gekränkt zu sein. »Was kann ich für dich tun?«

»Erstens möchte ich mit meinen Kollegen zusammenkommen. Zweitens wüßten wir wohl alle gern, wie wir wieder von diesem Schiff runterkommen.«

»Jessasmaria!« Der Holboter schnalzte mit den Fingern, es ertönte ein metallisches *Ping*! »Du meinst, es gibt noch mehr so heiße kleine Schnecken wie dich hier in der Gegend?«

»Für einen Androiden benehmen Sie sich äußerst unhöflich!« Nettie wußte, wie man mit einem Roboter redet. »Würden Sie bitte Ihre persönlichen Kommentare für sich behalten, sonst werde ich mich über Sie beschweren – und Sie wissen, was das bedeutet.«

Der Holboter erstarrte zur Salzsäule. »He, Mann! Ich bin ein echter ›Persönlichkeitsübertragungs‹-boter. Mein Charakter ist nun mal so!«

»Mir gefällt er aber nicht. Und Sie sind hier, um mich zu bedienen, also hören Sie sofort damit auf.«

Der Roboter fing an zu schmollen. »Schon gut! Hacken Sie bloß nicht weiter darauf rum.«

»Wissen Sie, wo meine Freunde sind?«

»Nachbarkabinen?« schlug der Holboter vor.

Im Nu war Nettie aus ihrer Kabine. Jede Tür in dem schmalen Gang, der in einem Bogen verlief, bis er sich den Blicken entzog, trug eine Aufschrift.

»Was heißt das?« fragte sie. Statt zu antworten, zog der Roboter eine Brille hervor, die er Nettie reichte. Nettie zögerte, dann setzte sie sie auf.

»Dolmetschbrille«, erklärte der Holboter niedergeschlagen.

Nettie erkannte jetzt, daß jede Tür einen Namen trug: »Hyazinthe«, »Jasmin«, »Rittersporn« und so weiter.

»Wie altmodisch«, murmelte Nettie und klopfte bei

»Blumenkohl« an. Nach etwa einem Dutzend vergeblicher Versuche bei verschiedenen Pflanzen wandte sie sich an den Holboter, der mit hinter dem Rücken verschränkten Händen schweigend hinter ihr her lief. »Hey! Wissen Sie oder wissen Sie nicht, wo meine Freunde sind?«

»Ich weiß es nicht«, sagte der Boter.

»Wissen Sie oder wissen Sie nicht, wie ich's anstellen kann, sie zu finden?« Nettie formulierte ihre Fragen sehr sorgfältig.

»Ja, ich weiß es«, sagte der Holboter nach einigem Überlegen.

»Dann erzählen Sie's mir«, sagte Nettie.

»Gästeliste«, meldete der Boter.

»Und wo ist die?«

»Empfangsboter – Einschiffungslobby – Einschiffungsdeck«, erwiderte der Boter.

»Kann ich nicht einfach aus meinem Zimmer anrufen?«

»Nicht aus den Suiten der Super Galactic Traveller Class, nein.«

»Dann zeigen Sie mir den Weg zur Einschiffungslobby«, sagte Nettie.

»Ähm!« antwortete der Holboter, »leider darf ich dieses Deck nicht verlassen, aber wenn Sie bis zu den Aufzügen durchgehen, wird sich der Liftboter um alle Ihre vertikalen Beförderungsbedürfnisse kümmern, und dann wird Sie ein Türboter zur Einschiffungslobby begleiten.«

Nettie seufzte. Sie wußte inzwischen schon sehr genau, daß es alles andere als *chic* war, in der Super Galactic Traveller Class zu reisen.

*

Lucy kam wieder zu sich und hörte ein lautes Klopfen. Sie setzte sich auf und blickte sich in einem ihr völlig unbekannten Raum um. Er war winzig und vollgepfropft, mit einem scheußlichen Lampenständer in der Ecke. Der Fernseher funktionierte nicht richtig, und die ganze Kabine war in einem schauderhaften Rosa gehalten. Aus dem Fußboden drang ein ununterbrochenes Knirschen, untermalt von dem scheußlichen Klopfen aus diesem Ding, das sie jetzt allmählich als Tür erkannte.

»Lucy!« Lucy merkte endlich, daß eine Stimme das Klopfen begleitete. »Mach die Tür auf!« Es war Dan.

»Wie denn?«

»Du hast da ein kleines Fernbedienungs-Dingsbums – nimm das!« brüllte Dan.

Nach etwas Herumgefummle gelang es ihr, die Tür aufzubekommen, und da war Dan, stand auf einem schmuddeligen Gang und fuhr sich mit den Fingern durch die Haare, wie er das immer tat.

»Gott sei Dank bist du okay!« Er setzte sein meilenbreites Lächeln auf, und Lucy stürzte sich auf ihn wie eine Ertrinkende.

»Was ist passiert?« schrie sie.

»Das werden wir rausfinden.« Gottlob hörte er sich zuversichtlicher an, als er sich fühlte.

»Wir sind in diesem Raumschiff, stimmt's?« Lucy hätte gern weniger verunsichert geklungen, denn jetzt, wo sie Dan bei sich hatte, hatte sie eigentlich das Gefühl, alles müsse gutgehen.

»Laß uns Nettie suchen und dann so schnell wie möglich aus diesem Ding hier rauskommen«, sagte Dan.

»Offenbar können wir andere Passagiere nur finden, wenn wir in die Einschiffungslobby gehen. Man sollte doch meinen, ein so raffiniertes Ding hätte Telefonverbindungen von einem Zimmer zum anderen!«

*

Der Lifteingang in der Super Galactic Traveller Class bot nicht den Blick in den zentralen Aufzugsschacht. Aber hatte man erst den Lift betreten, nahm einem die plötzliche schiere Riesigkeit des Raumes den Atem. Lucy und Dan waren einfach sprachlos.

»Äh!« sagte der Liftboter. »Wenn Herr, Dame oder Ding freundlicherweise einen Hinweis auf ihre vertikalen Beförderungsbedürfnisse geben wollten, könnte ich mit meiner Arbeit in gewünschter Weise fortfahren.«

»Zur Einschiffungslobby, bitte«, sagte Dan.

»Sie verlangen von *mir*, nach *oben* zu fahren?«

»Tu ich das?« fragte Dan.

»Die Einschiffungslobby befindet sich auf dem Einschiffungsdeck, Sir«, sagte der Liftboter in einem Tonfall, von dem die meisten Leute bloß träumen würden, wenn sie das Wort an besonders dämliche Nebelschwaden zu richten hätten.

»Dann möchten wir dort gerne hin.«

»Nach *oben?*«

»Ich vermute es.«

Der Liftboter zauberte ein Stöhnen aus tiefster Tiefe herauf und murmelte vor sich hin: »Diese jungen Leute heutzutage! Kümmern sich ’nen Dreck um diejenigen, die die Hölle von zwei Weltkriegen durchgemacht haben, aus der manche von uns nur mit einem Arm und einer kaputten Ehe wieder herausgekommen sind.«

Lucy versetzte Dan einen Tritt, da sie das Gefühl hatte, er würde gleich antworten. »Bringen Sie uns einfach zur

Einschiffungslobby«, sagte sie mit ihrer schönsten Rodeo-Drive-wir-nehmen-keine-Geiseln-Stimme, die sie immer benutzte, wenn sie antike Teppiche kaufte.

Der Liftboter unterdrückte ein mitleidvolles Naserümpfen, legte seine Hand auf den Hebel, der ihm aus dem Brustkorb ragte, und schob ihn mit einem Seufzer nach oben. Der Aufzug nahm Tempo auf, und erneut verschlug die außergewöhnliche Pracht des Raumschiffs den Menschenwesen die Sprache.

Lucy legte ihre Hand in Dans. In ihren Träumen hatte sie sich immer Häuser von solcher Größe und Schönheit ausgemalt, aber ihr war klar gewesen, daß diese zweifelsohne der Welt der Phantasie angehörten. Und dennoch, hier befand sie sich – in einem Interieur, das mit ihren Träumen übereinstimmte. Im Vergleich dazu wirkte das alte Pfarrhaus, über das Dan so wahnsinnig begeistert gewesen war, ziemlich nichtssagend.

Sie betrachtete Dan von der Seite. Sie hatte keine Ahnung, was er dachte. Aber wenn sie ehrlich war, hatte sie die nie.

⁂

Als sie in der obersten Etage des großen zentralen Schachtes aus dem Fahrstuhl traten, sahen sie gerade noch eine blonde Gestalt in hochhackigen Pumps durch die gegenüberliegende Tür verschwinden. Als sie schließlich die Einschiffungslobby erreichten, stießen sie auf Nettie, die offenbar in eine Unterhaltung mit einer Schreibtischlampe vertieft war.

»Dies hier ist die Einschiffungslobby, Herr und Dame.« Schon war ein Türboter herübergerollt und fuchtelte mit den Armen auf eher sinnlose Art und Weise vor ihnen herum. »Als Super-Galactic-Reisende haben Sie das Recht, diese Lobby zu durchqueren, aber die Sitzgelegenheiten oder die Bäder dürfen sie nicht benutzen. Super-Galactic-Traveller-Class-Einrichtungen stehen Ihnen nur auf Ihrem Deck zur Verfügung.«

»Wir reisen ja gar nicht«, sagte Dan. »Wir möchten bloß wissen, wie wir von diesem Ding runterkommen.«

Nettie, die mit der Schreibtischlampe nicht weiterzukommen schien, bemerkte sie in diesem Moment. »He! Da seid ihr ja!« rief sie, dann wandte sie sich wieder der Schreibtischlampe zu und sagte: »Paß auf, Funzelhirn, du kannst dir deine Antragsformulare selber ausfüllen – in dreifacher Ausfertigung – und sie dir in deinen blöden Lampenschirm schieben!« Die Schreibtischlampe legte den Kopf in die Hände und tat so, als guckte sie woandershin.

»Von diesem Ding runterkommen?« wiederholte der Türboter leise für sich, als Nettie zu ihnen trat.

»Ja!« antwortete Dan. »Wir wollen aussteigen – und zwar so schnell wie möglich.«

»Oooch!« Nettie sah etwas verstört drein. »Wollt ihr euch denn nicht wenigstens ein bißchen umsehen?«

Dan stellte fest, daß ihn diese außergewöhnliche Frau mehr und mehr erstaunte. »Ein bißchen umsehen?« rief er.

»Hast du denn keine Angst?«

»Na ja, ein bißchen aber es ist doch so *aufregend*! Und diese Dinger hier scheinen vollkommen harmlos zu sein.«

Sie faßte dem Türboter zärtlich unter das Kinn. Der rümpfte die Nase und tat so, als schnippte er einen kleinen Fussel von seinem Ärmel. Ein Putzboter kam aus der

Wandleiste geschossen, hob den imaginären Fussel auf, quäkte und sauste zurück in seine Behausung.

»Ist doch unglaublich, oder?« brachte Lucy unsicher hervor.

»Sensationell!« stimmte Nettie zu.

»Aber wir müssen vernünftig sein«, sagte Dan in bester »Ich-trage-die-Verantwortung«-Manier, durch die sich nie irgend jemand täuschen ließ. »Wir sollten den Ausgang suchen – damit wir wissen, wo wir sind – und dann könnten wir uns vielleicht ein bißchen umsehen, wenn ihr wirklich wollt.«

»Ich fürchte, das können Sie nicht, mein Herr.« Der Türboter rümpfte die Nase auf diese ganz spezielle Art, die jedem, der einem großkotzigen Reisebüro in Kensington kein Vermögen für sein Ticket gezahlt hatte, das Gefühl vermitteln sollte, er sei bloß eine unerwünschte Haarschuppe.

»Können was nicht?« fragte Lucy.

»Ich fürchte, Sie können das Schiff nicht verlassen«, antwortete der Türboter. »Und wenn Sie jetzt bitte so freundlich wären, sich umgehend auf Ihre eigenen Decks zu begeben ...«

»Moment mal!« Dan hatte beschlossen, eklig zu werden, was in seinem Fall grundsätzlich so eklig war wie ein Heftpflaster. »Was meinen Sie mit ›wir können das Schiff nicht verlassen‹?«

»Sind wir *Gefangene?*« Nettie klang leicht erregt.

»Nein, Madame oder Ding, natürlich sind Sie keine Gefangenen; es ist schlicht und ergreifend physikalisch unmöglich, zum gegenwärtigen Zeitpunkt auszusteigen, da das Raumschiff sich im Fluge befindet.« Der Türboter hüstelte und zeigte auf die Loggia und den großen zentralen Schacht.

»Ich schlage vor, Sie alle gehen hinunter ins Restaurant der Super Galactic Traveller Class, wo sie schlichte Hausmannskost und einen tollen Eingang vorfinden werden.«

Die Neuigkeit, daß sie sich im Flug befänden, löste bei den drei menschlichen Wesen sonderbare Wirkungen aus.

Hätte es ein Fenster gegeben, wären sie ohne Zweifel schnell rübergesaust. Da es keines gab, mußte die ganze Energie, die in das Rübersausen geflossen wäre, auf irgendeine andere Weise verbraucht werden. Nettie verbrauchte sie mit ein paar streßabbauenden Aerobic-Bewegungen. Lucy und Dan verbrauchten sie, indem sie Nettie anschrien.

»Da siehst du, was du angerichtet hast! O mein Gott! Wir sind im Weltraum! Es ist alles deine Schuld!« Dan entschied sich für die schlichte Beschimpfung.

»Ich hab's gewußt!« Lucy war auf Selbstbeschuldigungen aus, die schlechtes Gewissen provozieren sollten. »Ich hab's ja gewußt, daß wir dieser dußligen, hohlen Wasserstoffnuß nicht hinterherlaufen sollten!«

»Bitte unterlassen Sie das Schreien auf dem Einschiffungsdeck. Es könnten Erster- oder Zweiter-Klasse-Passagiere in der Nähe sein. Auf den Decks der Super Galactic Traveller Class können Sie so viel rumschreien, wie Sie wollen.« Wieder zeigte der Türboter auf die nach unten führende Treppe.

Nettie streckte die Hände in die Höhe. »He! He! Leute! Beruhigt euch!«

»Warum sollten wir uns beruhigen?!« Dan hatte auf »theatralisch« umgeschaltet. »Du hast unser zukünftiges Zuhause zerstört! Du hast uns in ein außerirdisches Raumschiff gelockt! Und jetzt sind wir nicht mal mehr auf der Erde! Weiß der Himmel, wie wir jemals zurückkommen sollen!«

»Bitte!« sagte Nettie. »Ich habe nicht euer zukünftiges Zuhause zerstört ...«

»Nein! Nein! Ich weiß! Tut mir leid! Ich hab mich bloß hinreißen lassen!« Dan wußte nicht, warum er das gesagt hatte.

»Und sollten die Dinge tatsächlich so liegen, wie dieser Roboter hier behauptet, dann behalten wir besser einen klaren Kopf und sehen zu, wie wir hier wieder rauskommen.«

»Arrrgggggh! Agggggghhhhhh! Arrrghhhhhhhhh!!« Lucy hatte beschlossen, ihre Bewunderung für die sagenhafte Ausstattung des Raumschiffs aufzugeben, und wieder auf Urschrei zurückgeschaltet.

»Schreien Sie bitte nur auf den Decks der Super Galactic Traveller Class!« bat der Türboter nachdrücklich.

»WAS?!« brüllte Dan. »WAS *KÖNNEN* WIR TUN?! TUN?!«

»Ich schlage vor«, sagte Nettie ruhig, »wir suchen den Kapitän – es muß ja einen geben –, erklären ihm unsere Lage und bitten ihn, uns nach Hause zu bringen.«

»Wunderbar! O wunderbar!« Dan war außer sich vor Sarkasmus. »WUNDERBAR! Den Kapitän suchen! Warum ist *mir* das nicht eingefallen? O ja! Brillante Idee! ... Das heißt, eigentlich ist es eine ziemlich gute Idee.«

»Arrgh! Aaaaaagh! Arrrrrgh!« fing Lucy nach einer kurzen Pause wieder an.

»Halt den Mund!« sagte Dan. Es war das erste Mal, daß er so mit Lucy gesprochen hatte, und sie verstummte überrascht.

»Wo finden wir denn den Kapitän?« wandte sich Nettie an den Türboter, der sich ängstlich umblickte, um sich zu überzeugen, daß von diesem ganzen Super-Galactic-Traveller-Class-Geschrei keine anderen Passagiere belästigt wurden.

»Der Kapitän, Madame oder Ding, ist auf der Kommandobrücke zu finden«, sagte der Türboter kühl und mit tödlicher Logik.

»Und wie kommen wir da hin?«

»Gar nicht«, antwortete der Roboter gelassen. »Die Kommandobrücke ist nur von den Erster-Klasse-Räumen aus erreichbar.«

»Tja, da können wir sicher einfach durchgehen, um zur Brücke zu kommen«, folgerte Nettie.

»Bedaure, nein«, rümpfte der Türboter die Nase. »Alle Reiseklassengrenzen werden auf diesem Schiff strikt eingehalten.«

»Ach, hören Sie doch auf damit!« rief Dan. »Dies hier ist ein dringender Notfall!«

»Hier rüber!« sagte Nettie. Sie hatte gerade ihre Dolmetschbrille aufgesetzt und konnte jetzt das Schild – AB HIER NUR PASSAGIERE DER ERSTEN KLASSE – an einer Tür am anderen Ende der Lobby lesen.

»Ziemlich raffiniert!« rief Dan, als Nettie erläutert hatte, woher sie wußte, welchen Weg sie einschlagen mußten.

»Arrrrgh!« sagte Lucy. »Entschuldigung! Ich wollte gar nicht schreien! Dieser Roboter hat sich bloß so schnell bewegt!«

Und das stimmte: In dem Moment, als sich Dan, Nettie und Lucy auf den Erster-Klasse-Eingang zubewegt hatten, hatte der Türboter sie überholt und sich zwischen ihnen und der Tür aufgestellt.

»Ich bedauere, Herr, Dame und Ding …«

»Hören Sie auf, mich Ding zu nennen«, sagte Nettie.

»Super-Galactic-Traveller-Class-Reisenden ist der

Durchgang nicht gestattet. Wenn Sie jetzt freundlicherweise auf ihre eigenen Decks zurückkehren würden ...«

»Gehn Sie mir aus dem Weg, Johann«, sagte Dan und schob sich an dem Roboter vorbei.

»Der Herr wird die Tür verschlossen finden«, rümpfte der Türboter erneut verächtlich die Nase, »und sollten Sie nicht in Ihre eigenen Räume zurückkehren wollen, sähe ich mich gezwungen, die Sicherheitsbeamten des Schiffs zu rufen. Sie haben bissige Kaninchen.«

Dan und Lucy schoben und zogen mittlerweile an der Erster-Klasse-Tür, was sich jedoch als zweckloses Unterfangen erwies.

»Es muß doch noch eine andere Möglichkeit geben«, sagte Nettie. Etwas an ihrem Tonfall ließ Dan und Lucy wieder ruhiger werden und zu vernünftigen Überlegungen zurückkehren.

»Okay!« sagte Dan. »Laßt mich mal die Sache in die Hand nehmen. Schließlich ist Reisen mein Geschäft – oder war es zumindest. Das Problem, mit dem wir es hier zu tun haben, ist ein für Reisende auf der ganzen Welt alltägliches: Wie kommen wir an eine kostenlose Höhergruppierung?«

Der Türboter verstummte.

»Ha!« Dan wußte die Antwort sofort – kollektive Dummdreistigkeit. »Wenn Sie uns nicht auf der Stelle sagen, wie man eine kostenlose Höhergruppierung bekommt, melde ich Sie dem Reisebüroverband.« Es war ein Bluff, aber er hatte schon etliche Male funktioniert.

»Ich kann Ihnen da nicht helfen, *Sir*.« Die Verachtung in der Stimme des Roboters war jetzt so spürbar, daß sich die Haut der Menschenwesen rauh anfühlte. »Da werden Sie sich beim Empfangsboter erkundigen müssen.« Und er zeigte auf die Schreibtischlampe, mit der sich Nettie zuvor unterhalten hatte.

»Was denn!« schnaubte Nettie. »Diese Maschine ist ungefähr so hilfreich wie ein trägerloses Ballkleid bei Mach 3!«

Aber Dan war schon zu dem Empfangsboter gelaufen und schickte sich an, sich auf ein heroisches Maß herabzuwürdigen.

»Hören Sie zu«, begann er, »uns sind falsche Räumlichkeiten zugewiesen worden. Dies ist – ich denke, Sie erkennen sie sofort – Gloria Stanley, die Schauspielerin.« Dan zeigte auf Nettie, die sofort begriff, was er vorhatte, und dem Empfangsboter pflichtschuldig einen lasziven Blick zuwarf.

»Ich bin ihr Manager, und diese junge Dame hier ist ihre Anwältin.« Lucy spielte die Rolle in ihrem strengen Nadelstreifenkostüm wirklich überzeugend. »Wir hätten Erster-Klasse-Tickets bekommen sollen, aber unser Reisebüro hat bei der Buchung was vermasselt. Würden Sie uns bitte sofort neue Kabinen zuweisen?«

Der Empfangsboter hob seinen Schirm oder Kopf und blickte Dan mit seinen beiden Glühbirnen direkt in die Augen. Dan wand sich, behielt aber die Fassung.

»Und bei welchem Reisebüro soll das gewesen sein?« fragte der Empfangsboter.

»Top Ten Travel.« Dan hatte sich inzwischen gut in seine Rolle hineingefunden.

Der Empfangsboter flackerte ein paarmal, als sähe er irgendwo in seiner Datenbank eine Datei durch. Man hörte so was wie ein »Bing!«, und der Roboter trommelte mit den Fingern auf den Schreibtisch. »In der Galaxis ist ein solches Reisebüro bei mir nicht verzeichnet.«

»Ich kann Ihnen versichern, daß es existiert«, sagte Dan, während er dachte: »Na ja, bis heute morgen *hat* es jedenfalls existiert.«

»Hören Sie, wir brauchen eine Höhergruppierung für die Erste.« Lucy hatte beschlossen, sich einzumischen.

»O ja, Madame.« Der Empfangsboter war inzwischen unverschämt höflich. »Und wessen Konto soll mit dieser ›Höhergruppierung‹ belastet werden?«

»Mayem, Bader & Lizt«, sagte Lucy. Es war der Name ihrer Anwaltskanzlei.

»Eine solche Firma ist bei uns nicht verzeichnet«, sagte der Empfangsboter.

»Sie haben ja nicht mal Ihre Datenbanken überprüft!« rief Lucy entrüstet.

Der Empfangsboter flackerte ein paarmal, dann hörte man wieder ein »Bing!« Der Empfangsboter beugte sich vor: »Ich kann Sie nur höhergruppieren, wenn Sie die Differenz im voraus bezahlen.«

»Was kostet das?« Dan spürte, daß sie sich jetzt auf unsicherem Boden bewegten.

»Siebzig Millionen Pister oder zwei Pnedes. Bargeld wird nicht akzeptiert, und Sie können nur mit der Goldenen Galactic Credit Card bezahlen.«

»Ich glaube, Ihnen ist nicht ganz klar, wer Gloria Stanley ist ...« Dan beschloß, eine andere Gangart einzuschlagen.

»Es interessiert mich einen Dreck, wer ›Gloria Stanley‹ ist«, sagte der Empfangsboter plötzlich und ziemlich unerwartet. »Ich kann Sie nur höhergruppieren, wenn Sie im voraus mit einer Goldenen Galactic Card bezahlen.«

»Ach, gib's auf«, murmelte Nettie, der solche Dinge auf den Geist gingen.

»Hören Sie«, sagte Lucy in ihrem vermittelndsten Anwältinnenton, »es muß doch für Sie eine Möglichkeit geben, uns eine Höhergruppierung zu verschaffen. Wir sind angesehene Kunden.«

Diesmal schien der Empfangsboter einen raschen Kontrollblick auf einen kleinen, in den Schreibtisch eingelassenen Monitor zu werfen. »Super Galactic Traveller Class – *gratis*«, las er mit vorwurfsvoller Stimme. »Sie reisen auf *Frei*fahrschein?!«

»Genau! Wir sind angesehene Kunden! Prominente!«

Dan hatte alle Vorsicht über Bord gehen lassen. Aber der Empfangsboter schüttelte nur den Schirm. Hätte er eine Lippe gehabt, hätte sie sich gekräuselt.

»Tut mir leid, da kann ich absolut nichts machen. Man kann einfach nicht von der Super Galactic Traveller Class zur Ersten Klasse höhergruppieren – und schon gar nicht auf ein *Gratis*ticket. Wenn Sie Zweiter Klasse reisten, könnte ich vielleicht was machen.«

»Hören Sie zu!« sagte Nettie zu der Schreibtischlampe. »Uns ist völlig egal, in welcher Klasse wir reisen ...«

»Mir nicht!« sagte Dan.

»Mir auch nicht!« rief Lucy.

»Wir möchten nichts weiter«, fuhr Nettie fort, »als mit dem Kapitän reden. Können Sie uns zu ihm bringen?«

»Es ist gegen die Firmengrundsätze«, antwortete der Empfangsboter, »Super-Galactic-Class-Reisenden – vor allem *Gratis*reisenden – die persönliche Bekanntschaft mit irgendeinem der höheren Offiziere zu vermitteln.«

»Herrgott!« flüsterte Nettie den beiden anderen zu. »Ich halte das nicht aus. Es muß doch eine Möglichkeit geben, zum Kapitän durchzukommen.«

»Wie können wir denn in die Zweite Klasse höhergruppiert werden?« Lucy war jetzt klar, daß Dan sich fest und sicher im Griff der stärksten dem Menschen bekannten Macht befand: dem Wunsch nach einer Gratis-Höhergruppierung. Nichts konnte ihn aufhalten.

»Das kann doch sicher keine allzu große Bitte sein?« Dan lavierte zwischen Winseln und Schmeicheln.

Der Empfangsboter blickte ernst an die Decke.

»Das ist ein sehr hübscher Schirm, den Sie da aufhaben.« Nettie hatte sich entschlossen, es auf andere Weise zu versuchen.

»Es sind nur die Firmenfarben«, sagte der Empfangsboter.

»Aber er steht Ihnen«, sagte Lucy.

Dan verdrehte die Augen.

»Jetzt passen Sie mal auf!« versuchte er die Kontrolle über die Diskussion wieder an sich zu reißen, aber der Empfangsboter unterbrach ihn.

»Sie finden kostenlose Höhergruppierungs-Gutscheine in Ihren Kabinen. Und jetzt, *bitte*, habe ich Besseres zu tun.«

Gutscheine?« grunzte Dan, als sie durch die Loggia am oberen Ende des zentralen Aufzugsschachtes zurückrannten.

»Ist das nicht die Reiseindustrie, wie sie leibt und lebt? Warum sagen die einem so etwas nie gleich?«

Der Liftboter war fröhlicherer Stimmung – aber auch nur um Haaresbreite. »Runter?« sagte er. »Genau das hat Chalky White mir vor diesem Schützenloch in Ypern zugeschrien. Es war das Allerletzte, was er gesagt hat. ’ne V-1 hat ihn erledigt – ’selbe Bombe, die mir den Arm und das Bein weggerissen hat. ›Runter!‹ Ich hör seine Stimme noch heute …«

Bis der Aufzug auf dem Super-Galactic-Traveller-Class-Deck angekommen war, hatten die drei sich einen vollständigen Bericht über die kümmerlichen Behandlungsmöglichkeiten auf dem Verbandsplatz von Caën, über die technischen Details, wie ein Gangrän aus einer tiefen Wunde auszuräumen war, und eine fast vollständige Auflistung der Requirierungstechniken der Alliierten Streitkräfte in Zypern anhören müssen. Für einen Roboter einer Zivilisation, die nichts von der Erde wußte, war es eine äußerst eindrucksvolle Leistung.

»Lieber Gott, ich hoffe nur, wir müssen diesen Aufzug nicht noch öfter benutzen«, stöhnte Dan, als die drei den Super-Galactic-Traveller-Class-Korridor hinunterrannten.

»Primel … Dahlie … Chrysantheme …« Nettie las die Namen durch ihre Dolmetschbrille.

»Wir wissen nicht mal, wie unsere hießen«, jammerte Lucy.

»Ah! ›Kohl‹«, rief Nettie. »Das hier ist meine!«

Sie gelangte mit ihrem PET (Persönliches Elektronisches Teil) hinein und fand ihren Höhergruppierungsgutschein auf der letzten Seite ihres Exemplars des *Super Galactic Traveller Magazins* – gleich hinter den Duty-Free-Artikeln.

»Hört zu!« sagte sie zu den anderen beiden. »Während ihr versucht, eure Kabinen zu finden, gehe ich mir meine Höhergruppierung holen. Ich habe eine Idee.« Sie eilte zurück in die Einschiffungslobby, wobei sie den Bericht des Liftboters über das Leben mit einer Armeepension ohne Invaliditätszuschlag zu überhören versuchte, und während der Empfangsboter widerstrebend auf ihr Ticket die Höhergruppierung zur Zweiten Klasse stempelte, stellte sie die Frage: »Ich nehme an, der Maschinenraum ist hinten, nicht wahr?«

»Am Ende des Großen Zweiter-Klasse-Kanal, den Sie jetzt passieren dürfen. Hier ist noch ein Gutschein für ein Glas Mondtrank an der Bar.« Der Empfangsboter überreichte Nettie ein weiteres Ticket und schaltete sich ab.

Nettie ging, so schnell sie konnte – ihre hohen Absätze hallten in der Loggia wider – auf den Eingang zur Zweiten Klasse zu.

*

Unterdessen zockelten Lucy und Dan niedergeschlagen durch die Korridore der Super Galactic Traveller Class und richteten ihre Persönlichen Elektronischen Teile erfolglos auf eine Tür nach der anderen.

»Was hat Nettie denn für einen Plan?« Dan hatte beschlossen, sie von ihrer augenblicklichen hoffnungslosen Aufgabe etwas abzulenken.

»Sie hat was vom Maschinenraum gesagt«, knurrte Lucy.

»Vielleicht versteht sie ja was von Motoren?« sagte Dan.

»Nettie?! Ja, klar! He! Da hat's geklickt! Ich schwöre es!« Lucy versuchte eine der Türen zu öffnen, aber sie blieb ihr entschieden verschlossen.

»Also weißt du, für eins von Nigels Flittchen ist Nettie ganz schön helle.« Dan nickte vor sich hin.

»Ach, ich wußte gar nicht, daß du an ihrem Grips interessiert bist«, antwortete Lucy.

»Was soll das denn heißen?« Dan war überrumpelt.

»Sie geht auf!« rief Lucy, als eine Tür für einen Moment nachzugeben schien. »Ach! Nein, doch nicht ...«

»Sie ist ein nettes Mädchen«, sagte Dan.

»Du solltest es eigentlich wissen. Du hast sie doch die ganze Zeit seit dem Abendessen angegafft ... Herrgott! Wann *war* das denn? Kommt mir vor, als wär's ein ganzes Leben her!«

»Ich hab sie nicht angegafft.« Dans »gekränkte Unschuld«-Rechnung war an manchen Tagen irre hoch.

»Jedenfalls«, reagierte Lucy jetzt ihre Frustration ab, »wenn Nettie so helle ist, wieso läßt sie es dann zu, daß Nigel sie wie eine Barbie-Puppe behandelt?«

»Tut sie das?«

»Ich finde solche Frauen zum Kotzen! Warum setzt sie sich nicht für sich selber ein?«

»Trotzdem könnte sie ziemlich helle sein«, warf Dan ohne große Hoffnung ein. Lucys Überzeugungskraft hatte immer eine niederschmetternde Wirkung auf ihn.

»Es besteht kein Zusammenhang zwischen der Größe des Gehirns und der Größe der Brüste«, gab Lucy bissig zurück.

»Gefunden!« Dan hatte gerade sein PET auf eine Tür gerichtet, und sie hatte sich wunderbarer- und freundlicherweise vor ihnen geöffnet.

»Dolmetschbrille!« bellte Lucy ihren Befehl dem Lampenständer entgegen und fand das *Super Galactic Traveller Magazin* in einem Gestell: neben einem Prospekt über Aerobic-Gruppen, einer Liste mit Selbstbedienungs-Waschsalons, die den Super-Galactic-Traveller-Class-Passagieren zur Verfügung standen, einem 132 Seiten umfassenden Formular, in das man seine persönliche Benotung des Personals und der Reise eintragen konnte, und einer kleinen Broschüre mit dem Titel »Was im Brandfall zu tun ist«. Offensichtlich wurde empfohlen, stets äußerst ruhig und cool zu bleiben. Außerdem sollte man seine Kabine nicht verlassen und nicht versuchen, mit jemandem von der Besatzung Kontakt aufzunehmen. Und erneut wurde man daran erinnert, ganz entspannt zu bleiben und den Rest des Fluges zu genießen. »Findest du nicht, daß es kälter wird?« fragte Lucy, als sie den Gutschein aus der Zeitschrift zog.

»Jedenfalls«, sagte Dan, »habe ich Nettie nicht angegafft.«

*

Nettie wartete schlotternd darauf, daß die Tür zum Zweiter-Klasse-Bereich aufginge. Einen kurzen Augenblick wünschte sie sich, ihr GAP-T-Shirt würde ihren Nabel bedecken. Dann aber öffnete sich die Tür, und ihre Sinne wurden von dem Anblick, der sich ihr bot, völlig überfahren. Sie befand sich an der Hauptmole des Großen Zweiter-Klasse-Kanals, der sich vor ihr unter einem künstlichen Himmel erstreckte. Dicke Säulen begrenzten die elegant geschwungenen Wände, und brennende Kohlenbecken standen in regelmäßigen Abständen an den Kanalufern. Überall auf dem Kanal glitten automatisierte Gondeln träge hin und her, deren Gondelboter angenehm sangen – ein Lied, das der Hauptdurchgangsstraße des *Raumschiffs Titanic* Harmonie und Frieden verlieh:

»Sie liebte ihn sehr!
Sie schwang hin und her!
Sie küßt' ihn auf seinen lächelnd-schönen Mund.
Da sang der Gondelboter:
›Du Holde! Du Hehre!...‹
Und sie steckte sechs Pnedes ihm in den Bund.«

Nettie stieg in die nächstbeste Gondel, und das Singen verstummte. »Zum Maschinenraum«, sagte sie.

»*Sì*! Du Arbeitskamerad eines siegreichen Leichtathletiktrainers!« sagte der Gondelboter, und sie glitten davon, den Großen Axialkanal hinab.

»Sagen Sie mal«, wandte sich Nettie an den Gondelboter, »sollten Sie nicht eigentlich singen, wenn Sie einen Fahrgast haben, statt es anders herum zu machen?«

»*Sì*! Scharfsinnige Kieferorthopädin!« erwiderte der Roboter und atmete gleichmäßig von der Anstrengung, das Boot fortzubewegen. »Mit dem zentralen Intelligenzsystem des Schiffs muß etwas nicht in Ordnung sein.«

Nettie nickte und notierte es sich innerlich.

Die Gondel trug sie den Großen Axialkanal schnurgeradeaus genau in der Mitte hinab. Das Tempo war gemächlich, und die ganze Atmosphäre so ganz anders als die, die sie sich auf einem Raumschiff vorgestellt hatte – ganz zu schweigen von einem *außerirdischen* Raumschiff –, daß Nettie sich behaglich in die Kissen zurücksinken und ihre Gedanken schweifen ließ.

Sie fragte sich, weshalb ihre Lage ihr nicht mehr Sorgen bereitete. Fast hatte sie das Gefühl, es sei irgendein gütiges Wesen in dem Raumschiff – etwas oder jemand, von dem sie wußte, daß er oder es sich um sie alle kümmern würde. Nettie schüttelte den Kopf – die Gedanken waren allesamt ein bißchen zu formlos, um einen Sinn zu ergeben.

Und Nigel? Wie stand es mit dem? Warum vermißte sie ihn nicht richtig? Seit nunmehr drei Monaten hatte sich ihr ganzes Leben um ihn gedreht. Sie hatte dafür gesorgt, daß sein Terminkalender auf dem laufenden war und daß er auch wirklich hineinsah. Sie hatte dafür gesorgt, daß er jeden Tag die Socken wechselte, und ihm die Unterhosen mit der Hand gewaschen. Sie mußte ihn schon sehr lieben! Und trotzdem wußte sie, daß er aus ihrem Leben einfach verschwunden war. Nicht bloß, weil sie von einem außerirdischen Raumschiff voller Roboter entführt worden waren ... Himmelherrgott! Sie wußte, sie würde wieder zur Erde zurückkehren. Sie wußte, es würde ihnen nichts geschehen. Aber Nigel wäre für sie einfach nicht mehr da. Etwas war kaputtgegangen, und irgendwie tat es ihr nicht einmal leid. Die Gondel stieß an. Sie hatten die Mole erreicht.

»Der Gondelboter lag auf den Knien im Nu.
Sie warf vom Trapez eine Kußhand ihm zu.«

… sang der Gondelboter, kaum daß Nettie aus der Gondel ausgestiegen war.

»Danke!« sagte Nettie.

»Von Stund an ward die Dame vor Liebe so wund …«,

sang der Roboter.

Nettie rückte ihre Dolmetschbrille zurecht und entdeckte augenblicklich ein Schild mit der Aufschrift: NUR BESATZUNG UND PERSONAL. Sie folgte dem Schild einen Chromstahlkorridor hinunter auf eine Reihe leuchtend blauer Türen zu.

Beim Näherkommen war kein Maschinenlärm zu vernehmen, sofern nicht das ferne Blätterrascheln von der Maschine kam – oder war es das Branden eines Meeres gegen ein fernes Gestade? Nettie spürte, wie ein Prickeln sie durchfuhr, und dann bemerkte sie, daß es nur ein Bibbern war. Es war inzwischen wirklich sehr kalt auf dem Schiff geworden. Und bildete sie es sich nur ein, oder fiel ihr das Atmen wirklich schwerer?

Vor den leuchtend blauen Türen schwenkte Nettie ihre John-Lewis-Kreditkarte und sagte in einem Kommandoton, den sie noch nie angeschlagen hatte: »Zoll- und Steuer-Sonderdurchsuchungsbefehl. Aufmachen!«

Ein kurzes Zögern folgte. Die leuchtend blauen Türen gingen einen Spalt weit auf, dann schlossen sie sich wieder, zögerten, und öffneten sich schließlich gehorsam.

Der Maschinenraum ähnelte dermaßen denen aus Science-fiction-Filmen, daß Nettie sich sofort heimisch fühlte. Nur – was war diese schwarze, schwarze Finsternis dort hinter der dicken Fensterscheibe? Dort schien überhaupt nichts zu sein, und trotzdem führten alle Leitungen und alles andere offenbar dort hinein.

Nettie sah sich nach der Bordsprechanlage um. Ihre Idee war ganz simpel gewesen: Wenn es ihnen nicht gelänge, zur Brücke hinaufzukommen, um persönlich mit dem Kapitän zu sprechen, dann würde sie ihn eben vom Maschinenraum aus anrufen. Irgendeine Art von Verbindung zwischen der Brücke und den Maschinisten mußte es doch geben.

In der Ecke sah sie ein kleines Schränkchen. Nettie öffnete die Türen und entdeckte zwei Knöpfe. An dem einen stand: BOMBENWARNUNG, und an dem anderen: SCHARFMACHEN. Eine plötzliche Kälte durchwogte Nettie, kälter noch als die derzeitige Temperatur auf dem Schiff. »Bombe!?« War eine Bombe an Bord?

Nettie drückte auf den Knopf mit der Aufschrift BOMBENWARNUNG. Eine freundliche Stimme sagte: »Danke für Ihre Erkundigung nach dem Zustand des 8D-96 Volle-Kraft-Mega-Selbstversenkers – ›Eine Bombe, Auf Die Man Stolz Sein Kann‹ – der Mega-Selbstversenkungs-Gesellschaft, zu Ihrem Nutzen auf diesem Raumschiff installiert. Es ist mir eine Freude, Ihnen mitteilen zu dürfen, daß der Mega-Selbstversenker zur Zeit nicht in Betrieb ist. Danke für Ihr Interesse an Bomben.«

»Was für ein Trost«, murmelte Nettie. »Und wo ist die Bordsprechanlage?«

Was anschließend geschah, ist völlig unklar. Nettie selbst konnte sich einfach an nichts mehr erinnern. Sie wußte nur noch, daß sie die Leiter neben der Panzerglasscheibe hinaufgestiegen war. Sie erinnerte sich, daß sie mehr denn je fror, daß ihr das Atmen immer schwerer fiel und daß sie dann gespürt hatte, wie eine Kraft nach ihr griff ... eine Kraft, die sie seitwärts von der Leiter zog ... eine Kraft, die so gewaltig war, daß sie das Gefühl hatte, sie würde in ein Schwarzes Loch oder so was Ähnliches hineingesogen ... während sie sich waagerecht von der Leiter auf das zustürzen fühlte, was immer da hinter der Panzerglasscheibe war ... Als nächstes wurde ihr klar, daß sie im Finstern umherwirbelte – und um ihr Leben kämpfte.

Dan und Lucy hatten Schwierigkeiten.

Beide waren sie im Besitz ihrer Gutscheine, und beide hatten sie dem Empfangsboter mit Erfolg eine Höhergruppierung zur Zweiten Klasse abgeschwatzt, aber das heiklere Aushandeln einer Höhergruppierung zur Ersten Klasse erwies sich als enorm zähe Angelegenheit.

»Sie haben keine Kreditkarten. Sie sind nicht Mitglieder des Sechzig-Millionen-Meilen-Clubs. Sie sind nicht einmal registrierte Vielreisende! Diese ganze Diskussion ist zwecklos. Sie werden feststellen, daß die Zweiter-Klasse-Einrichtungen an Bord dieses Raumschiffs *Ihren* Bedürfnissen mehr als entsprechen.«

Wie konnte selbst ein Roboter nur so unglaublich, so entschlossen rotzig sein? fragte sich Dan.

»Dan!« sagte Lucy. »Wir können uns die Puste sparen – das heißt, bilde ich mir das nur ein, oder wird das Atmen wirklich immer schwieriger?«

Dan zog die Luft durch die Nase ein. Lucy hatte recht.

Außerdem wurde es kälter. »Großer Gott!« murmelte er.

»Luft und Heizung sind auf Normalstand«, meldete der Türboter.

»Schwachsinn!« schnauzte Lucy. »Es wird kälter, und das Atmen wird immer schwieriger!«

»Ich versichere Ihnen, daß Luftzufuhr und Temperatur für den Super-Galactic-Traveller-Class-Komfort auf Maximum eingestellt sind«, sagte der Türboter.

»Wollen Sie damit sagen, daß es für die verschiedenen Klassen von Reisenden verschiedene Kategorien der Luftzufuhr gibt?« rief Dan.

»Normalerweise nicht, Sir, nein«, antwortete der Türboter. »Sollte das Schiff jedoch ohne Passagiere der Ersten oder Zweiten Klasse auf Reisen sein, wird die Sauerstoff- und Heizungszufuhr natürlich auf die Komfortbedürfnisse von Super-Galactic-Traveller-Class-Passagieren abgesenkt.«

»Herrgott!« rief Lucy. »Ihr Typen seid wirklich der zynischste Verein, der mir jemals über den Weg gelaufen ist!«

»Wenn ich wieder zu Hause bin, gehe ich sofort zum Reisebüroverband!« Dan ließ sich nicht länger auf Diskussionen ein. Allmählich begann er, vor Panik zu schwitzen – trotz der Kälte. »Hier gibt's nicht genug Luft zum Atmen!«

»Für die Super-Galactic-Traveller-Decks ist reichlich Luft vorhanden, Sir, aber leider wird sie übers ganze Schiff verteilt.«

Lucy war mittlerweile wieder zu dem Empfangsboter zurückgegangen und hämmerte auf dessen Schreibtisch.

»Tut mir leid, Madame«, sagte der Empfangsboter, »aber Firmenrichtlinie ist, die Erste und Zweite Klasse nur mit Luft und Heizung zu versorgen, wenn Erster- und Zweiter-Klasse-Passagiere an Bord sind.«

»Aber wir *sind* doch Zweiter-Klasse-Passagiere!«

»Nach meinen Unterlagen haben wir keine Zweiter-Klasse-Passagiere an Bord.«

»Aber Sie haben uns doch gerade selber die Höhergruppierung gegeben! Wir hatten Gutscheine!«

»Leider werden Zweiter-Klasse-Gutscheine nicht vor Monatsende bearbeitet. Danke für Ihre Nachfrage.« Der Empfangsboter schaltete sich urplötzlich ab.

»Na schön … Na schön …« Dan versuchte auf »entschlossen« umzuschalten. »Wichtig ist, daß wir alle zusammenbleiben. Geh und hol Nettie, während ich versuche, Klarheit in dieses Chaos zu bringen.«

»Aber wenn ich Nettie holen gehe, bleiben wir nicht alle zusammen.« Lucys rationale Ader neigte dazu, immer dann lästig zu werden, wenn Dan auf »entschlossen« geschaltet hatte.

»Na schön! Dann gehe *ich* und hole sie.«

»Das ist doch dasselbe! Außerdem – wieso bist du um Nettie so besorgt?«

»Bin ich gar nicht! Ich meine nur, wir sollten alle zusammenbleiben, falls einer von uns Hilfe braucht.«

»Welche Art Hilfe soll das denn sein, wenn uns allen die Luft ausgeht und wir erfrieren?« Lucy kochte, trotz der Kälte.

»Na schön! Dann gehst du eben nicht Nettie suchen! Aber was *sollen* wir denn tun?«

Dan klang so verzweifelt, so elend … und trotzdem hatte Lucy es komischerweise lieber, als wenn er auf »entschlossen« schaltete.

»Ich sehe mal, ob ich Nachschub an Sauerstoff finden kann. Und du verschaffst uns Zugang zur Ersten Klasse!«

»Aber das heißt trotzdem nicht ›zusammenbleiben‹!« stöhnte Dan.

»*Ich* habe nie gesagt, wir sollten zusammenbleiben. Das war *deine* Idee«, sagte Lucy. Dann legte sie ihren Arm um Dan und gab ihm einen dicken Kuß auf die Wange. Sie konnte ihm einfach nicht widerstehen, wenn er verletzlich wirkte. »Kopf hoch, Zweiter-Klasse-Reisender! Wir überstehen das alles, ganz bestimmt!« Und damit war sie verschwunden, und Dan fühlte sich plötzlich furchtbar allein.

So allein ... daß er das Gefühl hatte, er könnte seine Einsamkeit in die Hände nehmen und an sich drücken ... Doch während er dies noch so empfand, wurde ihm klar, daß nicht Lucys Abwesenheit für seine innere Leere verantwortlich war. Es war etwas anderes.

Lucy war ein kluges Köpfchen, obwohl sie ihr ganzes Leben in L.A. zugebracht hatte. Trotz ständigem Kohlenmonoxyd und ständigen Leuten aus der Filmindustrie hatte sie sich ihre Klugheit bewahrt. Sie hatte sich zur Anwältin ausbilden lassen und war in der Kanzlei, in der sie arbeitete, hoch angesehen. Ihr Spezialgebiet war Vergnügungsrecht, trotzdem benutzte sie ihr Gehirn sehr gern, und jetzt bot sich eine gute Gelegenheit.

»Wo werden hier wohl die Sauerstoffgeräte aufbewahrt?«

Sie sagte es tatsächlich laut vor sich hin, als sie die Loggia am oberen Ende des zentralen Aufzugsschachtes durchquerte. »Ich hab's!« Plötzlich wußte sie genau, wo sie nachsehen mußte. Herrgott! Es war so toll, klug zu sein! Sie hatte immer dem Himmel gedankt, daß sie nicht als so ein dickbusiges Flittchen auf die Welt gekommen war wie gewisse Leute, die ihr einfielen.

»In einem Kaufhaus«, sagte sie sich, »fände man den Gebäudeplan bei den Aufzügen ... Also ...« Und tatsächlich – da war er! Bei den Aufzügen – obgleich dies hier kein Kaufhaus war. Sie drückte auf einen kleinen Knopf, und eine große Fläche im Fußboden leuchtete auf und zeigte den Grundriß des *Raumschiffs Titanic*. Noch toller war, daß sie mit einem zweiten Bedienungshebel rein- und rauszoomen konnte. Macy's war nichts dagegen! Lucy setzte ihre Dolmetschbrille auf und las: MEDIZINISCHES ZENTRUM. Genau da würde sie Sauerstoff finden. Und ohne irgendwelche von den Sonderangeboten zu nutzen, die der Schiffsplan den Zweiter-Klasse-Passagieren als »entzückend« anpries, begab sie sich eilig zum Medizinischen Zentrum des Raumschiffs.

*

Das Medizinische Zentrum des *Raumschiffs Titanic* nahm einen satten vierhundert Meter langen Abschnitt des Hauptrumpfs unter dem Einschiffungsdeck ein. Das Zentrum war atemberaubend neu und sauber, und es sagte: »Hallo und willkommen im Medizinischen Zentrum des *Raumschiffs Titanic*, wo Sie die guten Dinge des Lebens genießen und auskosten können, solange Sie sie noch haben – halt kein x-beliebiger Ort, um krank zu sein! Wir garantieren Ihnen Schmerzfreiheit, sobald Sie Ihre Kreditkarte in unseren Betreuungs-Kartenautomaten gesteckt haben!«

»Meine Güte!« dachte Lucy. »Die könnten aber mal einen neuen Werbetexter brauchen!« Das Atmen fiel ihr immer schwerer, und es war merklich kälter geworden. Sie blickte sich nach etwas um, das einer Sauerstoffflasche ähnlich sehen könnte, und erstarrte plötzlich auf eine Weise, die völlig temperaturunabhängig war.

Im Gegensatz zum übrigen Schiff war das Medizinische Zentrum nicht menschenleer. Sie bemerkte zwei Leute – aber waren das Leute? Es lagen zwei Gestalten auf dem Boden, und eine von ihnen sah direkt zu ihr herüber. Lucy blickte zurück. Irgendwie war ihr sonnenklar, daß dies kein

Mensch war. Er wirkte zwar ziemlich menschlich, aber er hatte ein merkwürdiges »Anderssein« an sich. Es war nicht greifbar ... subtil ... faszinierend ... Dann fielen ihr seine wunderschönen orangefarbenen Augen auf ...

Lucy schrie auf und wandte sich zur Flucht, aber der Außerirdische war schon aufgesprungen, und die Tür des Medizinischen Zentrums hatte sich hinter ihr geschlossen. In ihrer Panik kam sie nicht mehr darauf, wie sie zu öffnen war.

Ein starker Arm packte sie am Hals, und eine Stimme, die ihr einen Schauer durch den ganzen Körper jagte, sagte: »Keine Gegenwehr. Ich kann Ihnen das Genick brechen.«

Lucy erschlaffte gewissermaßen. Sie behauptete stets, sie wäre nicht richtig ohnmächtig geworden, aber der Journalist – denn er war es, der seinen Arm um ihren Hals gelegt hatte – sagte später, er hätte sie hinüber zum nächsten Bett geschleift, sie hingelegt und mehrere Minuten warten müssen, bis sie das Bewußtsein wiedererlangte.

Als Lucy wieder zu sich kam, beugte sich ihr blutüberströmter Gegner über eine Leiche. Sie begriff sofort, daß er ein wahnsinniger Killer war, der die Kleidung seines Opfers durchsuchte – äußerst merkwürdige Kleidung, wie Lucy auffiel: seltsame Farben, seltsamer Schnitt, seltsame Materialien ... In diesem Moment fiel ihr außerdem auf, daß sie ans Bett gefesselt war.

Das ganze schreckliche Ausmaß ihrer Lage traf sie mit der Wucht eines Vierzigtonners, der in eine Schaufensterscheibe donnert: Sie zerbrach, und ihr Alarm ging los. »Aaaaaarggh! Aarrrrrgrh! Argggggggh!« schrie Lucy.

Der Journalist sah sie an und klapperte verärgert mit den Zähnen.

»Seien Sie still!« fauchte er.

O mein Gott! Der Mörder hatte mit ihr geredet! Da lag sie, eine wehrlose Frau, an ein Bett gefesselt, und wartete darauf, daß dieser gewalttätige Sadist die Durchsuchung der Taschen seines letzten Opfers beendete, um dann zu ihr herüberzukommen und zu tun … das zu tun, was … ihr anzutun, was er wollte! Genau das! *Ihr!* Lucy Webber – einer Absolventin der Juristischen Fakultät der UCLA!

»Aaaaaaaaaargh! Arrrrrrrrgh! Aaaaaargggghhh!« Lucy hatte ihr ganzes Leben nicht so gut oder so wirkungsvoll geschrien. Leider nicht mit dem Ergebnis, daß Dan zu ihrer Rettung herbeieilte, sondern daß sie die unerwünschte Aufmerksamkeit ihres mörderischen Gegenübers auf sich lenkte.

Er kam zu ihr und starrte ihr in die Augen. Die Schreie erstarben Lucy auf den Lippen, als ihr bewußt wurde, wie grausam sein Mund verzerrt war und wie sadistisch es in diesen wunderschönen orangefarbenen Augen funkelte. Im nächsten Moment sah sie seine blutverschmierte Hand näherkommen, um ihr den Mund zuzuhalten.

»Hören Sie zu!« sagte der Psychopath. »An Bord dieses Schiffs befindet sich eine Bombe! Sie wird explodieren und uns mitnehmen, wenn ich sie nicht bald finde! Also HALTEN SIE DEN MUND und hören Sie auf zu schreien – sonst kann ich nicht nachdenken, und das macht mich wahnsinnig!«

Gott! dachte Lucy, es war genau wie in einem von diesen Filmen, wo die Heldin vom Serienmörder/Vergewaltiger gekidnappt wird und sich trotzdem merkwürdig zu ihm hingezogen fühlt. »Was denke ich denn da?« Lucy hielt plötzlich inne. »Aaaaaah! Aaargh!« Schreien schien wirklich die einzige vernünftige Alternative zu sein.

»Haben Sie nicht gehört, was ich gesagt habe?« Der Mörder/Vergewaltiger starrte ihr jetzt wieder in die Augen. Lucy spürte, wie ihre Eingeweide vor Angst nachgaben und ihr die Luft noch knapper wurde als zuvor. »Irgendwo tickt eine Bombe. Ich muß die Bombe finden.«

Lucy verstummte und dachte darüber nach. Eine Bombe war zweifellos keine gute Nachricht.

Der Mörder kehrte zu seinem Opfer zurück und machte sich wieder daran, dessen Taschen zu inspizieren – von denen es reichlich viele gab. Scraliontis hatte sich stets teuer gekleidet, und man konnte immer davon ausgehen, daß seine Anzüge mehr Taschen hatten als die aller anderen – denn das war die aktuelle Mode.

»Elende Supernovae!« dachte der Journalist. »Ich hab noch nie so viele Taschen gesehen!«

»Warum tun Sie das?« Lucy war überrascht, wie fest ihre Stimme klang.

»Ich sehe nach, ob er irgendeinen Hinweis darauf bei sich hat, wo die Bombe ist«, sagte der Journalist.

»Warum sollte er so etwas haben?« fragte Lucy.

»Hören Sie auf, Fragen zu stellen«, schnauzte der Journalist.

»Ich hab doch bloß gefragt, warum.«

»Weil er die Bombe gelegt hat.«

»Oh«, sagte Lucy. »Danke.« Und dann dachte sie: »Warum, um alles auf der Welt, bin ich so höflich zu jemandem, der mich gleich umbringt? Mich vielleicht sogar vorher vergewaltigt! Oder vielleicht auch nicht.« Vielleicht gab es mildernde Umstände. Vielleicht war der Psychopath gar kein Psychopath? Vielleicht war er ein fürsorglicher Familienvater, der gern für ein bißchen Aufregung sorgte, ein Mann, der in Gefahr erfinderisch und dennoch bereit war, sich dem Willen einer starken und liebenden Frau zu unterwerfen …

»Haben Sie ihn deswegen umgebracht?« Mit der Frage kam Lucy sich überraschend kindisch vor. »Weil er die Bombe gelegt hat?«

»Ich habe ihn nicht umgebracht.«

Mit einemmal sah Lucy ihren künftigen Mörder in einem neuen Licht. Erstens war er vielleicht gar kein Mörder. Zweitens hatte sie bemerkt, daß er selber verletzt war; er schien ziemliche Schmerzen zu haben, während er sich über die Leiche beugte. Vielleicht würde er auch sie nicht umbringen oder vergewaltigen.

»Haaaa!« Der Journalist stieß einen Schrei aus, der Lucy zusammenfahren ließ.

»Haben Sie's gefunden?« fragte Lucy ängstlich.

»Still!« sagte der Journalist. Er hielt ein kleines Stück Papier in der Hand, das er jetzt in eine seiner vielen Taschen steckte (obwohl er nicht annähernd so viele hatte wie Scraliontis).

»He! He! Sie können mich doch nicht hierlassen!« Lucys Stimmung war in kürzerer Zeit von tiefstem Entsetzen in wütende Empörung umgeschlagen, als bei den meisten Leuten das Gefühl, daß es ihnen ganz gutgeht, in das Gefühl umschlägt, daß es ihnen immer noch ganz gutgeht.

»Ich darf keine Zeit verlieren!« fuhr der Journalist sie an. »Sie kann jede Sekunde losgehen!« Und er steuerte auf die Tür zu.

»LASSEN SIE MICH NICHT GEFESSELT MIT EINER LEICHE HIER DRIN!« schrie Lucy. Etwas an ihrer Stimme – vielleicht die bloße Lautstärke – ließ den Journalisten innehalten. Er drehte sich um und sah Lucy an, wie sie so dalag, in ihren strengen Nadelstreifen aufs Bett gefesselt, die schwarzen Haare unordentlich im Gesicht.

»Scheiße!« sagte er. Auf blerontinisch lautete der Ausdruck eigentlich: »Nord-Pangalin«, was ein besonders unerfreulicher Vorort der blerontinischen Hauptstadt Blerontin war, aber die Bedeutung war: »Scheiße!«

Er humpelte zum Bett und band Lucy los.

»Kommen Sie mir bloß nicht in die Quere«, sagte er.

»Reden Sie nicht so mit mir!« schoß Lucy zurück.

»Oh! Sie werden mir eine große Hilfe sein! Keine Frage!« antwortete der Journalist, während er durch den Korridor auf die Treppe zum Einschiffungsdeck zuhinkte.

»Warten Sie!« rief Lucy ihm nach. »Ich muß Sauerstoffnachschub finden!«

»Vergessen Sie's!«

»Aber ich kriege kaum noch Luft!«

»Sie werden noch viel weniger kriegen, wenn sie, in winzige Teile zerlegt, durchs Weltall schweben!« gab der Journalist zurück.

Inzwischen rannte Lucy neben ihm her. »Sie sind ein Alien, stimmt's?« meinte sie, während sie darauf warteten, daß der Türboter den Durchgang zur Zweiten Klasse öffnete.

»Nein«, antwortete der Journalist. »Das Alien sind Sie. Dies hier ist ein blerontinisches Raumschiff, falls Sie's noch nicht bemerkt haben.«

»Eins zu Null!« sagte Lucy.

Dan würde nie so mit ihr geredet haben. »O mein Gott!« rief sie, als die Türen aufgingen und sie zum ersten Mal die majestätische Weite des Großen Zweiter-Klasse-Kanals sah.

»Es stürzte das Mädel
Ihm auf den Schädel
Und steckte sechs Pnedes ihm in den Bund!«

... sangen die Gondelboter.

»Ohh!« stöhnte der Journalist auf, als er in die nächste Gondel hinunterstieg und den Halt verlor. Lucy fing ihn auf und hielt ihn einen Moment lang fest.

»Sie sind ja verletzt«, sagte sie.

»Kommen Sie schnell weiter!« erwiderte er. »Wir haben keine Ahnung, auf wann der Zünder der Bombe eingestellt ist.« Lucy half ihm in die Gondel, und das Singen verstummte. »Bringen Sie uns zum Maschinenraum«, keuchte der Journalist und hielt sich den Bauch.

»*Sì! Sì!* Stickstoffscheue Preßsack-Verehrer!«

»Und machen Sie schnell!«

»*Sì! Sì!*«

Die Gondel setzte sich den Großen Kanal hinunter in Bewegung, aber auch nicht schneller als die anderen. Lucy sah zu ihrem ehemaligen Gegner hinüber: Er hatte die Arme fest um sich geschlungen und wippte hin und her.

»Ist Ihnen kalt?« fragte Lucy. Ihr war fraglos kalt. Aber der Journalist antwortete nicht; gerade hatte er mit den Zähnen geknirscht, und Lucy war plötzlich klar, daß er wirklich Schmerzen litt.

»Was ist passiert?« fragte sie und berührte ihn am Arm.

»Dieser Dreckskerl – Scraliontis – hat mich mit einer Tischlampe niedergestochen«, brummte der Ex-Mörder.

Lucy unterdrückte ein Lachen. »Wie kann man denn jemanden mit einer ...?«

»Sie hatte eine scharfe Spitze«, unterbrach sie der Journalist.

»Haben Sie Schmerzen?« fragte Lucy. Der Journalist knurrte. Lucy beugte sich zu ihm hinüber und zog ihm die Hände vom Bauch. Der ungewohnte Geruch eines Wesens von einem anderen Stern überfiel sie unvermutet – er war nicht unangenehm, ganz im Gegenteil, aber er machte sie schwindlig.

»Lassen Sie mich in Ruhe!« brummte er.

»Lassen Sie mich einen Blick drauf werfen.« Lucy drückte ihn sacht gegen das Kissen und versuchte, die Kleidung zu öffnen, wo das geronnene Blut am dicksten war. »Ich hab keine Ahnung, wie man das aufkriegt«, sagte sie.

»Denkverschluß«, sagte er, und plötzlich ließ das Kleidungsstück sich öffnen, so daß Lucy es beiseite ziehen und die Verletzung des Journalisten freilegen konnte.

»Oh! Das sieht böse aus!« sagte sie. »Gucken Sie mal!« Lucy machte eine rasche Bewegung, der Journalist schrie auf, und sie zog ihm eine große Glasscherbe aus dem Bauch. Frisches Blut quoll aus der Wunde.

»Die habe ich nicht gesehen!« keuchte er. »Danke!« Und er hielt ihr ein kleines Päckchen hin. »Hier!« sagte er.

»Oh! Vielen Dank!« sagte Lucy, die das Geschenk auf angemessen huldvolle Art entgegennahm. »Was ist es denn?«

»Ein Heftpflaster«, sagte der Journalist. »Kleben Sie's drauf, bevor ich verblute.«

»Eine Dame habbe gesagt, wir sollen singen, während Fahrgäste in die Gondel, nickt anders herumme«, vertraute ihnen der Gondelboter an, der offenbar das Bedürfnis nach ein bißchen Small talk hatte. »Wir denken, etwas vielleikt ernstlich nickt in Ordenunk.«

»Bringen Sie uns einfach zum Maschinenraum!«

Als sie den Maschinenraum erreichten, war es Lucy endlich gelungen, den Journalisten davon zu überzeugen, daß sie wirklich Lucy hieß.

»Aber wissen Sie denn nicht, was das auf blerontinisch heißt?« Der Journalist hatte vom Lachen ziemliche Schmerzen. Als er es sich endlich verkneifen konnte, war Lucy ein bißchen pikiert.

»Nein«, sagte sie frostig. »Was heißt es denn?«

»Ich kann's Ihnen nicht sagen«, antwortete er.

»Ich wüßte es aber gern.«

»Nein, nein, nein, nein, nein – ich kann's einfach nicht!«

»Was ist denn so komisch dran? Na los, Sie müssen es mir sagen!«

»Vielleicht, wenn ich Sie besser kenne – oh! Aua! Hahaha! Tut das weh!«

»Na gut, und wie heißen Sie?« fragte sie.

»Der Journalist«, antwortete der Journalist.

»Das ist kein Name, das ist eine Berufsbezeichnung«, widersprach Lucy.

Der Journalist zuckte mit den Achseln. »Auf Blerontin sind Reportern keine persönlichen Namen erlaubt – das ist ein uraltes Gesetz – hat wohl was damit zu tun, daß man jeglichen Personenkult vermeiden will.«

»Ich kann Sie doch nicht ›Der Journalist‹ nennen!«

»Dann nennen Sie mich einfach ›Der‹«, sagte er und öffnete die leuchtend blauen Türen zum Maschinenraum.

Ein rascher Blick hinein lenkte seine Aufmerksamkeit sofort auf das Schränkchen in der Ecke. Der Journalist ging geradewegs darauf zu, öffnete die Türen, entdeckte die beiden Knöpfe und drückte ohne zu zögern auf den, der mit SCHARFMACHEN beschriftet war.

Unverzüglich öffnete sich eine Klappe, und ein großes, schwarzes Stahlei mit Ruderflossen kam oben aus dem Schränkchen heraus. Gleichzeitig dröhnte eine Stimme los: »Sie haben soeben den 8D-96 Volle-Kraft-Mega-Selbstversenker aktiviert – ›Eine Bombe, Auf Die Man Stolz Sein Kann‹ –, speziell für Sie hergestellt von der Mega-Selbstversenkungs-Gesellschaft in Dormillion. Es wird eine ziemlich starke Explosion geben, treten Sie also schön weit zurück – etwa vierzigtausend Kilometer. Der Countdown zur Zündung beginnt jetzt. Eintausend … neunhundertneunundneunzig … neunhundertachtundneunzig … neunhundertsiebenundneunzig.«

Lucy konnte nicht glauben, was sie gerade eben gesehen hatte. Sie besah sich die beiden Knöpfe noch einmal durch ihre Dolmetschbrille. »Warum, verdammt noch mal, haben Sie auf ›Scharfmachen‹ gedrückt?« rief sie.

Der Journalist flitzte im Maschinenraum herum und ohrfeigte sich selber.

»Ich habe nicht gewußt, daß es eine Bombe aus Dormillion ist!«

»Was spielt das für eine Rolle? Bombe ist doch Bombe!«

»Ich kann's nicht erklären.«

»Ich muß es aber wissen!« beharrte Lucy.

»Nein, müssen Sie nicht!«

Er hatte völlig recht. Lucy wunderte sich selbst über ihre Beharrlichkeit. Sie packte den Journalisten bei den Schultern und schüttelte ihn.

»Hören Sie zu, Sie Volltrottel! Sie haben gerade was absolut Idiotisches getan, und ich habe ein Recht zu wissen, warum!«

»In Ordnung!« Der Journalist schien sich zu beruhigen.

»Es ist halt so, daß im Dormillionischen ›Scharfmachen‹ dem Blerontinischen ›Schaf fest drücken‹ sehr ähnlich sieht. Es war nichts als ein simpler Übersetzungsfehler!« stöhnte er. »Ich hatte mich schon gefragt, was ein Schaf damit zu tun haben soll!«

»Na fabelhaft!« sagte Lucy. »Jetzt sitzen wir also tatsächlich bis zum Hals in der Scheiße, und das ohne Eimer!«

»Neunhundertdreiundneunzig ... neunhundertzweiundneunzig ... neunhunderteinundneunzig«, zählte die Bombe weiter.

»WAS MACHEN WIR DENN JETZT?!« schrie sie.

»Ruhe bewahren«, sagte der Journalist.

»Keine schlechte Idee, ›Der‹!« schnaubte Lucy, indem sie ihre nicht unbeträchtlichen Sarkasmusreserven mobilisierte. »Ihr Verstand reicht offensichtlich nicht weiter als Arnold Schwarzeneggers Schultersehne! Uns geht der Sauerstoff aus. Die Temperatur gleicht sich im Affentempo dem arktischen Winter auf Pluto an! Sie haben soeben etwas aktiviert, das vorher eine harmlose Bombe war, und *jetzt* bringen Sie's auch noch fertig, *mir* zu sagen, ich soll Ruhe bewahren!«

»Wer ist Arnold Schwarzenegger?« fragte der Journalist.

»Arrrghhhhhhh!« Lucy beschloß, daß ein guter Schrei unter diesen Umständen wahrscheinlich das klügste Verhalten war.

Plötzlich schrie auch der Journalist. Lucy sah ihn an.

»Tut mir leid«, sagte er. »Aber ich kann einfach nicht nachdenken, wenn Sie das machen.«

»Tut mir ebenfalls leid.« Lucy kam sich dumm vor. Der Journalist lächelte, und dann gab er ihr ohne ersichtlichen Grund einen Kuß auf die Wange. Lucy war so überrascht, von einem Außerirdischen mit wunderschönen orangefarbenen Augen geküßt zu werden, daß sie einfach dastand und ihn sagen hörte: »Die Uhr zählt einmal bei jedem Innim! Uns bleiben also ungefähr sechzehn Edos, ehe sie bei Null ankommt!«

»Wie lang ist denn ein Innim?« wollte Lucy eigentlich sagen, aber ihr Mund funktionierte nicht. Sie konnte nichts weiter tun, als in diese merkwürdigen und wunderschönen Augen blicken, während sie ihn sagen hörte: »Wir müssen unbedingt die Rettungsboote finden!«

⁂

Dan diskutierte immer noch verbissen mit der Schreibtischlampe in der Einschiffungslobby. Es war eine Auseinandersetzung, wie sie ihm im Laufe der Top-Ten-Travel-Jahre vertraut geworden war. Aber etwas lief falsch. Irgendwie gelang es ihm einfach nicht, seine Argumente rüberzubringen. Diese verdammte Schreibtischlampe schien jedesmal als Sieger hervorzugehen. Dann wurde Dan klar, daß sein Problem die Luft war – beziehungsweise der Luftmangel; er kriegte einfach nicht die Menge Sauerstoff ins Gehirn, die ein Reiseunternehmer braucht, um sich für eine kostenlose Höhergruppierung stark zu machen.

Er japste und keuchte. Außerdem war er auf die Knie gesunken, und in seinem Kopf drehte sich alles.

»Wenn Sie möchten, daß ich die Presse einschalte und diese Geschichte an die große Glocke hänge, dann werde ich das mit Vergnügen tun ...« Er wußte, wenn man sich erst mal auf diese Angriffslinie zurückgezogen hatte, war die Sache so gut wie verloren. Sie würden niemals in die Erste Klasse gelangen, sie würden niemals bis zum Kapitän vordringen, und sie würden alle an Sauerstoffmangel und Kälte zugrunde gehen. Na wunderbar.

In diesem Moment hörte er eilige Schritte in der Loggia des zentralen Aufzugsschachtes, und eine erschöpfte Lucy in Begleitung eines Fremdlings mit strahlend orangefarbenen Augen taumelte in die Einschiffungslobby. Die beiden brachen direkt neben Dan zusammen, lagen auf dem Boden und versuchten, wieder zu Atem zu kommen.

»Wer ist das?« Dan war erstaunlich ungehalten für jemanden, der drauf und dran war, den Erstickungstod zu sterben.

»Bombe!« keuchte der Journalist.

»Sie sind eine Bombe?« fragte Dan.

»Nein!« Lucy hatte das Gefühl, sie müßte Erklärungen geben. »Der, das ist Dan. Dan, das ist Der.«

Dan blinzelte mehrmals.

»Es ist eine Bombe an Bord! Sie geht jeden Augenblick hoch!« brachte der Journalist heraus. »Wir müssen zu den Rettungsbooten!«

»Die sind in der Ersten Klasse!« erklärte Lucy. »Natürlich.«

»Also, *das* ist doch empörend!« Dan nahm diese neue Munition dankbar entgegen und wandte sich an den Empfangsboter. »Wenn ich dem Reisebüroverband *das* mitteile, wird Ihre gesamte Flotte für immer auf die schwarze Liste gesetzt!« Mann! Das war doch mal eine Drohung! Dan kannte sie; sie war unzählige Male gegen die Top Ten Travel GmbH & Co. KG gerichtet worden.

Der Empfangsboter trommelte mit den Fingern auf den Schreibtisch und blickte zur Decke hinauf.

»Haben Sie verstanden?« rief Dan. »Ich lasse diese ganze gottverdammte Firma dichtmachen!«

»Hör zu, du Blödboter!« Der Journalist hatte den Empfangsboter an seinem dürren Lampenständer gepackt. »Hier geht's um Leben oder Tod! Es geht gleich eine Bombe hoch, in …« Er warf einen Blick auf seine Uhr. »In zehn Edos! Pangalin!«

»Wie lange ist das?« fragte Dan, aber der Journalist hörte nicht hin. Er war zu sehr damit beschäftigt, den Roboter zu schütteln. Plötzlich knallte und blitzte es, und alle Lichter gingen eine Sekunde lang aus.

»He!« riefen alle, und die Lichter gingen wieder an – allerdings bestand kein ursächlicher Zusammenhang zwischen den »He!«-Rufen und dem Wiedereinsetzen der Beleuchtung.

»Es tut mir leid. Aber ich kann nichts für Sie tun, sofern Sie nicht im Besitz einer goldenen Galactic Credit Card sind«, erwiderte der Roboter mit gespielt erstickter Stimme.

»Pangalin!« wiederholte der Journalist.

»Achten Sie bitte auf ihre Ausdrucksweise«, krächzte der Empfangsboter.

»Haben Sie denn keine Kreditkarte, Der?« fragte Lucy, erschrocken von der Vorstellung, ihr neuer Freund könnte nicht die solventeste Gestalt auf Blerontin sein.

»Keine Golden Galactic!« sagte er.

»Wer *ist* das denn?« Dan hatte wieder auf Entrüstung zurückgeschaltet.

»Man muß mehr als sieben Pnedes die Woche verdienen, um eins von diesen Prachtstücken zu kriegen!« Der Journalist versuchte immer noch, den Empfangsboter zu würgen.

»Man kriegt wirklich kaum mehr Luft!« brachte Lucy mit Mühe hervor.

An der Schreibtischkante hatte sich inzwischen Eis gebildet. Dan zeigte darauf: »Nennen Sie das etwa Super-Galactic-Traveller-Class-Komfort?!« Er bekam einen Erstickungsanfall.

»Nehmen Sie die Hände von meiner Anschlußschnur!« würgte der Empfangsboter hervor. »Sie machen mir wieder einen Kurzen!«

»Laß uns SOFORT in die Erste Klasse!« keuchte der Journalist. »Sonst polier' ich dir den Schirm!«

Lucy war auf den Boden gesunken, und Dan lief zu ihr. »Wo hast du denn den Typ aufgetrieben?« flüsterte er ihr ins Ohr.

»Halt die ... Luft ... an ...«, keuchte Lucy.

»Hilfe!« kreischte der Empfangsboter. »Polizei!«

»Vermoder doch in Pangalin!« schrie der Journalist.

*

Genau in diesem Augenblick passierte etwas Außergewöhnliches. Oder besser, genau in diesem Moment geschah es, daß etwas Außergewöhnliches den polierten Fußboden der Einschiffungslobby passierte und zu dem Empfangsboter hinaufkroch. Es war eindeutig lebendig – wenn auch nur gerade so –, und es war sehr alt, sehr, sehr, sehr alt. Es war verschrumpelt und rußig. In seinen stöckchendünnen

Fingern hielt das Wesen ein Persönliches Elektronisches Teil. Damit fuchtelte es dem Empfangsboter unter der Nase herum und krächzte mit einer uralten Stimme: »Höhergruppierung … für uns alle!«

Im selben Moment war der Empfangsboter plötzlich ganz Ohr und wurde merklich heller.

»Aber gern, Madame! Was für eine Freude, Sie in den Erster-Klasse-Einrichtungen des *Raumschiffs Titanic* willkommen heißen zu dürfen. Sie werden feststellen, daß Sie in der ganzen Galaxis ihresgleichen suchen! Bitte treten Sie doch ein und haben Sie eine angenehme Reise!«

Man hörte das Zischen von Luft, die in die Kabinen zurückströmte, und die Temperatur stieg augenblicklich an, als das Schiff die Ankunft von vier Erster-Klasse-Passagieren registrierte. Die Tür zur Ersten Klasse schwang auf, und Dan und Lucy, der Journalist und das steinalte Wesen schritten hindurch in eine andere und noch erstaunlichere Welt.

»Nettie!« rief Dan. »Mein Gott! Das ist ja Nettie! Was ist denn mit dir passiert?« Aber das steinalte Wesen, das Dan richtig als Nettie erkannt hatte, konnte nicht antworten. Unmittelbar nachdem sie die Erste Klasse betreten hatten, brach sie zusammen und lag da wie tot. Das GAP-T-Shirt schlapperte um ihre zusammengeschrumpelte Figur wie ein viel zu großer Pullover. Ihr Schmuck wirkte albern und unpassend an ihren knochigen Handgelenken und dem dürren Hals. Was in aller Welt – oder in allem Weltraum – war nur mit ihr geschehen?

Tatsächlich geschehen war folgendes:

Angetrieben wurde das *Raumschiff Titanic* durch die neueste und unglaublichste Erfindung des Genialen Großen Leovinus. Niemand wußte, wie er es geschafft hatte, und er hatte alles absolut geheimgehalten, aber irgendwie war es ihm gelungen, für das Raumschiff – sein geliebtes Meisterwerk – die größte Kraftquelle im vermuteten Universum einzuspannen: ein eingeschlossenes Schwarzes Loch.

Natürlich mußte etwas so Starkes wie ein Schwarzes Loch äußerst sorgfältig behandelt und unglaublich gut gesichert werden. Nur war Sicherheit leider etwas, was weder Scraliontis noch Brobostigon als sonderlich wichtig erachtet hatten, als sie begannen, die Kostenvoranschläge für den Bau des Schiffs herunterzuschrauben.

»Im Maschinenraum wird nie jemand sein«, erklärte Scraliontis, als sogar Brobostigon Zweifel gekommen waren, ob es klug sei, die Kalkulation der Firma Super-Panzer-Glas GmbH für das Beobachtungsfenster zu dem Schwarzen Loch zu drücken.

»Aber du weißt doch, wie Schwarze Löcher sind ...«

Das wußte Scraliontis eben nicht; er war Buchhalter, kein Ingenieur. Und ohnehin war die Schwarze-Löcher-Technologie eine brandneue Idee, geradewegs Leovinus' Hirn entsprungen. »Setz einfach Leovinus' niedrigsten Kostenvoranschlag für das Panzerglas ein!« keifte er. »Mehr können wir uns nicht leisten.«

Nettie war diejenige gewesen, die das durch Scraliontis' Kostenreduzierungen verursachte Problem entdeckt hatte, als sie auf der Suche nach der telefonischen Verbindung zur Kommandobrücke die Leiter hinaufgeklettert war. Die Kraft des Schwarzen Loches hatte sie einfach von der Leiter gerissen und durch das unterkalkulierte Fenster der Firma Super-Panzer-Glas gesaugt.

Kaum befand sie sich in dem Schwarzen Loch, hatte sie zu rotieren begonnen, und zwar – soweit es ihren Körper betraf – Hunderte von Jahren, wodurch sie in winzigen Kreisen Millionen von Lichtjahren zurückgelegt hatte. Zum Glück hatte sie noch ihr Persönliches Elektronisches Teil bei sich, und das hatte pflichtgemäß alle zurückgelegten Meilen aufgezeichnet.

Nettie wußte selbst nicht, wie sie da wieder rausgekommen war. Tatsächlich war sie aus dem Schwarzen Loch ausgestoßen worden, als der Journalist dem Empfangsboter den Kurzschluß verpaßt hatte. Wie durch ein Wunder war

Nettie noch am Leben und, wie durch ein noch größeres Wunder, sogar noch geistesgegenwärtig genug sich klarzumachen, daß sie Millionen Lichtjahre an Weltraummeilen angesammelt hatte – genug, um ihnen allen kostenlose Höhergruppierungen zur Ersten Klasse zu beschaffen.

»Keine acht Edos mehr!« rief der Journalist. »Vorausgesetzt, die Bombe zählt nicht inzwischen schneller!«

»Was können wir denn bloß mit Nettie machen?« rief Dan, der das steinalte Wesen mitleidig in den Armen hielt.

»Laß sie hier! Wir müssen die Rettungsboote finden!« Und der Journalist war weg und rannte den Damm des Großen Erster-Klasse-Kanals hinunter, Lucy dicht hinter sich.

»Komm mit, Dan!« rief sie.

»Ich kann sie doch nicht einfach hierlassen!« schrie Dan zurück. Aber sie waren schon um eine Ecke gebogen und verschwunden. Dan versuchte, die steinalte Nettie hochzuheben, doch obgleich sie ausgemergelt und zusammengeschrumpelt war, war er viel zu erschöpft, um sie irgendwohin zu tragen.

Er sah sich um und ließ zum ersten Mal den außergewöhnlichen Anblick auf sich wirken, den der Große Erster-Klasse-Kanal bot. Wenn das Wort »todschick« je eine Bedeutung hatte, dann hier. Der Kanal war luxuriös. Er war »de Luxe«. Er war »kostspielig«. Und zudem geprägt vom Operngesang der Gondelboter:

»Er rieb Kreide in Eil'
Auf ihr Seiltänzerseil,
Damit die schöne Dame die Balance halten kunt ...«

Dan hatte Opern immer gehaßt.

»Laß uns irgendwohin gehen, wo's ruhig ist«, flüsterte

er Nettie zu, dann hob er sie hoch und stolperte mit ihr durch die nächstbeste Tür.

*

Lucy und der Journalist hatten unterdessen entdeckt, daß die Stern-Bau Konstruktions-AG mit Hinweisschildern zu den Rettungsbooten (Erster Klasse) nicht geknausert hatte. Große, beruhigende Schilder hingen fast überall, wohin man sah. Sie waren beleuchtet, und auf einigen blinkten sogar Pfeile.

Folglich erreichten die beiden die Rettungsboot-Sammelstation in weniger als einer Minute.

»Noch sieben Edos!« keuchte der Journalist.

Während er das sagte, bemerkten beide, er und Lucy, daß die Stern-Bau Konstruktions-AG zwar nicht an den Hinweisschildern zu den Rettungsbooten gespart hatte, wohl aber an den Rettungsbooten selbst. Das heißt, sie hatten die Boote sogar restlos eingespart.

»Also, komm, wozu denn Rettungsboote anschaffen«, hatte Scraliontis den immer nervöser werdenden Brobostigon zu überzeugen versucht, »wenn's keine Passagiere geben wird?«

»Die Dreckskerle!« stöhnte der Journalist.

»Das wär's also!« sagte Lucy.

»Wir sind erledigt! Wir werden in genau sechs Edos und fünfundvierzig Innims in kleine, ziellos im Kosmos herumschwirrende Teilchen zerrissen!« Der Journalist sank auf die Knie. Alle Kampfeslust hatte ihn verlassen. Er wirkte so hilflos, so einsam.

Lucy konnte nicht anders. Der Gedanke an die unmittelbar bevorstehende Vernichtung ließ sie alle übliche Vorsicht vergessen. Sie kam zu einer raschen Entscheidung, die sie unter normalen Umständen wahrscheinlich nicht einmal ansatzweise in Erwägung gezogen hätte.

»O Gott!« schrie sie. »Ich liebe dich!«

Und ehe dem Journalisten bewußt wurde, was geschah, hatte Lucy sich auf ihn gestürzt, küßte ihn auf den Mund und ließ ihre Finger durch sein Haar gleiten.

»Au! Autsch!« brüllte der Journalist. »Paß auf meine Wunde auf!«

»Tut mir leid! Tut mir leid!« schrie Lucy. »Aber wir haben bloß noch sechs Edos Zeit! Wieviel das auch sein mag! Ich habe so etwas noch für *niemanden* empfunden ... In dem Moment, als ich dich erblickte ... O Gott! Niemand wird es je erfahren! Nichts zählt mehr! Aber beeil dich! Tu doch was! Und sie zerrte an seinen Kleidern. »Ich krieg sie nicht auf!«

»Hab's dir doch gesagt! Sie haben einen Denkverschluß!«

Plötzlich sprang seine Kleidung auf, und im nächsten Moment hatte Lucy ihr strenges Nadelstreifenkostüm auf die leere Rettungsbootsrampe geschleudert. Ihre Finger glitten über den Körper des Außerirdischen, während sie sich auf ihn warf.

»O Gott!« schrie sie, als sie spürte, daß ihr das Blut in den Unterleib schoß wie ein Schwarm Möwen auf den letzten Hering. »Wir haben doch höchstens noch fünf von diesen Sowiesos Zeit!«

»Edos!« Obwohl seine Wunde schmerzte, versuchte der Journalist, nicht zu schreien. »Wir haben noch fünf Edos Zeit! Das ist unglaublich!« rief er. »So machen wir das nicht auf Blerontin!«

»Warum nicht?« Lucy war es egal.

»Weil es verboten ist!« Der Journalist grinste von einem

Ohr zum anderen. »Wir dürfen's nur im Schnorkstil machen! Verstehst du – umgekehrt, von oben!«

»Ach, sei still!« Lucy küßte ihn. »Ich mußte es dir sagen! Ich mußte es einfach! Ich liebe dich! Ich habe dich immer geliebt! Das war's, was gefehlt hat! Ah! Ah!«

»Schnell!« rief der Journalist. Sie hatten nur noch sechzig Innims, bis die Bombe explodierte.

»Ja! Ja!« Sie wälzten sich und küßten sich, ohne auf den kalten Metallboden der Rettungsbootsrampe unter ihrem nackten Fleisch zu achten. »Das Leben ist so kurz!« Plötzlich packte Lucy seine Hand und sah auf seine Uhr. Nichts darauf ergab Sinn. »Was sagt sie?« fragte sie.

»Dreißig Innims!«

»Ist das alles?« schrie sie.

»Ja!« schrie der Journalist. »Ja!«

»Ich liebe diiiiich!« schrie Lucy.

»Ooooooooh!« schrie der Journalist, und die beiden sackten zusammen, als die Uhr auf Null tickte …

Sie lagen da und warteten auf die Explosion, die alles ein für allemal beenden würde, auch ihre kurze Liebesaffäre. Doch im Gegensatz zu den beiden Liebenden kam sie nicht.

»Was ist passiert?« Lucy fand als erste die Sprache wieder.

»Ich weiß nicht«, sagte der Journalist. »Ich weiß es nicht!«

Genau in diesem Augenblick schaffte Nettie es, sich abrupt auf der Couch aufzusetzen, auf die Dan sie gelegt hatte, und zu schreien: »O mein Gott! Nur noch fünf Minuten, dann geht die Bombe hoch!«

»Fünf Minuten!« dachte Dan. »Das ist der Moment, wo in einem billigen Roman die von endgültiger Auslöschung bedrohten Liebenden plötzlich voller Leidenschaft über einander herfallen würden.« Ein Jammer, daß Nettie jetzt so alt war.

»Du mußt zu ihr und mit ihr reden!« flehte sie.

»*Was?*« sagte Dan.

»Ich kann's dir nicht erklären! Glaub mir einfach! Sie ist im Maschinenraum! Beeil dich!«

»*Was?*« wiederholte Dan ein bißchen beschränkt.

»BEEIL DICH! IM MASCHINENRAUM! RED MIT DER BOMBE!« Dan fand, daß Beschränktheit zwar ihren Platz im Repertoire menschlicher Reaktionen hatte, daß dafür jetzt aber weder die Zeit noch der Ort war. Er raste aus dem Schönheitssalon (in dem sie sich offensichtlich gerade aufhielten) und flitzte den ganzen Großen Axialkanal hinunter, wobei er versuchte, den unvermeidlichen Chor zu überhören:

»Sie schlang ihre Hände
Um seine Lende,
Und steckte sechs Pnedes ihm in den Bund!«

Das erste, was er sah, als er in den Maschinenraum stürmte, war eine große Bombe, die oben aus einem Schränkchen herausragte. Eine freundliche Stimme dröhnte soeben:

»Achtundfünfzig … siebenundfünfzig … sechsundfünfzig … fünfundfünfzig … vierundfünfzig …«

Dan wußte nicht, was er sagen sollte. Schließlich hatte er noch nie eine Bombe angeredet. Er hatte keinen Schimmer, woran sie möglicherweise interessiert sein könnte.

»Hallo«, sagte er.

»Dreiundfünfzig … zweiundfünfzig …hallo … einundfünfzig … fünfzig …«, antwortete die Bombe herzlich.

»Irgend 'ne Chance, daß du nicht explodierst?« Dan fand es überflüssig, lange um den heißen Brei herumzureden.

»Nein … achtundvierzig … siebenundvierzig …«

Es gab phantasievollere Menschen als Dan. Das wußte er. Lucy wußte es. Nigel hatte es gewußt. Er war ehrgeizig, fleißig, loyal, gründlich – alles, was man sich von einem bewundernswerten Partner wünschen konnte. Aber plötzliche Anwandlungen von Einfallsreichtum waren nicht seine Stärke. Trotzdem hatte er jetzt eine. Plötzlich kannte er das eine Thema, an dem Bomben zwangsläufig interessiert sein mußten.

»Willst du das wirklich machen?« fragte er. »Ich meine, ist das nicht ein bißchen selbstzerstörerisch?«

»Sechsundvierzig … fünfundvierzig … vier … Hör zu! Ich bin bloß ein simples Zähl- und Explodiergerät und für philosophische Diskurse nicht ausgerüstet«, antwortete die Bombe. »Bitte sprich nicht mit mir, während ich zähle. Verdammt! Jetzt hast du mich durcheinandergebracht! Siehst du? Beginne Countdown von vorn. Eintausend ... neunhundertneunundneunzig ... neunhundertachtundneunzig ...«

»Hab ich dich, du blöde Sau!« dachte Dan. Er verglich seine Uhr mit dem Zählen der Bombe. Sie hatten ungefähr sechzehn Minuten, ehe man wieder mit ihr reden mußte. Er machte kehrt und raste zu Nettie zurück.

Beim Rennen blätterten die Gedanken an Nettie unentwegt sein Inneres durch, so wie die Hände eines Spielers ein Kartenspiel durchblättern. Gott! Sie war so intelligent! Wie hatte sie so schnell die Schwäche der Bombe herausgefunden? Die Klarheit ihres Intellekts ließ ihn sich furchtbar gewöhnlich und unbedeutend fühlen.

Aber dann fiel ihm wieder ein, wie alt und verschrumpelt sie ihm schon vorher erschienen war: Irgendwie hatte er das vorausgesehen! Das konnte doch der schönen, wunderbaren Nettie nicht zugestoßen sein!? Und dennoch fühlte sich Dan in diesem Augenblick von einem überaus sonderbaren Gedanken erfaßt: Natürlich war es schrecklich, wenn Nettie *wirklich* etwas zugestoßen war (und was *war* ihr denn eigentlich zugestoßen?), doch wenigstens hätte er jetzt, dachte Dan, vielleicht eine Chance, sie zu erobern!

Lucy zog sich ziemlich eilig wieder an. Die Tatsache, daß sie und der Journalist nicht zu kosmischem Staub atomisiert worden waren, hatte sie in akute Verlegenheit gestürzt. Sie wußte wirklich nicht, wo sie hingucken sollte.

Der Journalist betrachtete sie neugierig. »In eurer Welt macht ihr alles ganz anders«, sagte er.

»Ach ja?« Lucy versuchte so zu tun, als wäre alles völlig normal.

»Ja«, sagte er. »Auf Blerontin haben wir all diese absurden Rituale, die wir durchstehen müssen, bevor wir Sex haben dürfen. Es gibt da eine Sache, die ›Rendezvous‹ genannt wird, da geht ein junges Paar abends zusammen aus, ohne es notgedrungen ›zum Letzten kommen zu lassen‹, wie wir sagen. Dann gibt es eine Sache namens ›Verlobung‹, bei der Ringe gewechselt werden. Schließlich gibt es eine komplizierte Zeremonie, die ›Hochzeit‹ heißt, mit einer Torte und ›Brautjungfern‹ und der ›Rede des besten Freundes des Bräutigams‹ – ganz zu schweigen von den ›Flitterwochen‹! Du würdest nicht für möglich halten, was für einen Zirkus wir über uns ergehen lassen müssen, um miteinander schlafen zu können. Mir gefällt die Art, wie ihr das auf der Erde macht, viel besser.«

»Die Bombe könnte trotzdem noch jede Sekunde losgehen!« erinnerte ihn Lucy.

»Die Bombe? Oh! Pangalin! Die hatte ich ganz vergessen!«

Der Journalist denkverschloß seine Kleidung.

*

Als sie den Großen Zweiter-Klasse-Kanal hinunterrannten, verpaßten sie grundlos Dan auf dessen Weg zurück zum Schönheitssalon um genau eine achthundertvierundsechzigstel Sekunde, was aufgrund eines unglaublichen Zufalls genau die Zahl war, bei der die herunterzählende Bombe angelangt war, als Lucy und der Journalist wieder in den Maschinenraum traten.

»Achthundertvierundsechzig … achthundertdreiundsechzig …«, sagte die Bombe.

»Warum ist sie denn erst bei achthundertdreiundsechzig angelangt?« wunderte sich Lucy.

»Du bist so schön!« antwortete der Journalist.

Lucy fiel auf, daß er sie immer noch ziemlich merkwürdig ansah, und sie wünschte sich plötzlich, er würde sich auf das vor ihnen liegende Problem konzentrieren.

*

»Vielleicht zählt sie nicht, wenn wir draußen sind?« mutmaßte sie. Sie zog ihren Gefährten aus dem Raum, aber als sie lauschen wollte, spürte sie plötzlich die Hände des Außerirdischen auf ihren Brüsten.

»Ohh! Lucy! Ich muß einfach andauernd an dich denken!« flüsterte er und streichelte ihr den Hals.

»Achthundertzweiundsechzig ... achthunderteinundsechzig ...«, zählte die Bombe weiter, obwohl sie nicht im Raum waren. Eine Theorie weniger, dachte Lucy, während sie sich aus der Umarmung des Journalisten freimachte.

Wieder im Maschinenraum, starrte Lucy die Bombe an und versuchte nachzudenken, was sich als schwierig erwies, da ein Außerirdischer ihr die Zunge ins Ohr steckte und ihr sagte, er liebe sie mehr als alles in seiner Welt.

»Bitte, Der!« rief Lucy. »Dafür haben wir jetzt keine Zeit ...«

»Du hast damit angefangen ...«, erinnerte er sie. »Wenn wir blerontinischen Männer erst einmal erregt sind, können wir kaum mehr an was anderes denken.«

»Typen wie dich kenne ich von früher«, sagte Lucy und versuchte ihn wegzuschieben.

»Leg deine Hände bloß noch mal hier drauf!« flüsterte er ihr ins Ohr.

»Hör auf!« rief Lucy.

»Was?« antwortete die Bombe. »Ach, verdammt! Ich dachte, du sprichst mit mir! Jetzt habe ich mich deinetwegen verzählt! Beginne den Countdown von vorn. Eintausend … neunhundertneunundneunzig …«

»Ich liebe dich!« sagte der Journalist. »Du bist alles, wovon ich immer geträumt habe.«

»Sie hat sich verzählt!« rief Lucy aus.

»Leg bitte deine Hand hierher …«, sagte der Journalist.

»Hör zu!« schrie Lucy die Bombe an. »Welche Baseballmannschaft hat 1997 die US-Meisterschaft gewonnen?«

»Neunhundertsiebenundneunzig … neunhundertsechsund – also, ich hab dir doch schon mal gesagt, was passiert, wenn man mich mitten im Countdown unterbricht. Wenn ihr eine Bombe haben wollt, mit der man nett plaudern kann, hättet ihr euch den Mega-Selbstversenker Pro mit Multitasking, Spracherkennung und Schwatz-und-Schwafel-Software besorgen sollen, der einen alles in allem gediegeneren Bums macht. Wie die Dinge liegen, habt ihr aber nun mal mich, und ich tue unter zunehmend erschwerten Bedingungen mein Bestes. Beginne Countdown von vorn. Eintausend … neunhundertneunundneunzig …«

»Du hast so wunderbare Haut«, stöhnte der Journalist und biß Lucy fest ins Ohrläppchen.

»Autsch!« schrie Lucy. »Hör zu, Der, du mußt hierbleiben und weiter mit der Bombe reden, und ich gehe inzwischen nach oben und suche die Kommandobrücke.«

»Ich ertrage es nicht, von dir getrennt zu sein!« Er griff nach ihrem Arm.

»Wenn du nicht bleibst und mit der Bombe redest, fliegen wir beide in die Luft!« erwiderte sie.

»Komm, wir machen's bloß noch einmal!« bettelte der

Journalist. »Danach kann ich bestimmt wieder richtig denken. Ehrlich! Blerontinische Männer müssen mindestens zweimal Sex haben, ehe sie wieder ordentlich denken können. Das ist allgemein bekannt!«

Lucy seufzte, strich dem Außerirdischen die Haare aus dem Gesicht und fragte sich, worauf, um alles auf der Welt, sie sich da eingelassen hatte …

Als Dan fortgegangen war, um mit der Bombe zu reden, hatte die vorzeitig gealterte Nettie die Gelegenheit ergriffen, sich in dem Raum umzusehen, in dem sie war. Zuerst dachte sie, es müsse eine Art Folterkammer oder zumindest ein Vernehmungszimmer sein. Aber kaum hatte sie ihre Dolmetschbrille aufgesetzt, wurde ihr klar, daß sie sich im Frisier- und Schönheitssalon des Schiffs befand. Die Daumenschrauben entpuppten sich als raffinierte Nagelscheren, die elektrischen Stühle als äußerst ergonomische Sitzkonstruktionen, und die Einmann-Gaskammern als Haartrockner. Sobald man mal das Motto über der Eingangstür gelesen hatte, war alles klar: *WILLKOMMEN IM RAUMSCHIFF-TITANIC-SALON FÜR SCHÖNHEITSTHERAPIEN UND HAARKREATIONEN. HIER GEHEN SIE SCHÖNER UND JÜNGER RAUS, ALS SIE REINGEKOMMEN SIND.*

Nettie streckte einen verhutzelten Finger aus und drückte auf den Knopf an der Wand neben der Couch, an dem BEDIENUNG – HIER DRÜCKEN stand. Ein Metallkäfig an einem Gelenkarm schwenkte über die Rückenlehne der Couch und baumelte ein paar Zentimeter vor ihrem Gesicht. Gleichzeitig senkte sich ein geräumiger Glaskasten von der Decke herunter, bis beide, sie und die Couch, darin eingeschlossen waren. Dann sagte eine beruhigende Stimme:

»Wir haben ihre Schönheitsdefizite taxiert, und obwohl wir zugeben müssen, daß Sie ein ernstes Problem haben, möchten wir Ihnen versichern, daß dank der Entalterungs- und Wiederverschönerungstechniken, die von Dr. Leovinus in diesem Apparat bahnbrechend umgesetzt worden sind, keiner Ihrer potentiellen Wünsche unerfüllt bleiben wird. Lehnen Sie sich zurück und entspannen Sie sich, während wir Sie zur Blüte der Jugend zurückführen. Normalerweise würde unsere Therapie nur ein paar Edos in Anspruch nehmen, doch in kritischen Fällen wie Ihrem kann ein wenig mehr Zeit erforderlich sein. Wir bitten diese Verzögerung zu entschuldigen.«

Im nächsten Moment senkte sich der Käfig auf ihr Gesicht, und der Glaskasten füllte sich im Nu mit irgendeinem dunkelroten Gas. Nettie war eine Sekunde lang zu Tode erschrocken, doch dann entspannte sie sich, als die Wohlgerüche ihr in die Nasenlöcher zu steigen begannen: erotische Wohlgerüche, exotische Wohlgerüche, Düfte, die sie sich niemals erträumt hatte, Wunderdüfte ... zur gleichen Zeit wurde ihr Gesicht unaussprechlich sanft und lind gestreichelt. Sie lehnte sich zurück und hoffte nur, daß Dan mit der Bombe hatte reden können.

Als Dan vom Maschinenraum zurückgeeilt kam, stellte er fest, daß Nettie verschwunden war. Wo er sie zurückgelassen hatte, befand sich jetzt ein Glaskasten, der mit dunkelrotem Gas gefüllt war.

»Nettie!« rief er und hämmerte mit den Fäusten gegen das Glas, aber ohne Ergebnis. Er untersuchte die ganze Umgebung des Dinges, fand aber weder irgendeinen Schalter noch eine Möglichkeit, den Kasten von ihr wegzuwuchten – sollte Nettie tatsächlich darin sein.

Nach fast fünfzehn Minuten sinnloser Bemühungen fiel ihm plötzlich ein, daß er wieder mit der Bombe reden mußte. Und so rannte er, so schnell er konnte, zurück zum Maschinenraum.

⚘

In der Zwischenzeit versuchte der Journalist noch immer, Lucys Nadelstreifenkostüm aufzuknöpfen.

»Weißt du, wir sind an Gelegenheitssex einfach nicht gewöhnt«, versicherte er ihr. »Blerontinische Frauen machen ein solches Gewese darum. Verstehst du … sie wollen Geschenke und möchten nett behandelt und in teure Restaurants ausgeführt werden und all so 'n Scheiß. Eine Frau wie dich kennenzulernen, ist einfach phantastisch! Laß es uns doch noch mal machen!«

»Du hast gesagt, zweimal, dann könntest du wieder normal denken!« protestierte Lucy, die sich auf in *ihren* Augen drängendere Probleme zu konzentrieren versuchte.

»Jaa, aber mit der Hand zählt doch eigentlich nicht. Ist doch auch egal – wir blerontinischen Männer sagen alles mögliche, wenn wir erregt sind.«

»Dreiundsechzig … zweiundsechzig … einundsechzig«, sagte die Bombe.

»He! Bombe! Was fällt dir eigentlich ein?« Lucy fiel plötzlich wieder ein, weswegen sie hier war.

»Pardon? Sechzig …«, sagte die Bombe.

»Ich sagte: Bombe! Was fällt dir eigentlich ein? Was soll das werden?«

»Nicht mit mir reden! Nicht mit mir reden! Jetzt wird's knifflig! Neunundvierzig … Nein! Neunundfünfzig … Ich meine achtund … verdammt! Verdammt! Da hab ich den Salat, wieder den Faden verloren. Das ist alles deine Schuld! Beginne Countdown von vorn. Eintausend …«

»Und ich *bin* jetzt erregt«, sagte der Journalist.

Genau in diesem Augenblick platzte Dan in den Maschinenraum.

Er sah, daß der Außerirdische, gegen den er bereits eine angenehm heftige Abneigung gefaßt hatte, hinter Lucy kniete und sich offensichtlich an ihrem Rücken rieb.

Lucy sprang auf die Füße. »Dan!« rief sie. »Gott sei Dank bist du nicht in die Luft geflogen!«

»Neunhundertsechsundneunzig …«, sagte die Bombe.

»Störe ich?«

»Ja!« sagte die Bombe. »Jetzt muß ich wieder ganz von vorne anfangen! Eintausend …«

Lucy merkte, daß Dan nicht direkt gute Laune hatte.

»Wir haben gerade entdeckt, wie man die Bombe durcheinanderbringen kann!« sagte sie.

»Mit ihr reden!« sagte Dan. »Ja. Nettie hat das rausgefunden.«

»Ach, natürlich, das sieht *ihr* ähnlich!«

»Neunhundertvierundneunzig …«, zählte die Bombe weiter.

»Die Erdensexualität scheint ganz anders als die blerontinische zu sein«, bemerkte der Journalist.

»Ach, echt?« Dan nahm den Außerirdischen aufs Korn und überlegte, wo er zuerst draufhauen sollte.

»Ja«, sagte der Journalist und legte Lucy den Arm um die Taille. »Auf Blerontin werden die Männer ›eifersüchtig‹, wie wir das nennen. Wenn ein Mann sieht, daß ein anderer Mann mit seiner Freundin herumspielt, kann er sogar äußerst gewalttätig werden.«

Dan hatte sich gerade für die Nase des Außerirdischen als erstem Kontaktpunkt entschieden, als es Lucy gelang, sich von dem verliebten Journalisten zu lösen und zu Dan hinüberzulaufen. »Wir müssen dieses Raumschiff so schnell wie möglich verlassen. Ich schlage vor, Der bleibt hier und redet mit der Bombe, während wir den Kapitän suchen.«

»Aber ihr versteht nicht ...«, begann der Journalist.

Dan beschloß, seine eiserne Faust der Vergeltung einstweilen ruhen zu lassen. Er würde sie sich für ein andermal aufheben. »Ich verstehe nur zu gut«, antwortete er. »Wir müssen den Kapitän zwingen, uns *sofort* zur Erde zurückzubringen!« Und weg war er, aus dem Maschinenraum, und rannte den Großen Axialkanal hinunter, zurück zur Spitze des Schiffs.

»Hör zu, es war toll, mit dir zu schlafen«, sagte Lucy zum Journalisten, der jetzt hinter ihr stand und sie streichelte, »aber wir müssen langsam mal wieder auf die Erde zurückkommen! *Unsere Erde.*« Und sie versuchte seine Hände von ihrer Bluse zu lösen.

»Aber blerontinische Männer können nicht einfach so ›abschalten‹!« erklärte der Journalist. »Wir müssen mehrfach befriedigt werden, ehe wir in einen ausgeglichenen Zustand zurückkehren können!«

Lucy hatte im Zuge ihres Jurastudiums zwei Jahre lang an Selbstverteidigungskursen teilgenommen und immer ein bißchen darunter gelitten, daß sie nie Gelegenheit hatte, ihre Kenntnisse in die Praxis umzusetzen. Um so befriedigender war es für sie, daß sich nun genau diese Gelegenheit bot. Sie beschloß, die Standarderwiderung auf die Angriffsvariante Verliebter-Außerirdischer-begrapscht-einen-von-hinten anzuwenden. Eine Sache wie aus dem Lehrbuch.

Sie stieß ihm ihren rechten Ellbogen fest in den Magen.

»Oooouuph!« keuchte der Journalist.

Dann machte sie eine blitzschnelle halbe Drehung, packte sein linkes Handgelenk und schleuderte ihn über ihre Schulter auf den Boden des Maschinenraums.

»Oooouump!« grunzte der Journalist.

Im besten Anwaltston sagte Lucy ruhig zu ihm: »Du bleibst hier und redest immer weiter mit dieser Bombe! Inzwischen suche ich den Kapitän!«

Dann war sie aus der Tür und rannte hinter Dan her.

»Du verstehst nicht«, rief ihr der Journalist nach, »es *gibt keinen* Kapitän auf diesem Schiff!« Aber Lucy war weg.

»Neunhundertsiebzig …«, sagte die Bombe.

»Du weißt nicht, was du tust!« schrie der Journalist. »Du wirst mich brauchen!«

»Pardon?« antwortete die Bombe.

»Mit dir habe ich nicht geredet!«

»Verdammt!« sagte die Bombe. »Beginne Countdown von vorn. Eintausend … neunhundertneunundneunzig …«

Als Lucy Dan einholte, hatte er bereits den Weg zur Kommandobrücke des *Raumschiffs Titanic* gefunden. Das Hauptmerkmal der Brücke war das, worauf der Journalist sie hinzuweisen versucht hatte, nämlich die eindeutige Nichtanwesenheit von irgend jemandem oder irgend etwas, das in irgendeiner Form als »Kapitän« hätte bezeichnet werden können. Vielmehr war die eindeutige Nichtanwesenheit – in jeder Form – von überhaupt irgend jemandem festzustellen.

»Herrgott! Was machen wir denn jetzt?« flüsterte Dan, als ihn Lucy am Arm packte.

Über die ganze Länge der Brücke erstreckte sich eine Reihe Fenster, die den Blick freigaben auf die riesige schwarze Ungeheuerlichkeit des Weltraums und den leuchtenden Arm der Milchstraße, an dem sie entlangschossen. Auf dem Steuerpult unter den Fenstern befanden sich verschiedene Monitore mit den dazugehörenden Bedienungshebeln.

Der erste Monitor zeigte eine Reihe unterschiedlich geformter Klötze, die vom oberen Rand des Bildschirms nach unten fielen. Der zweite schien eine Art Rennstrecke darzustellen. Auf dem dritten war eine Wildwest-Ballerei im

Gange, und der direkt daneben zeigte ein Spiel, das offensichtlich vom Raumschiff selbst inspiriert war.

»Das sind alles Videospiele!« Lucy war zu Recht empört.

»Das sind überhaupt keine Steuervorrichtungen!«

Um die Wahrheit zu sagen, war die ganze Kommandobrücke wenig mehr als eine hochklassige Spielhalle. Sie war speziell darauf ausgerichtet, den Kapitän des *Raumschiffs Titanic* während der ermüdend langweiligen intergalaktischen Reisen in einem Raumschiff, das fast völlig automatisch und selbsttätig lief, bei Laune zu halten. Denn schließlich war es Titania – im Zentrum der Intelligenz des Schiffs –, die weit eher imstande war, Entscheidungen zu treffen und Befehle zu erteilen, als irgendein anderes bloß lebendes Wesen.

»Also?« sagte Dan.

»Also …«, sagte Lucy. »Es wird wohl das Beste sein, wir finden heraus, wie dieses Schätzchen zu fliegen ist, und steuern es erdwärts.«

»*Also* – was ist da vorgegangen zwischen dir und diesem … diesem Ding …«

»Er ist kein ›Ding‹ – er ist bloß ein ganz normaler Außerirdischer, und es ist nichts ›vorgegangen‹.«

»Er hatte die Hände an deinem Busen.«

»Hatte er nicht!« Lucy konnte Dan in Augenblicken wie diesem nicht ertragen. Warum konnte er ihr nicht ein bißchen Spielraum lassen? Warum versuchte er immer alles zu verdrehen? Was zählte, waren allein sie: Lucy und Dan.

»Was zählt, sind allein wir«, sagte Lucy, die ihr Stichwort dem vorangehenden Satz entnahm. »Du und ich.«

»Du und ich und jede andere Lebensform, mit der du rummachen kannst!« gab Dan zurück.

»Herrgott! Dan! Du bist wirklich eklig!«

»Ich sag's nur, wie es ist.«

»Also, wenn du wirklich wissen willst, wie es ist: Mit Jürgen Zenzendorf habe ich nie geschlafen.«

»Ich habe nicht von Jürgen Zenzendorf gesprochen!« Das sah Lucy ähnlich, dachte Dan, einen anderen Fall zur Sprache zu bringen, in dem sie sich *wirklich* verteidigen konnte, statt sich mit dem zu befassen, über den sie im Augenblick gerade sprachen. »Ich hatte dich nicht mal im Verdacht, mit Jürgen Zenzendorf ins Bett gegangen zu sein. Ich meine, Jürgen Zenzendorf war doch ein Arschloch.«

»War er nicht! Das sieht dir wieder ähnlich, meine Freunde schlecht zu machen, bloß weil du unglaublich manisch eifersüchtig bist!« Lucy schoß aus allen Rohren. Dan gab sofort klein bei.

»Okay! Okay! Was du über Jürgen sagst, akzeptiere ich! Er war ein netter Kerl! Ich fand ihn toll. Seine Nachtfaltersammlung fand ich toll. Seine Mutter fand ich toll. Jürgen war EINE WUCHT...«

»Oder Jimmy Clarke!«

»Ah! Jetzt weiß ich, daß du lügst!«

»WIE KANNST DU SO ETWAS SAGEN!«

»Jimmy Clarke hat mir selber erzählt, daß ihr zusammen im Bett wart.«

»Der ist doch ein dreckiger Lügner!«

»Ist doch egal! Das war vor unserer Zeit! Ich will davon jetzt nichts mehr hören!«

»Warum hast du dann damit angefangen?« Lucy schrie jetzt aus vollem Hals.

Dans Elan, zu vollenden, was er sich so voller Elan eingebrockt hatte, schrumpelte zu einem schlaffen Fetzen heilloser Verwirrung zusammen. Er hatte schon vergessen, worüber sie eigentlich stritten.

»O Dan!« Lucy schlang ihre Arme um ihn. »Warum bist du immer so weit weg?«

»Ich bin doch hier, Lucy!«

»Aber ich hab immer das Gefühl, ich komme nicht an dich ran. Ich liebe dich.«

»Und ich liebe dich«, antwortete Dan und küßte sie, und sie fühlte, wie weit weg er wirklich war.

»Ach, Dan, laß uns heiraten«, sagte sie.

»Na klar. Wir sind auf einem außerirdischen Raumschiff – Gott weiß, wie viele Lichtjahre von der Erde entfernt, und du willst ein Aufgebot bestellen.«

»Du weißt, was ich meine«, sagte sie.

»Solche Dinge sollte man nicht überstürzen.«

»Dan, wir leben jetzt schon dreizehn Jahre zusammen! Überstürzen können wir jetzt überhaupt nichts mehr!«

»Laß uns doch erst mal das Hotel auf die Beine stellen, dann können wir ja drüber reden«, sagte Dan feinfühlig.

»Du magst das Pfarrhaus *ehrlich?*«

»Ja, natürlich. Ich bin völlig versessen drauf.«

»Nur daß es nicht mehr existiert.«

»Wir bauen's wieder auf – Nigel hat ein Riesengeschäft mit dem Verkauf von Top Ten Travel gemacht. Wir sind reich! Wir bauen es wieder auf – schöner, als es war – und machen daraus das beste kleine Hotel auf der ganzen gottverdammten Erde.«

»Sofern wir jemals zurückkommen.«

»Sofern wir jemals zurückkommen«, stimmte Dan zu.

Sie schauten sich um auf der sogenannten Kommandobrücke mit ihrer Bibliothek, ihrer Videosammlung, ihren Schachbrettern und Spieltischen, ihrem Whirlpool, den

Billardtischen, dem Kinokomplex und dem Fitneßcenter, und sie fragten sich, wie, zum Teufel, sie jemals herausfinden sollten, wie etwas zu steuern war, das überhaupt keine Steuervorrichtungen zu besitzen schien.

»Lucy«, sagte Dan.

»Oh! Fang nicht wieder an! Er hat nichts gemacht!«

»Darüber wollte ich gar nicht reden«, antwortete Dan.

»Gut!« gab Lucy zurück. Eins zu null für sie.

»Du hast doch dieses Videospiel gesehen, bei dem es um das Raumschiff selber zu gehen scheint?«

»Hm-hmm?« Lucy blickte aus den Fenstern über den Spielkonsolen.

»Also, irgendwie verändert es sich.«

»Ich weiß, es ist Blödsinn ...«, sagte Lucy. »Du denkst doch wohl nicht, daß das Computerspiel gar kein Computerspiel ist?«

»Daß es ein richtiges Display sein könnte, das die Dinge zeigt, die auf uns zukommen?« Inzwischen sah Dan ebenfalls aus dem Fenster. Ein Geschwader kleiner, plump wirkender Raumschiffe raste auf das Raumschiff zu. Dan prüfte es nach. Ihre Bewegungen stimmten genau mit den Bewegungen der Raumschiffe auf dem Videomonitor überein.

»O mein Gott!« murmelte Lucy. »Wir werden angegriffen!«

*

In diesem Augenblick stürmte plötzlich der Journalist auf die Kommandobrücke.

»Das Schiff läuft auf Automatik!« keuchte er. »Aber im Großhirn fehlen ein paar Teile. Wir können das Schiff nicht steuern, es sei denn, wir finden alle fehlenden Teile des Systems und stecken sie dorthin zurück, wo sie hingehören!«

»Zu spät!« sagte Lucy und deutete aus dem Fenster. Das Raumschiff war inzwischen von den kleineren Raumschiffen vollkommen eingekreist.

Der Journalist flüsterte: »Ach du Pangalin!«

Plötzlich dröhnte eine Stimme durch das Lautsprechersystem des Schiffs: »Sie sind umzingelt. Ergeben Sie sich auf der Stelle, oder wir eröffnen das Feuer!«

»Schnell!« schrie Dan und schob den Journalisten hinter das Steuerpult. »Wie ergeben wir uns denn auf der Stelle?«

»Ich habe nicht die leiseste Ahnung«, erwiderte der Journalist.

»Wenn Sie sich weigern, sich zu ergeben, eröffnen wir in dreißig Innims das Feuer«, sagte die Stimme aus der feindlichen Raumflotte.

»WIR ERGEBEN UNS!« schrie Lucy, aber ihre Stimme hallte nur auf der Kommandobrücke wider.

»TU WAS!« kreischte Dan.

»Ich hab's doch gesagt. Dem Schiff fehlen entscheidende Teile! Ich weiß nicht, was man da machen kann!« Der Journalist bewegte Hebel, so schnell er konnte, doch ohne jede Wirkung.

»Da Sie sich weigern zu kooperieren ...«, dröhnte die Stimme.

»WIR KOOPERIEREN JA! GEBEN SIE UNS BLOSS EINE CHANCE!« Lucy war auf das Steuerpult gestiegen und winkte verzweifelt zu den Raumschiffen hinüber, um ihre Aufmerksamkeit zu erregen,.

»... da Sie sich weigern zu kooperieren, zwingen Sie uns das Feuer zu eröffnen.«

Der Raum außerhalb des Raumschiffs wurde schlagartig taghell, und ein wahnsinniger, ohrenbetäubender Lärm peitschte gegen den mächtigen Schiffsrumpf. Lucy fiel vom Steuerpult hinunter, und Dan und der Journalist hechteten auf den Boden, wo sie zitternd liegenblieben, die Hände auf den Ohren.

Es folgte eine Pause.

Wieder dröhnte die Stimme über die Lautsprecher: »Ergeben Sie sich?«

»JA! JA! WIR ERGEBEN UNS!« schrien alle drei Insassen der Kommandobrücke.

»Na schön! Sie lassen uns keine andere Wahl!«

Wieder brach gewaltiges Getöse um das Raumschiff herum aus, und diesmal spürten sie, wie es von der Wucht der Detonationen draußen erbebte. Dann trat Stille ein. Die kleineren Raumschiffe schoben sich etwas näher heran.

Wieder dröhnte die Stimme los. »Hören Sie! Wir wollen das Raumschiff nicht zerstören, aber wenn Sie sich weigern zu kooperieren, lassen Sie uns keine andere Wahl.«

Der Journalist hatte inzwischen einen mikrophonähnlichen Gegenstand entdeckt. Er drückte einen Schalter und brüllte hinein:

»AUFHÖREN! AUFHÖREN! WIR ERGEBEN UNS! AUFHÖREN!« Seine Stimme betäubte jeden an Bord des *Raumschiffs Titanic*, aber überall sonst herrschte schreckliche Stille. Dann hörten sie den Feind zum letzten Mal:

»Wir werden Sie für alle Schäden an dem Raumschiff verantwortlich machen!«

Mit diesen Worten scherte eine Welle der kleineren Raumschiffe aus der Hauptflotte aus und sauste auf das Raumschiff zu. Lichtpunkte spritzten aus ihren Kanonen, und der Lärm von berstendem Metall erschütterte das große Raumschiff.

»O mein Gott!« schrie Lucy.

*

Keine der drei Gestalten, die sich in der Kommandobrücke zusammengekauert hatten, hätte sagen können, wie lange der Angriff dauerte, aber es kam ihnen vor wie mehrere Leben. Der Lärm, das Beben, das Bersten und Bocken des riesigen Raumschiffs gingen endlos weiter und weiter. Lucy bemerkte, daß der Journalist seine Hände wieder an ihrem Busen hatte, beschloß aber, nichts zu sagen.

Als alles vorüber war, warteten sie und standen dann zitternd und schlotternd auf. Die erste Raumschiffwelle kehrte zur Hauptflotte zurück; unterdessen scherte eine zweite Welle aus.

»Da kommen sie wieder!« schrie Dan, und er und Lucy duckten sich wieder unter das Steuerpult. Der Journalist jedoch blieb stehen, einen merkwürdigen Ausdruck im Gesicht. Lucy und Dan machten sich auf das Geschützfeuer gefaßt ... aber es blieb aus. Statt dessen hörte man ein seltsames, ziemlich unkriegerisches Hämmern am Rumpf des Schiffs.

»Yassakkanier!« murmelte der Journalist. Lucy und Dan nahmen an, dies sei auch wieder bloß so ein außerirdischer Kraftausdruck, und blieben in Deckung, doch dann gab der Journalist Dan einen Stups und sagte: »Gucken Sie mal!«

Dan streckte vorsichtig den Kopf über das Steuerpult und sah aus dem Fenster: Die zweite Welle der Raumschiffe hatte überall um das Raumschiff herum haltgemacht, und ein Heer kleiner, pummliger Gestalten in Raumanzügen umschwärmte hämmernd und schweißend den Schiffsrumpf.

»Was, zum Kuckuck, ist das denn?« fragte Dan.

»Sie reparieren den Schaden«, erklärte der Journalist. »So sind sie, die Yassakkanier! Sie hassen es, Hardware zu beschädigen.«

»Und wie steht's mit der Software?« fragte Lucy und rückte ihren BH zurecht.

»Wir brauchen Waffen!« rief der Journalist. »Kommt mit!« Die drei rannten in gebückter Haltung von der Kommandobrücke, während das feindliche Hämmern und Schweißen draußen lauter wurde.

Unterdessen dröhnte wieder die Stimme über die Lautsprecher: »Wir nehmen unseren Angriff wieder auf, sobald der erste Schaden repariert ist! Wenn Sie sich nicht ergeben, entern wir und werfen jeden, den wir finden, hinaus!«

In den Mannschaftsquartieren entdeckte der Journalist ein geheimes Waffenlager. Er reichte Dan und Lucy Gewehre.

»Wie benutzt man die denn?« fragte Dan und drehte die merkwürdige Waffe in seiner Hand herum. Sie bestand aus einem kurzen Dingsbums mit wulstigen Seitendingsbumsen und einer Art vorstehendem Dingsbums, auf das Dan drückte: Ein Laserstrahl schoß quer durch den Raum und explodierte auf der gegenüberliegenden Seite in einem Feuerball.

»So«, erklärte der Journalist. »Bloß nicht auf Teppiche und Gardinen zielen.« Er rannte zu dem lichterloh brennenden Vorhang, den Dan gerade in Brand gesetzt hatte, und griff nach einem Feuerlöscher.

»Wir können die Dinger nicht benutzen!« rief Lucy.

»Dann müßt ihr euch eben an die Vorstellung gewöhnen, aus dem Raumschiff in den Weltraum geworfen zu werden. Diese Yassakkanier machen keine Witze. Hier! Dan! Setzen Sie sich den auf!« Er warf Dan einen Helm zu.

»Was ist das?« fragte Dan.

»Auf dem Raumschiff gibt es zwei Wirklichkeiten: eine ist die *DataSide*, und die andere ist die *MatterSide*. Sollten die Yassakkanier entern, werden sie versuchen, sowohl die *DataSide* als auch die *MatterSide* zu übernehmen. Deshalb ist es besser, wenn einer von uns darauf vorbereitet ist, ihnen dort entgegenzutreten!«

»Ich habe keine Ahnung, wovon Sie reden«, antwortete Dan.

»Es ist ein VR-Helm – ein Virtual-Reality-Helm. Wenn Sie ihn aufsetzen, können Sie die *DataSide* erkunden und nachprüfen, was die Yassakkanier dort reinschaffen!« Der Journalist verlor merklich die Geduld.

»Setz ihn doch einfach auf!« schrie Lucy.

Der Reparaturlärm am Schiffsrumpf wurde unerträglich.

»Was, zum Teufel, machen die denn da draußen?« rief Dan.

»Setz doch einfach den Helm auf!« rief Lucy, worauf Dan es tat.

»Mann!« rief er aus. »Jetzt versteh ich, was Sie meinen! Ich bin mitten im Schiff ... He! Das ist ja phantastisch! Ich kann in die Steuerpulte steigen! Wow! Jetzt laufe ich am Leitungsnetz entlang! He! Die Schaltkreise sind wie riesige Städte! Mist!«

Kaum hatte Dan den Helm aufgesetzt, schnappte der Journalist sich Lucy und begann sie zu küssen, als gäbe es kein Morgen – was, dachte er sich, durchaus der Fall sein könnte. Und als hätte sie das die ganze Zeit erwartet, begann Lucy zurückzuküssen, doch dann riß sie sich plötzlich los und sah ängstlich zu Dan hinüber, der in seiner virtuellen Realität irgendeine unsichtbare Treppe hinaufging, sich dann nach rechts wandte, mit unsichtbaren Gegenständen hantierte und Entzückensschreie ausstieß.

»Ach, mach dir um ihn keine Sorgen!« keuchte der Journalist. »Er kann uns weder hören noch sehen. Wir sind immer noch auf der *MatterSide*. Er ist hin und weg von dem Ding – so geht's jedem –, setzt man einen von diesen Helmen das erste Mal auf, ist man gewöhnlich für fünf oder sechs Stunden abgemeldet! Komm, laß es uns machen!«

Aber Lucy schob ihn trotzdem weg. »Die Yassakkanier besetzen das Schiff!« protestierte sie.

»Stimmt!« antwortete der Journalist. »Wir schaffen es kaum mehr, bevor sie da sind! Schnell!«

»Hast du denn nichts anderes im Kopf!?« stöhnte Lucy. Der Journalist streichelte ihr unterdessen den Hals und jagte ihr erregende Schauer die Wirbelsäule hinunter.

»Ich hab's dir doch gesagt – wenn wir blerontinischen Männer erst mal erregt sind ...«

»Arrgh!« schrie Lucy plötzlich. »Und was ist mit der Bombe?!«

»Pangalin!« rief der Journalist. »Die hatte ich ganz vergessen!« Plötzlich zog er einen kleinen Telefonhörer aus einer seiner vielen Taschen und knipste ihn an.

»Fünfundzwanzig ... vierundzwanzig ... dreiundzwanzig ...«, zählte die Bombe gerade.

»Zahnlose Karnickel!« schrie der Journalist. »Sie ist kurz davor!«

»Zweiundzwanzig …«, sagte die Bombe.
»He! Bombe!« schrie der Journalist in das Telefon.
»Nicht mit mir sprechen!« knurrte die Bombe. »Ich hab's fast geschafft … dreiundzwanzig …nein, das hatte ich schon …«
»Wir werden besetzt!« brüllte der Journalist.
»Fünfund …oh, nein! Verdammt! Beginne Countdown von vorn. Eintausend …«
Der Journalist schaltete das Telefon ab und begann Lucys Hals zu küssen und ihr das Kostüm auszuziehen. »Das war nahe dran!« hauchte er.
»Hoppla! Wär fast einen Transistor runtergefallen!« sagte Dan. Und plötzlich ließ Lucy ihre Hände über den Körper des Journalisten gleiten und zog ihn auf den Boden.
»Du bist verrückt!« murmelte sie.

*

Das Hämmern und Wummern an der Außenseite des Schiffs waren verstummt, als Lucy und der Journalist sich wieder in ihre Kleider gekämpft hatten. Dan, der immer noch um irgendwelche unsichtbaren Hindernisse auf der *Data-Side* herumkroch, schrie plötzlich: »Sie sind im Schiff!«
Der Journalist schnappte sich so viele Waffen, wie er tragen konnte, und stürzte aus dem Mannschaftsraum. Am anderen Ende des Großen Axialkanals sah er bereits kleine, pummelige Gestalten sich auf die Mole hinunterlassen. Der Journalist kauerte sich hinter ein großes Podest, auf dem eines der Kohlenbecken brannte, und zielte. Als Lucy bei ihm war, feuerte er, und eine Reihe von Detonationen erschütterte die Mole. Die Eindringlinge gingen in Deckung.

Im nächsten Augenblick explodierte die Luft um und über Lucy in Licht und Krach, als die Yassakkanier das Feuer erwiderten.

»He! Dieser Lüftungsschacht geht ja ewig weiter!« Lucy fuhr herum und sah, daß Dan (immer noch mit dem VR-Helm und ohne blassen Schimmer von allem, was sich auf der *MatterSide* ereignete) durch die offene Tür des Mannschaftsraums spaziert kam und geradewegs auf den Großen Axialkanal zusteuerte.

»DAN!« schrie sie und lief auf ihn zu, als seine Füße gerade den Rand des Damms erreichten. Im selben Moment folgte wieder eine Detonation aus Licht und Krach um sie herum, als die Yassakkanier erneut feuerten. Aber Lucy hatte Dan am Ärmel gepackt. Es gelang ihr, ihn direkt vor dem Wasser herumzureißen und zurück in den Mannschaftsraum zu schieben. Der Journalist feuerte unterdessen so schnell, wie er nur konnte, in die ungefähre Richtung der Eindringlinge. Aber inzwischen hing so viel Rauch in der Luft, daß keine Seite mehr viel sehen konnte.

»Nichts wie raus hier!« schrie der Journalist und drängte Lucy hinter Dan zurück in den Mannschaftsraum.

Wer hat die Vorhänge angezündet?« fragte Bolfass, als er in den Mannschaftsraum stürmte. Er nickte, und zwei yassakkanische Mechaniker rannten hin, um die Gardinen auszuwechseln. Bolfass hatte seine Spezial-Stoßtruppe durch einen rückwärtigen Versorgungsgang zu den Mannschaftsquartieren geführt, während Yellin und Assmal den Frontalangriff über die Hauptarterien des Raumschiffs leiteten.

Bolfass liebte den raffinierten Glanz, den sie an der Decke des Versorgungsganges hinbekommen hatten. Es befriedigte ihn zutiefst, im Dunkel der Nacht über die Handwerkskunst und die exzellente Materialqualität nachzusinnen, die selbst auf die Arbeitsbereiche des großen Raumschiffs verschwendet worden waren.

»Nie hat es in der gesamten Geschichte unseres Volkes einen vergleichbaren Bau gegeben«, pflegte er seinen Enkeln zu erzählen, wenn sie um die abendliche Feuerstelle herum saßen und ihren Knödeleintopf und die knusprigen Schnorkkrüstchen verzehrten. »Sogar die Gardinen in den Mannschaftsräumen waren aus dem Haar des Seidenkanadils gewebt, das hoch oben in den Bergen von Merlor haust und nur mit Liebe und Freundlichkeit zu fangen ist.

Das Haar des Kanadils ist so fein, daß es im Licht der Monde gesponnen werden muß, denn im Sonnenlicht vergeht es wie Schnee.« Die Kinder liebten diese Sagen von Handwerkskunst und Heldentaten wagemutiger Ingenieure.

Es verletzte Bolfass bis aufs Mark, mitansehen zu müssen, daß diese Handwerkskunst von jemandem malträtiert wurde. Vielmehr, es machte ihn wirklich sauwütend.

Genau in diesem Augenblick stolperte eine Gestalt mit einem VR-Helm in den Raum, gefolgt von zwei anderen – von denen eine, ohne Frage, ein verräterischer Blerontiner war. Blinde Wut übermannte Bolfass, und im nächsten Moment hatte er seine SV-Pistole gezogen und die drei Neuankömmlinge zu kosmischem Staub pulverisiert – ihre Körper zerstoben zu einer Supernova aus Eingeweiden und zerfetztem Fleisch, die rasch verglühte und glücklicherweise ausbrannte, ehe sie die herrlich handlackierten Wände besudeln und beschmutzen konnte.

Lucy vernahm eine ungeheuere Lärmkakophonie, und ihre Augen wurden durch das allergrellste Licht geblendet. Sie schrie auf, griff nach dem Journalisten und stürzte ohnmächtig zu Boden. So grauenerregend war es.

Bolfass grinste und blies den Rauch vom Lauf seiner SV-Pistole. Seine Wut legte sich, er ließ die Pistole um seinen Finger wirbeln und steckte sie in ihr Holster zurück.

An diesem Punkt muß erklärt werden, daß die Yassakanier ein friedliebendes, freundliches Volk waren – dem Handwerk und nüchternem Fleiß verschrieben. Viele von ihnen aber neigten auch zu blinder, blutrünstiger Wut, wenn sie mit bestimmten Dingen konfrontiert wurden, zum Beispiel schlampiger Arbeit oder der Mißachtung erstklassiger Handwerkskunst. In ferner Vergangenheit hatten diese Wutanfälle zu schrecklicher Vernichtung von Leben und Eigentum geführt, und da diese Launen so schnell wieder gingen, wie sie kamen, hatten sie bei vielen Tausenden dieser ansonsten gutmütigen und fürsorglichen Leute zu unerquicklicher Reue geführt. Die yassakkanischen Wissenschaftler hatten deshalb die SV-Waffe entwickelt, die im Gegensatz zu den Gerätschaften, die den meisten Militärwissenschaftlern in den Sinn kommen, dazu diente, Tod und Vernichtung zu *reduzieren* anstatt zu steigern. Die »Simulierte-Vernichtung«-Waffe – oder SV-Pistole – vermittelte dem Benutzer das vorübergehende Gefühl, die blutige Rache, nach der seine wahnsinnige Wut gierte, geübt zu haben, ohne daß in Wirklichkeit irgendwelcher Schaden angerichtet worden war. Der Feind wurde davon stets überrascht und verblüfft, aber das war auch schon alles.

Lucy, die von alldem nichts wußte, war mehr als verwundert, als sie feststellte, daß sie immer noch lebendig genug war, den Anführer der Eindringlinge rufen zu hören: »Sie sind verhaftet! Wo sind die anderen?«

»He! Ist das toll! Jetzt geht's grade eine der cybernautischen Nervenbahnen runter! Wie auf 'ner Wasserrutsche! Huiiiiii! Fabelhaft!« rief Dan.

»Nehmt ihm dieses blöde Ding vom Kopf!« schnauzte Bolfass. Die Yassakkanier hatten für Virtual-Reality-Übungen keine Zeit. Ihre Sache war ausschließlich die *Matter-Side*. Zwei der Eindringlinge packten Dan und rissen ihm den Helm vom Kopf.

»He! Ich hatte gerade solchen Spaß mit …! Menschenskinder! Was ist denn hier los?!« fragte Dan, während er PRM durchmachte – die Plötzliche Rückkehr zur *Matter-Side*.

»Ich sagte: Wo sind die anderen?« wiederholte Bolfass.

»Es gibt keine anderen«, erwiderte der Journalist trotzig.

»Ach, kommen Sie! Ich bin doch in keiner blerontinischen staatlichen Klippschule* aufgewachsen! Wer führt denn dieses Schiff?« Bolfass wurde schon wieder ärgerlich; gerade hatte er die erbärmliche Oberflächenbearbeitung der Tische in der Mannschaftsmesse bemerkt: Die blerontinischen Möbeltischler hatten allzu frisch geschlagene Lintinkiefer aus Nord-Blerontin verwendet – ein minderwertiges Holz, das sich nach nur wenigen Jahrzehnten Benutzung furchtbar verzog ... und ... Bei den Wasserfällen von Faknik! Sie hatten nicht einmal das Hirnholz mit verzapften Fugen kaschiert! Ja, bei genauerem Hinsehen stellte er sogar fest, daß die Zapfen kaum geschenkelt waren, so daß oben am Seitenstück kaum genug Holz zum Verkeilen blieb! Hatten diese Leute denn niemals auch nur die elementarsten Grundlagen des Schreinerhandwerks erlernt? Bolfass griff nach seiner SV-Pistole ...

Doch ehe er seine schreckliche und zerstörerische Rache an denen ausführen konnte, die diese schluderige Pfuscherei verbrochen hatten, geschah ein Wunder.

Die Tür zum Mannschaftsraum ging auf, und eine Vision kam herein – eine so unwiderstehlich und unaussprechlich schöne Erscheinung, daß Bolfass in heftiger und ewiger Liebe zu ihr entbrannte. Sein Leben sollte von diesem Augenblick an nie mehr wie früher sein. Er ließ die SV-Pistole sinken und glotzte in kindlicher Bewunderung.

Nettie, die gerade ihre Verjüngungskur in Leovinus' ungewöhnlichem Schönheitssalon beendet hatte, hatte nicht

* Diese Einrichtungen waren berühmt dafür, Individuen von unterdurchschnittlicher geistiger Beweglichkeit hervorzubringen – wahrscheinlich aufgrund der Tatsache, daß die Regierungen von Blerontin ganze Generationen hindurch an diesen Institutionen sparten, indem sie ihnen jegliche Unterrichtstätigkeit verboten.

nur ihren jugendlichen Teint wiedererlangt, auch ihr Körper war zu seinen früheren Proportionen zurückgekehrt – ja, womöglich war ihre Taille genau um dieses kleine bißchen schlanker, ihr Busen gerade um ein winziges bißchen fester, die Rundung ihres Bauches gerade um ein Tüttelchen gerundeter. Sie sah hübscher aus denn je, denn abgesehen von der frischen Jugendblüte, die auf ihre Wangen zurückgekehrt war, strahlte ihr Gesicht die Weisheit wider, die sich einstellt, wenn man mehrere Millionen Lichtjahre gelebt hat. Der alte Leovinus hatte eindeutig gewußt, was er tat.

»Nettie!« flüsterte Dan.

»Wie bitte, wer?« fragte Bolfass geistesabwesend.

»Hallo! Alle zusammen!« sagte Nettie. »Nehme an, wir stellen uns alle selber vor? Ich bin Nettie.«

»Kapitän Bolfass zu Ihren Diensten!« sagte Bolfass und nahm Habtachtstellung ein. »Und dies hier sind die Korporale Yyarktak, Edembop, Raguliten, Desembo, Luntparger, Forzab, Kakit, Zimwiddy, Duterprat, Kazitinker-Rigipitil, Purzenhakken, Roofcleetop, Spanglowiddin, Buke-Hammadorf, Bunzlywotter, Brudelhampon, Harzimwodl, Unctimpoter, Golholiwol, Dinseynewt, Tidoloft, Cossimiwip, Onecrodil, Erklehammerdrat, Inchbewigglit, Samiliftodft, Buke-Willinujit (ein angeheirateter Halbvetter von Buke-Hammadorf) …«

»Hi, Nettie!« sagte einer der yassakkanischen Eindringlinge.

»Barnzipewt«, fuhr Bolfass fort, »Spighalliwiller, Memsiportim, Itkip, Harlorfreytor, Pullijit, Beakelmemsdork, Uppelsaftat, Bukhumster, Rintineagelbun, Bootintuk, Poodalasvan, Sumpcreetorkattelburt …«

»Hallo! Ich unterbreche äußerst ungern«, unterbrach

ihn der Journalist, »aber an Bord dieses Schiffs befindet sich eine Bombe, die gleich in die Luft geht, und zwar in …«

Er schaltete sein Handy ein. »Zehn … neun …«, zählte die Bombe. »Du heißes Pangalin!« rief der Journalist.

»Ruhe! Du blerontinischer Ramschwarenlieferant!« brüllte Bolfass und schnappte sich das Handy.

»Er ist kein Ramschwarenlieferant!« rief Lucy (die, wollte man bei der Wahrheit bleiben, durch die Reaktion auf Netties Auftritt ein bißchen wütend geworden war).

»Acht …«, sagte die Bombe.

»Geben Sie mir das wieder!« schrie der Journalist und hechtete nach dem Telefon. Bolfass warf es Korporal Inchbewigglit zu.

»Sieben …«, zählte die Bombe.

»Sie ist schon bei sieben angekommen!« schrie der Journalist.

»Bringt diesen blerontinischen Pfuscher zu den Zellen!« befahl Bolfass, und die Korporale Spanglowiddin und Rintineagelbun nahmen den Journalisten in einen Halbnelson und führten ihn aus dem Mannschaftsraum.

»Sechs …«, sagte die Bombe, und Korporal Inchbewigglit schaltete das Handy aus.

»Die beiden auch!« Bolfass zeigte auf Lucy und Dan.

»Nein!« riefen Lucy und Dan. »Die Bombe!« Aber auch sie wurden nach draußen verfrachtet.

»Kapitän Bolfass«, sagte Nettie in ruhigem Ton. »Wir haben keine Zeit für Erklärungen. Geben Sie mir bitte das Telefon.«

»Leider darf ich Ihnen nicht erlauben, es zu benutzen, Nettie«, sagte Kapitän Bolfass. »Aus Sicherheitsgründen.«

»Die wären?«

»Sie könnten Verstärkung herbeirufen.«

»Kapitän Bolfass, sie haben mein Wort, daß sich, meines Wissens, niemand weiter auf diesem Schiff befindet. Sie haben auch mein Wort darauf, daß eine Bombe uns jeden Moment zu kosmischem Staub zerfetzen wird, wenn Sie mir nicht dieses Telefon geben.«

Bolfass zögerte einen Sekundenbruchteil, dann nickte er Korporal Inchbewigglit zu.

Korporal Inchbewigglit zögerte keinen Sekundenbruchteil und reichte Nettie das Telefon. Nettie schaltete es ein.

»Zwei ...«, sagte die Bombe.

»Ach, Bombe!« sagte Nettie. »Hier ist Nettie. Erinnerst du dich an mich?«

»Äh ... eins ...«, sagte die Bombe.

»Wie viele Vieren ergeben acht?«

»Äh ... äh ... Nuuu ...«

»*Nein* ... Wie viele *Vieren* ergeben *acht?*«

»Äh ... äh ... zwei?« sagte die Bombe.

»Wie viele Zweien sind in sechs?

»Drei ...«, sagte die Bombe.

»Und wie viele Male geht die Drei in zwölf?«

»Vier ...«, sagte die Bombe. Sie machte eine kleine Pause, dann fuhr sie fort: »Fünf ... sechs ... sieben ...«

»Phuuuuh!« sagte Nettie. »Das wird uns ein bißchen Zeit verschaffen ...«

»Wieso haben Sie diese Bombe auf unser Schiff gebracht?« wollte Bolfass wissen.

»*Ihr* Schiff?« rief Nettie aus.

»Warum reagieren Sie so überrascht?« sagte Bolfass. »Halten Sie uns für zu dumm, so ein wunderbares Ding zu bauen*!*«

»O nein!« antwortete Nettie. »Absolut nicht; bloß haben Sie das Schiff doch angegriffen. Es sah nicht so aus, als wären Sie die Besitzer.«

»Natürlich sind wir die Besitzer!« Nettie fand, daß Kapitän Bolfass ein bißchen unsicher wirkte. »Gesetzlich und moralisch! Dieses Schiff ist unsere rechtmäßige Entschädigung für all das Leid und Elend, das wir von seiten der Blerontiner erlitten haben!«

»Hören Sie, ich möchte nicht dumm erscheinen …«

»*Das* könnten Sie doch nie, Nettie«, versicherte ihr der Kapitän.

»Vielen Dank …« Nettie war entzückt von diesem kleinen, netten Fremdling, in dessen Händen ihr Schicksal offensichtlich lag. »Aber ich kenne die Hintergrundgeschichte von alldem nicht.«

»Und mir wäre es eine Freude, Ihnen die ganze Geschichte erzählen zu können, teure Lady« – Bolfass verbeugte sich tief vor ihr –, »aber zuerst ist es meine unangenehme Pflicht, Sie noch einmal zu fragen: Warum haben Sie eine Bombe auf dieses Schiff gebracht?«

»Das haben wir nicht getan!« Nettie ließ ein kleines Lachen hören, und das Herz des Kapitäns tat es seinen bereits weichen Knien nach.

»Wir sind rein zufällig auf diesem Schiff …« Und sie erzählte Bolfass die ganze Geschichte: Wie Dan und Lucy drauf und dran gewesen waren, mit dem Geld des Top Ten Travel-Reisebüros aus dem alten Pfarrhaus ein Hotel zu machen, und wie das Raumschiff in das Haus gekracht war; wie sie von einem höflichen Roboter aufs Schiff eingeladen worden waren, und all die Dinge, die sich auf dem Schiff ereignet hatten, bis zur Invasion durch die Truppen des guten Kapitäns.

Als sie ihren Bericht beendet hatte, entstand eine lange Pause, bis Nettie schließlich hinzufügte: »Und das ist alles ... Wirklich.«

Plötzlich schien Bolfass sich wieder zu fassen, als hätte er geträumt, während sie sprach. Er nahm Habtachtstellung ein und knallte auf die allerverbindlichste Art die Hacken zusammen.

»Ich verstehe vollkommen, teure Lady«, sagte er, verbeugte sich und küßte ihr die Hand. Kapitän Bolfass machte immer mehr den Eindruck, als sei er gerade einem Jane-Austen-Roman entsprungen.

»Wir wollen nichts weiter als zurück zur Erde«, sagte Nettie.

»Natürlich!« Wieder schlug Kapitän Bolfass so gekonnt die Hacken zusammen, daß sich Nettie innerlich vor Entzücken kringelte. »Ich stehe ganz zu Ihren Diensten. Kommen Sie!«

Und Nettie folgte dem Kapitän, und das Geklapper ihrer hochhackigen Pumps hallte vom kunstvoll verlegten Fußboden in den Mannschaftsquartieren wider.

Dan wußte nicht genau, weshalb es ihn überraschte, daß es auf dem *Raumschiff Titanic* Zellen gab.

Obwohl sie ihm in gewisser Hinsicht sinnvoll erschienen, wirkten sie inmitten all dieser luxuriösen Eleganz völlig deplaziert. Die Zelle, in die man ihn und den Journalisten geworfen hatte, war, wie Zellen das gerne sind, karg und kalt. Außerdem war sie klamm, was man von Zellen sicherlich erwartet, was aber andererseits auf einem technisch so modernen Fahrzeug ein bißchen überraschend war.

»Lucy bringt's echt total im Bett!« sagte der Journalist und schüttelte bewundernd den Kopf. »Haben Sie ein Glück!«

»Hören Sie«, sagte Dan, »ich will Sie nicht belehren, aber wir auf der Erde betrachten solche Dinge ein bißchen anders als ihr Blerontiner …«

»Wem sagen Sie das!« rief der Journalist. »Als Lucy das erste Mal vorschlug, wir sollten's miteinander treiben, habe ich kaum meinen Ohren getraut!«

»Sie hat *was* getan?« rief Dan.

»Na ja, wir dachten, die Bombe würde jede Sekunde hochgehen, und da hat sie eben irgendwie … He! Da fällt mir gerade ein! Meinen Sie, Ihre andere Freundin – wie heißt sie gleich?

»Sie hat *vorgeschlagen*... daß ihr's miteinander treibt?«

»Die Blonde – Nuttie!«

»Nettie.«

»Meinen Sie, Nettie weiß, daß sie mit der Bombe reden muß?«

»Ich glaube einfach nicht, daß Lucy ›vorgeschlagen hat, daß ihr's miteinander treibt‹!« antwortete Dan.

»Da ist mir zum ersten Mal klar geworden, wie anders die Einstellung zur Sexualität auf Ihrem Planeten sein muß!«

Dan fehlten die Worte. In all den Jahren, die er Lucy kannte – und wie lange war das nun schon? Oh! Es mußten inzwischen dreizehn Jahre sein (wahrscheinlich mehr, weil sie mit Lichtgeschwindigkeit gereist waren!) – in all diesen Jahren hatte, seiner Erinnerung nach, Lucy kein einziges Mal sexuell die Initiative ergriffen. In den ersten Jahren hatte er manchmal nachts wach gelegen und gewartet, ob sie wohl anfangen würde, aber schließlich hatte er es aufgegeben. Es machte ihr immer großen Spaß, mit ihm zu schlafen, aber er mußte grundsätzlich den ersten Schritt tun. Er hatte immer gedacht, so wäre sie nun mal.

»He! Wache!« rief der Journalist durch das Gitter.

»Der?! Bist du's?« Lucys Stimme kam aus einer der Nachbarzellen.

»Lucy!« rief der Journalist. »Rohre voll Pangalin! Ich möchte dich bumsen, bis dir der Arsch abfällt!«

»AUFHÖREN!« kreischte Dan und stürzte sich auf den Journalisten. Die beiden wälzten sich auf dem nassen Boden ihrer Zelle, wobei Dan boxte und trat und der (erstaunte) Journalist sich zu verteidigen versuchte.

»Dan! DAN! Bist du's?« schrie Lucy. Sie hörte die beiden miteinander ringen. »Hört auf! Spart euch die Kräfte! Wir müssen hier unbedingt raus!«

»Lucy hat recht!« keuchte der Journalist, und plötzlich hatte Dan keine Lust mehr, sich zu schlagen, und fragte sich verwundert, warum er so eifersüchtig war.

»Warum hast du mich angegriffen?« fragte der Journalist. Dan wollte gerade anfangen, ihm die Geschichte der sexuellen Sitten und Gebräuche auf der Erde auseinanderzusetzen, ließ es aber dann doch bleiben. »Paß auf!« sagte er statt dessen. »Laß uns einen Burgfrieden schließen. Rede den Rest des Tages einfach nicht mehr über Sex, okay?«

»Wenn's dir lieber ist ... Aber mach dir über mich keine Gedanken. Die Laxheit eurer Moral auf der Erde schokkiert mich nicht ...«

»Halt einfach ein paar Minuten lang darüber die Klappe!«

»Okay!« erwiderte der Journalist.

»Also«, sagte Dan. »Wie wär's, wenn du mir jetzt mal alles erzählst, was du über dieses Raumschiff weißt, auf dem wir alle festsitzen – dann können wir doch vielleicht gemeinsam einen Weg finden, wie wir hier rauskommen.«

»Dan! Ich liebe dich!« rief Lucy aus ihrer Zelle.

»Ich liebe dich auch!« rief Dan zurück.

»Ich auch!« rief der Journalist.

Dan unterdrückte den Drang, ihm eine zu scheuern, und sagte: »Erzähl mir, was du weißt.«

*

Und so erzählte der Journalist Dan, wie der Bau des *Raumschiffs Titanic* den Planeten Yassakka zugrunde gerichtet hatte und wie dann die Stern-Bau AG die Bauarbeiten von dort abgezogen hatte, ohne ihre Schulden zu bezahlen. Er erzählte Dan von den Gerüchten über finanzielle Schwierigkeiten, die den Bau des Schiffs auf Blerontin ständig begleitet hatten, über die angeblich schluderige Arbeit der Unmündigen Ledigen Mütter, und daß gepfuscht worden sei. Er erzählte Dan von Leovinus, dem Architekten, Ingenieur, Künstler, Komponisten und Größten Universalgenie der Galaxis, und wie er ihm in der Nacht vor dem Stapellauf begegnet war. Er erzählte Dan von seiner Begegnung mit Scraliontis, dem Buchhalter, der ihm von der Bombe und dem Komplott erzählt hatte, das große Raumschiff zu versenken und die Versicherung zu kassieren, kurz bevor er sich zu Tode stürzte, nachdem er von einem Papagei angefallen worden war. Dann erzählte der Journalist Dan, wie er trotz seiner Verletzungen beschlossen hatte, als blinder Passagier mitzureisen, um an den großen Knüller zu kommen, der ihm in seiner Laufbahn als Journalist bisher stets entgangen war: Er wollte die ganze Wahrheit über den Bau des Raumschiffs ans Licht bringen und gleichzeitig einen Augenzeugenbericht darüber liefern, wie es war, der einzige Passagier an Bord zu sein. (Man hatte vorgehabt, das Schiff auf Automatik vom Stapel laufen zu lassen und es dann nach Dormillion zu fliegen, wo es seine ersten Besatzungsmitglieder und Passagiere an Bord nehmen sollte.)

Dann erzählte der Journalist Dan, wie das Raumschiff kurz nach dem Stapellauf ein SMEV (Spontanes Massives Existenz-Versagen) erlitten und eine Bruchlandung auf irgendeinem unbekannten Planeten auf der unerforschten Rückseite der Galaxis hingelegt hatte. Schließlich schilderte er, wie er nach der Bruchlandung aus einem der Vorhänge im Speisesaal der Ersten Klasse Rufe gehört hatte. Er hatte daraufhin Leovinus entdeckt, den Scraliontis für tot gehalten und zurückgelassen hatte; der Journalist hatte ihn befreit und dann versucht, den alten Mann davon abzuhalten, aus dem Raumschiff zu stürmen – vergebens. Trotz seines Alters hatte Leovinus ihn überwältigt (der Journalist verlor zu diesem Zeitpunkt immer noch Blut), und dann war der Große Genius, nach Rache schreiend, mit einem silberglänzenden Metallteil herumfuchtelnd und vermutlich in der Annahme, er sei immer noch auf Blerontin, in der Finsternis eines fremden Planeten verschwunden …

»Kapitän Bolfass möchte Sie sprechen«, schnitt der Gefängniswärter plötzlich die lange Geschichte ab. Er klimperte mit den Schlüsseln, als er die Tür zu der erbärmlichen Zelle öffnete, und zog den Journalisten nach draußen.

*

Kapitän Bolfass hatte die schöne Nettie auf die Kommandobrücke geführt. Dort hatte er sie zu einem Täßchen Tee und ein paar Zimtplätzchen eingeladen, während er die nötigen Anordnungen für den Rückflug des großen Raumschiffs zum Planeten Erde traf.

»Ich möchte nicht unhöflich klingen«, erklärte er ihr, »aber diesen Planeten kenne ich nicht – allerdings muß er natürlich der allerentzückendste Stern sein, wenn er die Heimat von jemand so Schönem und Reizendem ist, wie Sie es sind.« Er verbeugte sich, und Nettie verspürte das prickelnde Gefühl, wie die Heldin aus *Kloster Northanger* behandelt zu werden.

»Sie sind sicherlich ohne weiteres in der Lage, uns wieder nach Hause zu bringen«, sagte sie und senkte den Blick.

»Ach! Meine teure Lady!« rief der Kapitän. »Nicht *ich* bin es, der Sie heimbringen wird, sondern das Schiff selbst. Die genaue Lage des Planeten Erde muß im Großhirn gespeichert sein. Obgleich keiner von uns irgendeine Vorstellung davon hat, wo Ihr Planet zu finden ist, brauche ich nichts weiter zu tun, als es Titania zu sagen – so hat Leovinus sein Cybernautiksystem genannt –, und sie macht ihn dann ausfindig und bringt uns dorthin.«

Kapitän Bolfass drückte auf einen kleinen Knopf auf einem der Steuerpulte neben einem Videospiel, das einem neuen blerontinischen Film nachempfunden war ... und das war der Moment, in dem der Roman plötzlich aufhörte, von Jane Austen oder wenigstens von Catherine Cookson zu sein.

»Barthfarthinghasts!« rief Bolfass. »Da stimmt etwas nicht! Ich bekomme keine Meldung!«

Nettie, die das Gefühl gehabt hatte, Erde und Zuhause seien schon ganz nahe – einen bloßen Knopfdruck entfernt –, sah nun plötzlich alles wieder in weite Weltraumferne entschwinden.

»Kapitän Bolfass!« Korporal Buke-Willinujit (der angeheiratete Halbvetter von Korporal Buke-Hammadorf) war gerade atemlos und nervös hereingekommen. »Das Großhirn! Jemand hat die wichtigsten Funktionen daraus entfernt!«

Bolfass wandte sich an Yellin, der mit einem der Wildwest-Videospiele beschäftigt war. »Das ist das Werk dieses blerontinischen Vandalen! Bringen Sie ihn sofort hier herauf!«

Bis der Journalist ihm vor die Füße geworfen wurde, war Bolfass ziemlich wütend geworden – nicht so wütend, wie er es gewesen wäre, wenn er von den Ausschußmaterialien gewußt hätte, die für die Geländer um den zentralen Aufzugsschacht verwandt worden waren, oder wenn er von dem skandalösen Mangel an Oberflächenfinish im Kielraum und in den Müllbeseitigungsanlagen erfahren hätte (wo den Unmündigen Ledigen Müttern gesagt worden war, sie sollten ja keinen Lack abschmirgeln, geschweige denn auftragen!), aber immer noch ziemlich wütend.

»Was haben Sie mit Titanias Gehirn gemacht?« donnerte er.

Der Journalist streckte sein Kinn vor und sagte: »Ich kann Ihnen nur meinen Namen, den Dienstgrad und meine Nummer nennen.«

»Wir sind hier nicht in *Gesprengte Ketten*!«* schrie Bolfass und schwenkte eine Lampe herum, so daß sie den Journalisten blendete. »Erzählen Sie mir, was Sie wissen! Andernfalls überlasse ich Sie meinem Folterknecht, und Horst ist wirklich ein Sadist!«

»Meine Lippen sind versiegelt!« entgegnete der Journalist und drehte den Kopf weg.

»Na schön! Sie lassen mir keine andere Wahl!« schnarrte Bolfass und schlug dem Journalisten seinen Lederhandschuh quer übers Gesicht.

»In Ordnung!« sagte der Journalist. »Ich sage Ihnen alles, was Sie wollen! Alles!«

»Wollen Sie nicht erst noch ein bißchen doller gefoltert werden?«

»Nein! Ich erzähl's Ihnen lieber gleich.«

* *Gesprengte Ketten* ist der Titel eines berühmten blerontinischen Films, der die wahre Geschichte der Elite der blerontinischen Raumflotte erzählt, die in der angeblich ausbruchssicheren Festung Drat-Kroner gefangen war und der eine Massenflucht gelang. Seltsamerweise wurde eine der Hauptrollen von Steve McQueen gespielt.

»Na schön! Wir wissen, daß Sie Titanias Gehirn sabotiert haben, um unsere Rückkehr nach Yassakka zu verhindern! Erzählen Sie uns, was Sie mit den Teilen gemacht haben!«

Der Journalist sah ihn erstaunt an. »Von diesem Teil des Komplotts hat mir Scraliontis nichts erzählt!«

»Was denn für ein Komplott?« Bolfass bewunderte seinen blerontinischen Gegner wegen seiner Fähigkeit, unter Umständen gelassen zu bleiben, unter denen ein Geringerer zusammengebrochen wäre. »Ein Jammer, daß wir in diesem Krieg nicht auf derselben Seite kämpfen«, dachte er. »Andererseits kämpfen wir eigentlich in überhaupt keinem Krieg.« Bolfass gab sich alle Mühe, Haltung zu bewahren.

Der Journalist erzählte danach alles, was er von Scraliontis' und Brobostigons Komplott wußte, das große Raumschiff abstürzen zu lassen und die Versicherung zu kassieren. Bolfass hörte blaß vor Wut zu. Nettie sah den Zorn in ihm brodeln.

Bolfass zögerte – seine Hand war bereits an der SV-Pistole –, doch etwas in Netties Stimme besänftigte ihn. Er ließ die Pistole im Holster.

»Sie waren in der Nacht vor dem Stapellauf auf dem Schiff«, sagte der Journalist. »Sicher wollten sie nicht durch ständiges Rein- und Rauslaufen große Aufmerksamkeit erregen, also werden sie es, ganz gleich, was sie dem Zentralen Intelligenzsystem entnommen haben, irgendwo hier an Bord versteckt haben.«

»Klingt plausibel«, sagte Assmal, der zweite yassakkanische Befehlshaber, der sich bis zu diesem Moment am Videospiel »Tetrus« phantastisch geschlagen hatte.

»Na schön!« sagte Bolfass. »Wir durchsuchen das Schiff vom Bug bis zum Kiel. Die Teile müssen gefunden werden, sonst können wir Nettie nie zu ihrem Planeten zurückbringen. Im Gegenteil, wir werden, wie die Dinge liegen, sogar Schwierigkeiten haben, nach Yassakka zurückzuhumpeln!«

»Ich denke, wir können es schaffen, Käptn!« sagte Rodden, der Navigationsoffizier. »Wir befinden uns in der Starius-Zone E-D 3278, Abschnitt Praxima-Betril der inneren Galaxis. Ich bringe uns mit geschätzten Berechnungen heim, solange Assmal den Antrieb des Schiffs manuell unter Kontrolle halten kann.«

Assmal nickte. »Ich habe mittlerweile genügend Funktionen unter Kontrolle, um steuern zu können. Aber die Reise wird lange dauern – mindestens einige Stunden.«

Und so wendete das große *Raumschiff Titanic* in der sternenklaren Finsternis des Weltraums seinen gigantischen Leib und begann seine beschwerliche Reise zurück zum Planeten Yassakka.

Die Suche nach den fehlenden Teilen des Intelligenzsystems des Raumschiffs erwies sich als schwieriger, als irgend jemand hatte voraussehen können. Das war vor allem darauf zurückzuführen, daß die Schiffsroboter sich zunehmend exzentrischer verhielten. Die Türboter fingen an zu halluzinieren – sie öffneten die Türen für nicht existierende Schoßtiere von Erster-Klasse-Passagieren und charmierten mit Müllbeseitigungsanlagen herum. Die Liftboter waren in anhaltendes Siechtum verfallen, weil sie überzeugt waren, die einzige Möglichkeit, das Ende der ihnen bekannten Zivilisation zu vermeiden, bestünde darin, weniger Proteine zu essen. Und die Putzboter kamen in einem fort aus den Wandleisten gerast und deponierten auf dem Fußboden Staubflocken, die so groß waren, daß jeder darüber stolpern mußte.

Aber das größte Problem stellte die Hauptbar des Schiffs dar, wo sich der Barboter in einer merkwürdigen cyberpsychotischen Endlosschleife verfangen hatte, obwohl alle ein Stück von Titanias Hirn deutlich zwischen den bunten Gläsern und Flaschen im Regal hinter ihm erkennen konnten.

»Ja, ja, mein Herr! Schon dabei, Ihnen ... Cock diesen

Tailmix, bediene Sie gleich, mein Herr ...« Der Barboter schwankte zwischen bezaubernd unverständlich und streitlustig besoffen.

»Geben Sie uns doch bloß dieses Stückchen Cyberware aus dem Regal dort ...«, versuchte es Korporal Golholiwol. Aber der Barboter biß ihm einfach in die Nase. »Au!« rief Korporal Golholiwol.

Jeden Versuch, über die Theke zu klettern, um an das Ding zu gelangen, beantwortete der Barboter mit einer verblüffenden Machtdemonstration, und so sahen sich die friedliebenden Yassakkanier gezwungen, den Rückzug anzutreten.

*

Als schließlich alle bis auf eines der fehlenden Teile gefunden waren, hatte das *Raumschiff Titanic* den Planeten Yassakka in Sichtweite vor sich.

*

Nach Hause zurückzukehren, war immer das Allerschönste im Leben des Gefängniswärters. Bald würde er wieder die Füße neben einem brennenden Herd hochlegen. Er würde einen Krug Old-Fashioned-Bier in der Hand halten, und seine Familie würde hin und her rennen und das Abendessen zubereiten oder in der untergehenden Sonne auf der Veranda spielen.

Er pfiff deshalb eine ziemlich fröhliche Melodie vor sich hin, als er die Zellentür aufschloß und Dan zu verstehen gab, er sei ein freier Mann.

Wäre Dan musikalischer gewesen, hätte er erkannt, daß das Liedchen des Gefängniswärters kein anderes war als »Mademoiselle d'Armentier« – ein während des Ersten

Weltkrieges populärer französischer Schlager. Der Grund, weshalb der Gefängniswärter darauf verfallen war, ihn zu pfeifen, stand in engem Zusammenhang mit dem Schmuggel von französischem Champagner nach Blerontin durch die früher erwähnte Zeitverwerfung. Denn der Gefängniswärter war, um die Wahrheit zu sagen, niemand anderer als Korporal Pilliwiddlipillipitit, der berüchtigte Schmuggler und Anführer der gefürchteten Pilliwiddlipillipitit-Bande, einer der unerfreulichen Erscheinungen des organisierten Verbrechens, die seit dem Verfall der yassakkanischen Wirtschaft aus dem Boden geschossen waren. Pilliwiddlipillipitit hatte sich als gewöhnlicher Korporal in die yassakkanische Raumflotte eingeschlichen, um das *Raumschiff Titanic* für mögliche Beutezüge zu einem späteren Zeitpunkt auszukundschaften. Aber das ist eine ganz andere Geschichte.

Kaum war er frei, rannte Dan schnurstracks zu Lucy, die mit dem Journalisten und Nettie auf der Kommandobrücke stand und durch das Fenster die große Kugel des näher kommenden Planeten betrachtete.

»Lucy!« flüsterte er. »Können wir irgendwo unter vier Augen reden?«

»Jetzt nicht!« flüsterte Lucy zurück. »Guck doch! Ist das nicht das Tollste, was du je gesehen hast?«

»Es erinnert mich an deinen Busen«, murmelte der Journalist. Dan gelang es, sich zurückzuhalten, und statt den Journalisten an Ort und Stelle umzubringen, packte er Lucy am Arm und zog sie ans andere Ende der Brücke.

»Du hast es vorgeschlagen! Hat er gesagt!« Dan versuchte, sich eher empört und anklagend als traurig anzuhören, aber es brach als totales, absolutes Gewinsel aus ihm heraus.

»Dan, es war nur ein schwacher Augenblick ...«

»Warum hast du denn nie mit mir einen ›schwachen Augenblick‹ gehabt? In den dreizehn Jahren ...«

»Wovon, zum Teufel, redest zu eigentlich, Dan? Wir haben doch ein wunderbares Sexualleben, oder nicht?«

Lucy wurde langsam sauer auf ihn.

»Na ja ... ja ... Es ist nur ...«

»Du bist eben so gottverdammt eifersüchtig! Du denkst, ich jage hinter jedem Mann her, der mich attraktiv findet!«

»Das habe ich nie gesagt!« Wie üblich fühlte Dan, wie ihm die Unterhaltung aus den Händen trudelte. Diesmal jedoch wurde er vor der rituellen dialektischen Erniedrigung durch eine bemerkenswerte und gefährliche Wende der Ereignisse bewahrt, die den ganzen Verlauf dieser Geschichte verändern sollte.

Bolfass hatte Nettie auf die Kontinente und Länder von Yassakka aufmerksam gemacht. Er fühlte sein Herz schneller schlagen – teils vor Stolz über seinen Heimatstern, vor allem aber, weil Nettie seinen Arm ergriffen hatte und neben ihm erstaunt und voll Bewunderung hinaussah. Bolfass wäre vor Glück fast ohnmächtig geworden. Er roch den Duft dieses wunderbaren Wesens neben sich, er fühlte die Berührung der weichen Hände auf seinem Arm, und er spürte Netties Herz hinter sich pochen. Bolfass wußte kaum mehr, was er sagte.

»Und hier, teure Lady, sehen Sie das Meer von Sommerstuck. Das da ist das Land, das man unter dem Namen Feinkeramik kennt, oh! Und da drüben, teure Lady, wenn sie den Blick ein wenig zur Seite wenden wollen, sehen Sie meine Heimat: die Zimmermannsinsel. Es ist ein schönes Land, bewohnt von edlen Handwerkern und Technikern höchster Qualifikation. Oder zumindest ... war es so, bevor ...« Bolfass' Stimme schien zu brechen, so daß Nettie zu ihm hinabsah – Trauerfalten hatten sein zerfurchtes Gesicht verdüstert.

»Bevor was, Kapitän Bolfass?« fragte Nettie leise.

»Ach, Nettie, ich möchte Sie nicht mit den Problemen unseres Planeten belasten«, erwiderte der galante Kapitän.

»Ich würde es aber gern hören.« Nettie nahm die Hand des Kapitäns in ihre und streichelte sie sanft, und ich glaube, der gute Kapitän wäre diesmal vor Glück wirklich auf der Stelle in Ohnmacht gesunken, hätte ihn nicht eine Bewegung in der Umgebung des Planeten abgelenkt.

»Rodden! Was ist das?« Bolfass war plötzlich sehr nervös.

Der Navigationsoffizier spähte in den fernen Dunst, der Yassakka umgab. Er setzte seinen Feldstecher an die Augen, und ein unwillkürlicher Schreckenslaut entfuhr ihm.

»Blerontiner!« murmelte er.

Bolfass griff nach dem Fernglas. Ja! Er konnte deutlich eine ganze Flotte von Kampfraumschiffen sehen, die blerontinische Nummernschilder, aber keine anderen Kennzeichen trugen. Ganz ohne Zweifel handelte es sich nicht um die offizielle Blerontinische Weltraumflotte.

»Söldner!« flüsterte Assmal.

»Das bedeutet Ärger!« sagte Yellin.

»Schnell!« schrie Bolfass. »Alle Mann an die Waffen! Und schaltet die SV-Einstellung ab. Wir schießen mit echter Munition!«

Ein Stimmengewirr erhob sich unter den Yassakkaniern, als sie schlagartig in Bewegung gerieten, zu ihren Waffen griffen und auf vorher festgelegte Positionen eilten. Die Vorstellung, echte Munition statt der SV-Ladungen abzufeuern, war ebenso schrecklich wie erregend. Scharfe Munition gegen die Außenhülle des Raumschiffs einzusetzen, war *eine* Sache, aber scharfe Patronen wirklich im *Inneren* des Schiffs abzufeuern, würde Zerstörung im großen Maßstab bedeuten! Schon jetzt freuten sie sich auf eine Riesenmenge aufregender Reparaturarbeiten!

Bolfass' Gesicht verfinsterte sich mit einemmal, und er wandte sich mit ernster Miene an Nettie. »Nettie!« sagte er. »Ich tue dies sehr ungern, und ich hoffe, Sie werden mir vergeben können, aber ich muß Sie und Ihre Freunde bedauerlicherweise bitten, sich in ein sicheres Quartier zurückzuziehen, solange wir mit dem Feind kämpfen.«

Während Bolfass das sagte, waren die blerontinischen Söldner dicht an das Raumschiff herangerast (knapp unter Lichtgeschwindigkeit) und hatten es mittlerweile eingekreist. Es mußten wohl fünfzig oder sechzig Raumschiffe sein – ein typisches, zu militärischer Nutzung umgebautes Raumschiff-Sammelsurium. Derartige Ad-hoc-Flotten waren am Raumhimmel in diesem Sektor der Galaxis zu einem vertrauten Anblick geworden, seit die Wirtschaftsbeziehungen zwischen den Welten zusammengebrochen waren und der Intergalaktische Sicherheitsrat seine Entschlossenheit eingebüßt hatte.

Plötzlich dröhnte eine barsche Stimme durch das Lautsprechersystem des Raumschiffs: »Hier spricht die offizielle Raumflotte der Magna-Corps Versicherungsgesellschaft von Blerontin. Wir handeln gemäß blerontinischem Recht im Auftrag der Schadensregulierer, bestallt zur Liquidierung der restlichen Vermögenswerte der Stern-Bau Konstruktions-Aktiengesellschaft, der Raumschiff Titanic Holding-GmbH und der Starlight Travel AG, laut Versicherungs-Zusatzartikel Paragraph 6, Unterabschnitt 3. Im Namen der obengenannten Versicherungsgesellschaft nehmen wir hiermit dieses Raumschiff als rechtmäßiges Eigentum besagter Versicherungsgesellschaft wieder in Besitz. Verlassen Sie es bitte schweigend und gesittet.«

»Schnork-Verführer!« schrie Bolfass. Er wußte mit dem Kommunikationssystem des Schiffs umzugehen, und seine Stimme tönte so laut zu den Söldner-Raumschiffen hinüber, daß sie sie aus dem Raumschiff hören konnten! »Wir haben dieses Schiff erbaut! Wir haben unsere Sorgfalt und Kunstfertigkeit rückhaltlos und ohne Groll auf es verschwendet! Wir haben die besten Materialien gekauft und uns in Schulden gestürzt, um den von Herrn Leovinus befohlenen sagenhaft hohen Anforderungen zu genügen. Uns wurde nie ein Pfennig gezahlt. Und als uns dann der Bau weggenommen wurde, waren wir und unsere Familien der Armut und dem Hunger ausgesetzt. Dieses Schiff gehört uns nach jedem moralischen Recht in der Galaxis. Mehr noch, wir fordern es nach dem Bergungsrecht für uns! Wir haben es gefunden, und wir haben es zu seinem rechtmäßigen Hafen zurückgebracht! Haut ab und leckt euch selber!«

Noch als er sprach, rasselten vier der Söldner-Enterfahrzeuge in die Seite des Raumschiffs. Greifhaken wurden an der Hülle befestigt, und die Luftschleusen des *Raumschiffs Titanic* wurden von außen aufgestemmt.

Im selben Augenblick explodierte die Luft um die Söldner in Licht und Rauch und Lärm, als die Yassakkanier einen wütenden Gegenangriff starteten.

*

Unterdessen hatten sich Nettie, Dan, Lucy und der Journalist unversehens wieder arretiert gefunden und wurden nun von einem halben Dutzend aufgeregter yassakkanischer Wächter auf schnellstem Wege in die Zellen geschafft. Sie hatten ungefähr die halbe Strecke den Großen Axialkanal hinunter zurückgelegt, als plötzlich eine Vorhut blerontinischer Söldner aus der Einschiffungslobby stürmte und das Feuer eröffnete. Die drei Erdenwesen und der Journalist warfen sich zu Boden, aber die Yassakkanier, an SV-Waffen gewöhnt, zögerten eine Sekunde, und zogen in dieser Sekunde den kürzeren. Die Korporale Inchbewigglit und Kazitinker-Rigipitil schafften es aufs Deck, aber die Korporale Yarktak, Bunzlywotter, Tidoloft und Forzab bekamen Volltreffer ab. Sie preßten sich krampfhaft die Hände auf die Brust, und ihre Waffen fielen polternd zu Boden.

Nettie war die erste, die sich auf eines der heruntergefallenen Gewehre stürzte und es ohne Zögern auf die Söldner richtete. Wenn man bedenkt, daß sie auf der Erde nie ein Gewehr auch nur in der Hand gehabt hatte, beherrschte sie die yassakkanische »Wumme« mit bemerkenswerter Leichtigkeit. Sie schien genau zu wissen, wo man sie festhalten mußte, und den Abzug hatte sie gleich unter einer der Schußkammern entdeckt. Sie zielte und drückte auf den Abzug – Feuer schoß aus den Läufen, und zwei Söldner fielen zu Boden.

»Nein! Nein!« schrie Korporal Inchbewigglit bestürzt. »Zielen Sie über ihre Köpfe!«

»Nicht ums Verrecken!« schrie Nettie und brachte einen weiteren Blerontiner zur Strecke. Inzwischen hatten sich auch Lucy, Dan und der Journalist jeder ein Gewehr geschnappt und angefangen, auf ihre Angreifer zu ballern. Ihre yassakkanischen Bewacher waren sichtlich geschockt. Die Blerontiner ihrerseits waren vollkommen überrumpelt. Sie waren es gewohnt, sich der Wut yassakkanischer

SV-Waffen mutig entgegenzustellen, und in Extremsituationen waren sie es gewöhnt, daß die Yassakkanier mit richtigen Waffen über ihre Köpfe schossen. Aber das hier war etwas Neues! Es war außerdem äußerst besorgniserregend! Die wenigen Blerontiner, die noch standen, schauten auf ihre gefallenen Kameraden und zurück auf ihre Gegner, die selbst jetzt noch direkt auf sie schossen. Ohne abzuwarten, daß eine neue Salve sie traf, machten sie kehrt und flohen.

Den yassakkanischen Wächtern blieb die Spucke weg. Kein einziges Mal in der Geschichte ihres Volkes waren Blerontiner vor yassakkanischem Gewehrfeuer geflohen!

Unterdessen war Nettie zu den Türen der Einschiffungslobby gerannt. Dort schoß sie weiter auf die sich zurückziehenden Blerontiner. Aber die Söldner waren schon in der Luftschleuse und hatten die Luke zugeknallt.

»Vorsicht mit den Malerarbeiten!« keuchte Korporal Inchbewigglit.

»Gut gemacht!« rief Dan, der gerade bei Nettie angekommen war. Sie keuchte, und Dan spürte die Wärme ihres Körpers, als er dicht hinter ihr stand. Plötzlich fuhr sie herum.

»O mein Gott! Die Bombe!« rief sie und zog das Handy aus ihrer Tasche.

»Zwei ...«, sagte die Bombe. »Eins ...«

»Hallo, Bombe! Ich bin's, Nettie!«

»Hallo, Nettie ...«

»Geht's dir gut, Bombe?«

Schweigen. Einen Moment lang dachte Dan, sie hätten verloren.

»Bombe? Bist du da, Bombe?« rief Nettie ins Telefon.

Aber die Bombe antwortete noch immer nicht.

»Bombe!« Dan hatte sich das Telefon geangelt.

»Oh! Natürlich! Männer an die Front!« sagte Nettie.

»Bombe? Bist du da?« Dan hörte nicht auf Nettie. »Rede mit mir!«

»Ich habe mit Nettie geredet«, sagte die Bombe mit Schmollstimme.

»Oh«, sagte Dan und gab Nettie das Telefon zurück.

»Entschuldigung«, flüsterte er.

»Hier ist Nettie«, sagte Nettie ins Telefon. Wieder sagte die Bombe kein Wort. »Bombe?« wiederholte sie.

Wieder Schweigen.

»Bombe!« Eine leichte Dringlichkeit hatte sich in Netties Stimme geschlichen. »Sprich mit mir!«

Und dann redete die Bombe ... sehr leise ... »Ich bin ein Mega-Selbstversenker ...«, sagte sie.

»Ist das dein Name?« fragte Nettie.

»Ja«, sagte die Bombe. »Ich bin eine Bombe.«

»Ich weiß«, antwortete Nettie.

»Ich mag deine Stimme, Nettie«, sagte die Bombe.

»Und ich deine, Bombe«, antwortete Nettie.

»Und das ... sagst du nicht bloß so?«

»Nein. Für eine elektronische Stimme ist deine Stimme sehr sanft. Sie ist schön.« Einen Moment lang meinte Nettie, die Bombe weinte. »Willst du für mich nicht wieder zu zählen anfangen?«

»Wenn du es wirklich möchtest«, sagte die Bombe.

»Ja«, sagte Nettie.

»Na schön«, sagte die Bombe. »Ich werde zählen – nur für dich, Nettie. Aber dieses ist das letzte Mal ... Das allerletzte Mal ...«

Pause.

»Ich tue das nur für dich, Nettie.«

»Vielen Dank, Bombe.«

»Alles Gute, Nettie.«

»Alles Gute, Bombe.«

»Eintausend … neunhundertneunundneunzig …«

Nettie war in ihr Vorhaben, die Bombe aufzuhalten, so vertieft gewesen, daß sie ihre Angst völlig vergessen hatte – jedenfalls bis zu diesem Moment: Ihre Knie gaben nach, und sie fiel in Dans Arme, die plötzlich zur Stelle waren, um sie aufzufangen.

Bolfass stand auf der Kommandobrücke des *Raumschiffs Titanic* und traute seinen Augen nicht, als er sah, wie sich die blerontinischen Söldner in ihr Enterraumschiff zurückzogen.

»Was, um alles auf Yassakka, ist da los?« rief er. »Blerontiner geben doch nicht einfach so auf – normalerweise kämpfen sie bis zu unserem letzten Mann!« Doch der Ordnung halber befahl er noch eine Salve Weltraumfeuer, und die Schwärze um das Söldnerraumschiff explodierte erneut in Licht und Lärm. Schneller, als ein Schnork auf einen Teller pupst, hatte die zusammengewürfelte Flotte gewendet, und die Raumflotte der Schadensregulierer war mit weißglühendem Volldampf im Sternenhimmel jenseits des wunderschönen grünen Planeten Yassakka verschwunden.

Genau in diesem Augenblick stürzten Dan und Nettie wieder auf die Kommandobrücke.

»Sie sollten doch in den Zellen sein!« schnauzte Bolfass.

»Sie haben direkt auf den Feind geschossen!« Korporal Inchbewigglit tauchte hinter ihnen auf. »Deswegen sind die Söldner geflohen!«

»Wir müssen unbedingt was wegen der Bombe unternehmen!« rief Nettie. »Sie sagt, dies sei ihr letzter Countdown.«

»Das ist ja schrecklich!« rief Bolfass und sah wirklich sehr ernst drein.

»Ja! Sie sagt, diesmal wird sie explodieren!«

»Ihr habt *direkt* auf die Blerontiner *gezielt?*«

»Soll man das denn nicht?« fragte Nettie.

»Nein, das soll man *nicht!*« rief Bolfass. »Wir haben einen strengen Moralkodex! Meine teure Lady! Ich bin sicher, Sie haben nicht wirklich *auf* sie zielen wollen?«

»Doch, natürlich hat sie das gewollt!« Dan war inzwischen ziemlich gereizt. »Anders hätten wir sie nicht aufhalten können. Was machen wir jetzt mit der Bombe?«

»Die sind weggerannt wie die Feuerwehr, als sie merkten, daß Nettie auf sie schoß!« rief Inchbewigglit begeistert aus.

»Ich werde Sie alle in Haft nehmen müssen!«

»Kapitän Bolfass«, sagte Nettie mit ihrer bezauberndsten Stimme. »Wir kennen Ihre Sitten auf Yassakka nicht und können nur wie Erdenwesen reagieren, und auf der Erde sind die Menschen leider darauf aus, sich gegenseitig umzubringen und zu verstümmeln. Dafür sind Waffen da. Mir gefällt das nicht, aber so ist es nun mal. Wir wollten Ihren Ehrenkodex nicht verletzen; wir haben nur versucht, Sie und das Raumschiff vor den Schadensregulierern zu retten. Und jetzt hören Sie mal ...«, und sie schaltete das Handy ein.

»Neunhundertzweiundzwanzig ...«, zählte die Bombe noch immer.

»Wir haben ungefähr dreizehn Minuten Zeit!«

»Na schön«, sagte Bolfass, noch immer mit finsterer Miene. »Wir werden uns bei den Blerontinern entschuldigen müssen.«

»Aber sie haben doch versucht, *Sie* zu töten!« rief Nettie.

»Das liegt daran, daß sie keinen Moralkodex haben, der ihnen das verbietet«, antwortete Bolfass mit unbestreitbarer Logik. »Ich werde den Entschuldigungsbrief schreiben, sobald ich einen freien Augenblick habe.«

»Wenn Sie wegen der Bombe nichts unternehmen«, rief Dan, »*sind* wir bald alle nur noch freie Augenblicke!«

»Sie haben recht!« sagte Bolfass. »Ich lasse sie sofort entschärfen!«

⚶

Nettie bestand darauf, bei der Bombe zu sein, während sie entschärft wurde. »Ich habe das Gefühl, das bin ich ihr schuldig«, sagte sie, als Dan ihr das auszureden versuchte. »Außerdem, wenn sie hochgeht, ist es wurscht, wo auf dem Schiff jeder von uns ist.«

Dem stimmte der yassakkanische Bombenräumexperte zu, als er seine Werkzeugtasche neben der Bombe absetzte.

»Vierhundertvierunddreißig ...«, sagte die Bombe.

»Hallo, Bombe!« sagte Nettie.

»Vierhundertdreiunddreißig ...«, sagte die Bombe.

Irgendwie wußte Nettie, daß sie sich nicht unterbrechen lassen würde. Dies war schließlich ihr letzter Countdown.

»Wie fühlst du dich, Bombe?« fragte Nettie.

»Sprechen Sie bitte nicht mit ihr, während ich sie entschärfe«, sagte der Bombenräumexperte. »Das könnte gefährlich sein.«

»Haben Sie genug Zeit?« fragte Dan.

»Vierhundertzweiunddreißig ...«, sagte die Bombe.

»Kommt drauf an«, sagte der Bombenräumexperte und schraubte eine Metallplatte von dem Schränkchen ab.

»Wenn sie in dem Tempo weiterzählt, müßte ich's schaffen, aber manchmal werden sie beim letzten Countdown schneller. Dies hier ist ein 8D-96 Volle-Kraft-Mega-Selbstversenker – wenn es ein 8G oder wenigstens ein 9A wäre, stünden wir prima da. Die haben einen eingebauten Servo-Kontrollmechanismus, sind also in der Hinsicht unproblematisch. Aber beim 8D, tja ... da weiß man einfach nie ... Ah! Der hier scheint völlig in Ordnung ...«

Beim Reden hatte der Bombenräumexperte die Metallplatte abgeschraubt und einen mattroten Knopf zutage gefördert, der die Aufschrift trug: ENTSCHÄRFE DIE BOMBE.

»Zum Glück ist in den 8D immer noch diese Entschärfungsautomatik eingebaut – nur um es uns Bombenräumexperten leicht zu machen.« Er drückte auf den Knopf. Die Bombe hörte schlagartig auf zu zählen. Es entstand eine Pause. Dann ging eine Sirene los, der mattrote Knopf mit der Aufschrift ENTSCHÄRFE DIE BOMBE leuchtete auf und fing an zu blinken, dann glitt eine Glasabdeckung über den Knopf und schützte ihn vor allen weiteren Zugriffen.

»Einen Mom ...«, sagte der Bombenräumexperte. »Das scheint nicht ganz richtig zu sein ...«

»Meinen Glückwunsch!« sagte die Bombe. »Sie haben den 8D-96 Volle-Kraft-Mega-Selbstversenker erfolgreich entschärft. Der Mega-Selbstversenker ist jedoch mit dem Intelligenz-Cybersystem dieses Raumschiffs verbunden, das leider momentan unvollständig ist. Die Bombe hat deshalb auf Fehler-Modus geschaltet. Ziehen Sie bitte die Gebrauchsanweisung zu Rate.«

»Wo ist die Gebrauchsanweisung?!« fragte der Bombenräumexperte – mit einer Schärfe in der Stimme, die Nettie (obgleich sie verzweifelt ein tröstlicheres Wort zu finden versuchte) nur als »Panik« bezeichnen konnte.

»*Sie* sind doch der Bombenräumexperte«, sagte Dan liebenswürdig. Inzwischen hatte Nettie eine kleine Broschüre entdeckt, die unter das Bombenschränkchen geklemmt war. Sie blätterte in den Seiten herum.

»Wie die Zeituhr für die Zubereitung großer Braten einzustellen ist!« las sie.

»Das ist die Gebrauchsanweisung für den Gasherd!« rief der Bombenräumexperte, riß sie Nettie aus der Hand und begann begeistert darin zu lesen. Jede technische Gebrauchsanweisung war für einen Yassakkanier von Interesse. Gebrauchsanweisungen gehörten zu den Dingen, in denen sie stets Trost und Zerstreuung finden konnten, vor allem unter Streß.

Unterdessen durchsuchten Dan und Nettie den Maschinenraum nach der richtigen Gebrauchsanweisung. Als der Bombenräumexperte feststellte: »Gucken Sie mal! Er hat sogar eine Selbstreinigungsfunktion!« hatte Dan die »Einfach zu benutzende Gebrauchsanweisung für den 8D-96 Volle-Kraft-Mega-Selbstversenker, Ihre benutzerfreundliche Bombe« hinter irgendwelchen Wasserleitungen gefunden.

»Der 8D-96 Volle-Kraft-Mega-Selbstversenker ist als ein äußerst benutzerfreundliches Detonationsgerät konzipiert«, las er. »Alle Arbeitsvorgänge sind einfach und ohne weitere Erläuterungen verständlich …«

»Geben Sie her!« rief der Bombenräumexperte, und riß Dan die Gebrauchsanweisung aus den Händen. »Fehler-Modus«, las er. »Hat die Bombe wegen eines unvollständigen Intelligenzsystems an Bord auf Fehler-Modus geschaltet, verfahren Sie bitte wie folgt: Sie sind außerstande, den

Entschärfungsknopf zu erreichen. Sie sind außerstande, Hand an die Bombe oder das Bombenschränkchen zu legen. Sie sind außerstande, noch irgend etwas an der Bombe vorzunehmen. Lassen Sie sie also in Ruhe. Haben Sie verstanden? Gut. Der 8D-96 Volle-Kraft-Mega-Selbstversenker wird exakt sechs Dormillion-Tage nach Beginn des Fehler-Modus explodieren.«

»Scheiße!« sagte Dan.

»Scheiße!« sagte Nettie.

»Scheiße!« sagte der Bombenräumexperte.

Wie lang ist denn ein Dormillion-Tag?« Es war Nettie, die als erste auf die naheliegende Frage kam.

»Sechsunddreißig Dormillion-Stunden«, sagte der Bombenräumexperte.

»Wie lang ist eine Dormillion-Stunde?« fragte Dan.

»Achtundsiebzig Dormillion-Minuten«, sagte der Bombenräumexperte.

»Das sind etwa ... tja ... Wie soll ich Ihnen das erklären? Es gibt keinen Bezugspunkt.«

Die drei überlegten eine Zeitlang und wollten gerade zugeben, daß es unmöglich sei, die Zeitvorstellung eines Sternensystems auf ein anderes zu übertragen, als Nettie sagte: »Ich hab's!«

Ich werde Ihnen nicht verraten, wie sie das ausgerechnet hat, aber es war ziemlich clever. Wenn Sie es nicht selber ausrechnen können, schreiben Sie bitte an den Verlag dieses Buches und bestellen Sie die leicht verständliche Broschüre mit dem Titel »Wie Nettie die Länge eines Dormillion-Tages errechnete«.

»Also ... Sechs Dormillion-Tage müssen ungefähr zehn Erdentagen entsprechen!« sagte Nettie nach ein paar raschen Berechnungen.

»Großer Gott! Nettie!« sagte Dan. »Was bist du klug! Warum bin ich denn nicht darauf gekommen?«

Das Trio hatte sich gerade wieder auf der Kommandobrücke des Raumschiffs eingefunden.

»Wie kriegen wir denn die Bombe vom Fehler-Modus runter?« fragte Bolfass den Bombenräumexperten.

»Unsere einzige Hoffnung ist, daß wir das fehlende Großhirn des Schiffs finden«, sagte der Bombenräumexperte. »Wenn wir es wieder einsetzen könnten, dann ließe sich die Bombe wahrscheinlich entschärfen. Ansonsten geht sie in sechs Dormillion-Tagen hoch.«

Bolfass wandte sich an seine versammelte Mannschaft.

»Männer! Ihr hört, wie ernst die Lage ist. Unsere geliebte Heimat Yassakka ist durch den Bau dieses Raumschiffs und das Versäumnis der Blerontiner, ihre Schulden zu begleichen, in den Ruin getrieben worden. Wir haben in gutem Glauben gebaut. Wir haben unsere gesamte Lebensführung aufs Spiel gesetzt, um das sagenhafteste und schönste Raumschiff zu bauen, das die Galaxis je gesehen hat. Die Blerontiner haben unser Vertrauen mißbraucht. Die einzige Chance für unseren Planeten, zu früherem Wohlstand zurückzukehren, ist, daß wir das *Raumschiff Titanic* erneut in Besitz nehmen. Wenn es durch diese hinterhältige Bombe in die Luft gesprengt wird, sieht die Zukunft unseres Planeten in der Tat grauenvoll aus.

Deshalb befehle ich euch, dieses Schiff noch einmal zu durchsuchen. Ich weiß, wir haben jeden Zentimeter durchstöbert, aber das fehlende Teil des Großhirns muß irgendwo hier an Bord sein, und wir müssen es finden ...«

*

In diesem Moment war über das Lautsprechersystem ein Schrei zu hören.

»Lucy!« rief Dan.

*

Ich muß erklären, was Lucy und dem Journalisten seit dem kurzen Schußwechsel vor der Einschiffungslobby zugestoßen war. Als Nettie, Dan und Korporal Inchbewigglit hinter den Blerontinern hergerannt waren, packte der Journalist Lucy und zog sie in einen Seitenraum neben dem Großen Axialkanal. »Was, zum Teufel, tust du, Der!« rief Lucy, obwohl klar war, daß der Journalist nichts weiter tat, als so schnell wie möglich die Knöpfe ihres Nadelstreifenkostüms aufzufummeln, während er gleichzeitig herauszukriegen versuchte, wie weit er seine Zunge in ihr Ohr stekken konnte. »Der!« rief Lucy. »Hör auf!«

»Nein! Nein! Nein!« stöhnte der Journalist. »Wenn wir blerontinischen Männer erst mal von einer Frau erregt worden sind, brauchen wir viele, viele Jahre – manchmal ein ganzes Leben –, um uns gegenüber dieser bestimmten Frau wieder abzuregen.«

»Was soll das heißen, Der?« rief Lucy.

»Heirate mich, Lucy!« rief der Journalist und vergrub sein Gesicht in ihren mittlerweile freiliegenden BH.

»O ja! Ja! Ja! Der!« rief sie.

»Kreisch!« schrie es von irgendwo her.

»Wir können uns verloben und eine weiße Hochzeit feiern und eine Hochzeitstorte haben, und Dan kann die Freundesrede halten, und wir werden in die Flitterwochen fahren!« rief der Journalist.

»Kreisch!«

»Geliebter Der!« rief Lucy mit Tränen in den Augen.

»Was tue ich nur? Was sage ich da?« Ein Teil von Lucys juristischer Ausbildung hatte sich plötzlich wieder zurückgemeldet. Es war etwas im Sinne von: Willige in nichts ein, was du später bereuen könntest. »Aber ich will doch Dan heiraten! Wir wollen ein Hotel eröffnen! Was war das für ein Kreischen?«

»Kreisch!« sagte das kreischende Ding.

»Es war das da!« rief der Journalist, und plötzlich kam ein großer Papagei aus den dunklen Winkeln des Raumes geflogen und landete auf der Schulter des Journalisten. Das war der Augenblick, in dem Lucy aufschrie, und beim Schreien hatte sie, wie es das Glück wollte, unabsichtlich die Hand auf einen der Knöpfe der Bordsprechanlage gelegt, wodurch ihr Schrei durchs ganze *Raumschiff Titanic* übertragen wurde.

»Kreisch!« sagte der Papagei. »Scheißgenie!«

⁜

Auf der Kommandobrücke spitzte Kapitän Bolfass die Ohren.

»Was hat dieser Papagei gesagt?«

»SCHEISSGENIE!« kreischte der Papagei durch die Bordsprechanlage.

»Papagei!« schrie Kapitän Bolfass. »Was soll das heißen?«

»Scheißgenie!« wiederholte der Papagei.

»PAPAGEI!« brüllte Bolfass in die Sprechanlage. »Wir suchen das fehlende Teil aus Titanias Großhirn. Weißt du, wo es ist?«

Es trat Stille ein.

»PAPAGEI!« schrie Bolfass, aber Lucy hatte ihre Hand von dem Knopf der Sprechanlage gezogen und benutzte sie inzwischen, um dem Journalisten das Gesicht zu streicheln, als wären seine glatten Gesichtszüge die Kristallkugel einer Wahrsagerin.

»Warum ist Kapitän Bolfass so daran interessiert, was ein Papagei sagt?« hatte Nettie sich an Korporal Inchbewigglit gewandt.

»In der yassakkanischen Überlieferung«, flüsterte Korporal Inchbewigglit, »sind Papageien die Botschafter der Wahrheit. Bei uns gibt es ein Sprichwort: ›Kinder- und Papageienmund tut Wahrheit kund.‹«

Lucy überlegte inzwischen, warum sie mit allem einverstanden gewesen war, was ihr der Journalist vorgeschlagen hatte. Sie fürchtete, einen schrecklichen Fehler gemacht zu haben. Wenn sie doch nur die Zukunft in seinen seltsamen orangefarbenen Augen erkennen könnte. »Du bist verrückt!« sagte sie.

»Ohhhh!« stöhnte der Journalist, während er an ihrem Büstenhalterträger herumkaute.

»Ahh!« sagte Lucy.

»Haaaa!« murmelte der Journalist.

»Oh-mh!« erwiderte Lucy.

»Oooooh!« sagte er.

»Oh! Mh! Ooh!« fügte Lucy hinzu.

»Ja! Ha! Haa?« fragte der Journalist.

»Mh!« bestätigte Lucy.

»Mh?« fragte der Journalist wieder.

»Mh!« wiederholte Lucy.

»Mmmmmh!« Dem Journalisten ging an dieser Stelle fast der Text aus. Doch Lucy setzte die Unterhaltung fort: »OH!« sagte sie.

»Ah?« wunderte er sich, warum sie so sicher sein konnte.

»AH!« nickte sie. Sie war sich jetzt absolut sicher. »AH!«

Und in diesem Augenblick polterte die gesamte Truppe von der Kommandobrücke in das Seitengemach neben dem Großen Axialkanal und blieb wie festgenagelt stehen, als sie Zeuge wurde, wie eine hochqualifizierte Anwältin vom Wilshire Boulevard und ein überschätztes Mitglied des blerontinischen Pressecorps miteinander die Art Dinge trieben, die den direkt Beteiligten unaussprechliches Entzücken und Vergnügen bereiten, die aber zufällige Beobachter eher zu Spott reizen und über die wir daher nicht weiter ins Detail gehen wollen. Es genügt wohl, wenn ich sage, daß in dem Moment, als die Kommandobrückentruppe ins Zimmer platzte, der Papagei den lautesten Kreischer ausstieß, den er bis dato von sich gegeben hatte, und Lucy vom Tisch dem Journalisten aufs Gesicht fiel.

»LUCY!« rief Dan aus. »Papagei!« schrie Bolfass. »Wo ist das fehlende Großhirn Titanias?«

»Scheißgenie!« kreischte der Papagei.

»Erzähl keinen Blödsinn!« brüllte Bolfass.

»SCHEISSGENIE!« plärrte der Papagei.

»ICH HABE DIR EINE FRAGE GESTELLT!« schnauzte Bolfass. Nach yassakkanischer Überlieferung wurde von Papageien erwartet, daß sie auf jede Frage, die ihnen gestellt wurde, antworteten.

»Kreisch!« Dem Papagei kam vorübergehend die Fähigkeit zu sprechen abhanden.

»BEANTWORTE MEINE FRAGE!«

»KREISCH!«

Der Papagei flog ins Dunkel auf der gegenüberliegenden Seite des Zimmers.

»Verflucht!« Bolfass wußte, daß es Unglück brachte, wenn ein Papagei sich weigerte, eine Frage zu beantworten.

»Ich kann alles erklären«, sagte Lucy zu Dan.

»Nein! Das kannst du nicht! Du kannst GAR NICHTS erklären!« schrie Dan.

Und Lucy dachte plötzlich: »Er hat recht!... Er hat absolut RECHT!«

»*Das* ist vielleicht die Antwort, die Sie erwarten!« Es war Nettie, die plötzlich vorgetreten war und Kapitän Bolfass am Arm ergriffen hatte.

»Teure Lady, es ist lieb von Ihnen, daß Sie sich um diese Angelegenheit bemühen, doch ich fürchte, der Papagei hat absolut keine Antwort gegeben. Ich bin verloren.«

»Haben Sie mir nicht erzählt, daß dieses Raumschiff von irgendeinem Genie entworfen wurde?«

»Leovinus!« rief der Journalist. »Er war hier an Bord, als wir auf die Erde krachten!«

»Vielleicht hat *er* das fehlende Teil?« Nettie war alles so klar, obgleich sie nicht wußte, warum.

Im Kopf des Journalisten machte es Klick. »Natürlich!« rief er. »Als er aus dem Raumschiff rannte – er schwenkte so ein silberglänzendes längliches Metallstück in der Hand ...«

»Das Großhirn!« rief Bolfass.

»Deswegen befindet es sich nicht an Bord!«

»Also ...« Kapitän Bolfass zählte zwei und zwei zusammen, aber ziemlich langsam.

»Um an das fehlende Großhirn des Schiffs zu kommen, müssen wir diesen Leovinus finden.«

Nettie hatte sich entschlossen, den Schlußfolgerungsprozeß selber in die Hand zu nehmen.

»Leovinus ist auf der Erde. Aber wir können nicht zur Erde fliegen, weil wir nicht wissen, wo sie ist, und die einzige Möglichkeit rauszufinden, wo sie ist, besteht darin, daß wir das fehlende Großhirn kriegen und wieder in Titanias Hirn einsetzen. Meine Herren, wir sind erledigt.«

*

In diesem Moment ertönten die Koppelungssirenen. Das *Raumschiff Titanic* bereitete sich zur Landung auf dem Planeten Yassakka vor.

Die glanzvolle Party war eine schwermütige Angelegenheit. Jeder versuchte, das Beste daraus zu machen, und brachte unentwegt Trinksprüche auf die Leute von der Erde aus, die so großartig geholfen hatten, die Versicherungsschadensregulierer in die Flucht zu schlagen; mehrere Reden wurden gehalten, in denen die Rückkehr des großen Raumschiffs in seinen rechtmäßigen Hafen gepriesen wurde, aber niemand konnte darüber hinwegsehen, daß das Schiff binnen weniger Tage in irgendeine ferne Gegend der Galaxis geschleppt werden mußte, wo es explodieren konnte, ohne mehr zu vernichten als sich selbst.

Die Yassakkanier sahen keine Möglichkeit, ihre Wirtschaft zu sanieren. Und Lucy, Dan und Nettie sahen mittlerweile keine Möglichkeit mehr, jemals wieder auf ihren Heimatplaneten zurückzukehren. Alle drei hatten Dolmetschpflaster erhalten (die wie kleine Pflästerchen hinter dem Ohr getragen wurden), damit sie sich auch jetzt, da sie sich nicht mehr im Wirkungsbereich der automatischen Systeme des Raumschiffs befanden, weiterhin verständigen konnten, doch das hatte sie kaum mit der Aussicht versöhnt, auf einem fremden Stern im Exil bleiben zu müssen.

»Bestimmt«, hatte Rodden, der Navigationsoffizier, Nettie auszuquetschen versucht, »haben Sie doch *irgendeine* Idee, wo diese sogenannte ›Erde‹ ist. Ich meine, Sie müssen doch wenigstens wissen, ob sie sich in der Hypothetischen Nordhemisphäre der Galaxis befindet oder im Hypothetischen Süden.«

»Also ... nein ...«

»Liegt sie in einem äußeren oder einem inneren Spiralarm?«

»Ich habe keine Ahnung«, sagte Nettie.

Rodden schüttelte mißmutig den Kopf. Er haßte es, mit doofen Blondinen zu reden.

»Also, wenn Sie wirklich keine Ahnung haben, woher Sie kommen, kann ich Sie unmöglich dorthin zurückbringen. Das könnte höchstens das Raumschiff selbst, aber das kann sich nicht erinnern, weil ihm sein Gehirn fehlt! Scheint ansteckend zu sein ...«, setzte er unnötigerweise hinzu und schlenderte, eher zu Netties Erleichterung, davon.

Nettie schaute sich unter der trübsinnigen Partygesellschaft um. Ihr war traurig zumute, und doch gab es soviel Schönheit in dieser sanftmütigen Welt, in der sie sich befand. Yassakka! Das war schon mal ein schöner Name. Und ganz bestimmt gab es üblere Orte ... Slough ... New Malden ... Basingstoke ... Nettie fand sich hin und her gerissen. Ein Teil von ihr sagte: Na komm! Mach das Beste daraus! Das hier ist von jetzt an dein Zuhause! Und die andere Hälfte sagte ihr, daß sie nicht aufgeben solle ... daß sie irgendwie, tief in ihrem Inneren, davon überzeugt sei, daß es ihr gelingen würde, sie alle zur Erde zurückzubringen. Nettie kam sich ein bißchen albern vor, weil sie von ihrer Fähigkeit so überzeugt war, aber so war's nun mal – sie wurde das Gefühl einfach nicht los, obwohl sie keine Ahnung hatte, woher es kam.

Unterdessen versuchte sie, auf der Fete ihren Spaß zu haben.

*

Schon der Geruch der über offenen Feuern bratenden Schnorke wirkte traurig, wie er so unter den schwermütigen yassakkanischen Fichten dahinschwebte und sich dann mit den sanfteren, traurigeren Düften des Nachtjasmins und des Traueroleanders vermischte, die sich in Korporal Golholiwols Garten gegenseitig erdrückten. Die Yassakkanier wechselten sich bei wichtigen nationalen Ereignissen als Gastgeber ab, und nun war gerade zufällig Korporal Golholiwol an der Reihe. Er hatte sieben Schnorke zum Braten, Fischgerichte und Obst und frisches Gemüse aus seinem Garten bereitgestellt. Im Gegensatz zu den Blerontinern hatten die Yassakkanier kein Interesse an Canapés und zogen gute, einfache Hausmannskost vor, die mit Strömen yassakkanischen Biers und süßem Kartoffelwein hinuntergespült wurde.

Für den Journalisten war das alles ziemlich erbärmlicher Fraß, aber er versuchte seine Verachtung darüber zu verbergen, daß ihm »Fischpaste«, winzige Hühnchen-Vol-au-vents und Cocktailwürstchen an Zahnstochern fehlten.

Doch ganz gleich, welch große Komplimente Nettie ihm zu seinen Schnorkkrüstchen machte, Korporal Golholiwol weigerte sich, *seine* schwermütige Stimmung abzulegen. »In früheren Zeiten«, erklärte er Nettie, »hätten wir *siebzig* Schnorke gebraten! Ich hätte mehr Fische hingestellt, als im Meer von Sommerstuck sind! Und all das Bier und der Wein … tja! Die wären aus den Brunnen geflossen, die Sie dort drüben in der Gartenmitte sehen … ach! Dies sind wirklich magere Zeiten für Yassakka.« Und er starrte schwermütig in den leeren Bierkrug, den er in den Händen hielt.

Auch Kapitän Bolfass war schwermütig. Er versuchte standhaft, Nettie nicht anzustarren, die ihr GAP-T-Shirt, das handgestrickte Wams und den Minirock gegen ein schlichtes yassakkanisches Gewand eingetauscht hatte, das bis zum Oberschenkel geschlitzt und an einer Ecke mit Stickerei verziert war. Sie sah atemberaubend aus, und der arme Kapitän war seines Atems dermaßen beraubt, daß er seufzte und sich vorzustellen versuchte, wie er jemals ohne Nettie hatte leben können.

»Über wen stöhnst du denn jetzt schon wieder, Kapitän Bolfass?« fragte seine Frau.

»Verzeih mir, meine Teure«, antwortete Bolfass, »es ist nur diese junge Erdenfrau, die mir mit ihrer Schönheit die Seele gestohlen hat.«

»Armer Liebling!« sagte Frau Bolfass, ergriff seine Hand und streichelte sie. »Du wirst dich sicher davon erholen.«

»Ach!« seufzte Kapitän Bolfass. »Das will ich hoffen … das will ich hoffen!«

»Vielleicht solltest du mal zu Dr. Ponkaliwack gehen?«

»Nein … nein … Es wird schon wieder werden …«, seufzte der Kapitän. (Auf Yassakka wurde »Verliebtsein« als eine Form von Krankheit angesehen.)

Doch die alten yassakkanischen Lieder, die die Band jetzt spielte, brachten den Kapitän nur wieder zum Seufzen und trieben ihm sogar eine Träne ins Auge.

Es waren uralte Lieder voller Sehnsucht nach besseren Werkzeugen und Materialien, Klagelieder um unvollendete Bauprojekte und Lieder der Trauer um die großen Handwerker von einst, die nie wieder planen oder meißeln würden.

*

Lucy fand Dan ganz hinten im Garten versteckt, wo er, in tiefste Mutlosigkeit versunken, unter den Oleanderbäumen auf einem niedrigen Mäuerchen saß. Er hielt ein Stück Schnorkkrüstchen in der einen Hand und ein Glas Wein in der anderen.

»Hau ab!« sagte er.

»O Dan!« Lucy setzte sich neben ihn und versuchte, ihren Arm um ihn zu legen. »Laß uns heiraten!«

»Heiraten!« rief Dan aus. »Ha! Nach allem, was ich diesen Außerirdischen mit dir habe machen sehen?«

»Sei nicht ...« Tja, Lucy war sich nicht ganz sicher, was Dan nicht sein sollte: »albern?« »eifersüchtig?« »eingeschnappt?« Er hatte ein Recht, all das zu sein, und doch... sie konnte sich des Gefühls nicht erwehren, daß er übertrieb.

»Dan! Wir lieben uns doch, oder?«

»Ich weiß es nicht«, antwortete Dan. »Lieben wir uns?«

»Natürlich!« rief Lucy. »Wir werden das Hotel auf die Beine stellen und gemeinsam führen und Kinder haben ...«

»Nein, das werden wir nicht«, sagte Dan. »Wir können nicht zurück zur Erde, und selbst wenn wir es könnten – das Hotel ist ein Haufen Schutt!«

»Aber wir haben doch das Geld von Top Ten Travel!«

»Aber das bedeutet nicht, daß wir uns lieben!«

»Aber das tun wir! Wir sind doch schon so lange zusammen!«

Dan starrte betrübt auf das Stück Schnorkkrüstchen in

seiner Hand. Schließlich sah er Lucy an und sagte: »Da kommt Nettie.«

Nettie hatte überall im Garten nach Lucy und Dan gesucht. »Darf ich mich der Beerdigung anschließen?« fragte sie.

Dan nickte, und Nettie setzte sich neben ihn. Lucy zog Dan ihre Hand weg.

»Also«, sagte Nettie. »Dies hier wird wohl von jetzt an unser Zuhause sein.«

»Du siehst aus, als hättest du dich schon ganz schön eingelebt«, bemerkte Lucy, die noch immer ihre Kleidung von der Erde trug.

»Ich dachte, ich könnte ja schon mal anfangen, mich an die Rolle zu gewöhnen«, lachte Nettie.

»Das ist *sehr* vernünftig«, sagte Dan zu Lucys heftigem Verdruß.

»Hört zu, ich wollte mich nicht dazwischendrängeln ...«, sagte Nettie zu Lucys noch heftigerem Verdruß, »aber ich muß euch was sagen ... Etwas, das ihr wissen solltet ...«

Nettie wußte nicht genau, wo sie anfangen sollte. »Es geht um das Pfarrhaus ... euer Hotel ...«, sagte sie.

»Es ist traurig, daß wir es nach alldem nie werden führen können, Nettie«, seufzte Dan in seinen Wein.

»Ihr hättet es sowieso nie führen können«, antwortete Nettie.

»Was meinst du damit?« Lucy war sofort in der Defensive. Was wollte Nettie damit andeuten? Daß sie unfähig waren, oder was?

»Ich weiß nicht, ob ich euch das jetzt erzählen sollte ... vielleicht ist es witzlos ... Aber andererseits fühlt ihr euch vielleicht dadurch besser ...«

»Was denn?« fragte Lucy. Sie stand auf und verschränkte die Arme in ihrer besten »Wie können Sie es wagen, das zu behaupten«-Gerichtssaalpose.

»Also ...«, sagte Nettie, »Nigel war ein Arschloch – das wissen wir doch alle ...«

»Er war mein bester Freund!« rief Dan.

»Ja ... sicher ...«, erwiderte Nettie. »Aber er war ein Arschloch.«

»Du hast *dich* zweifellos von ihm wie ein Arschloch behandeln lassen!« gab Lucy zurück.

»Das ist mein Problem«, antwortete Nettie. »Ich bin verrückt. Aber das heißt nicht, daß ich blöd bin. Und auch wenn Nigel mit mir nie über seine Geschäfte geredet hat, kann ich euch sagen, daß er Top Ten Travel ganz und gar nicht für die Summe verkauft hat, die er euch genannt hat. Aus diesem Grund konntet ihr von ihm nie die Unterlagen kriegen. Tatsächlich hat er die Firma für Peanuts verkauft. Ihr wärt nie imstande gewesen, das Pfarrhaus abzubezahlen – geschweige denn, das Hotel zu eröffnen.«

Es entstand ein kurzes Schweigen, das sich zu erheben, seine Beine zu strecken und dann in die Nacht davonzuschlendern schien.

»Ha!« schnaubte Lucy schließlich. »Das überrascht mich nicht im geringsten!«

»Also! Mich überrascht es schon!« rief Dan. »Woher weißt du das, Nettie?« Er war unglaublich sauer – wahrscheinlich sauer auf Nigel, doch für den Moment begnügte er sich damit, auf den Boten sauer zu sein.

»Ach ...«, sagte Nettie, »er war so schludrig – er ließ Dokumente immer einfach herumliegen. Er hätte sich vielleicht die Mühe machen sollen, ein bißchen mehr mit mir zu reden, dann hätte er gemerkt, daß ich clever genug bin, um ihn zu durchschauen. Ich hab immer wieder versucht, es euch zu sagen, aber wir haben uns nie ohne Nigel im Schlepptau getroffen. Es war schrecklich; ich habe gesehen, wie ihr auf die Katastrophe zugesteuert seid.«

»Dieser Scheißkerl!« schrie Lucy und lief unter den Oleanderbäumen umher. »Sollten wir jemals zur Erde zurückkommen, reiß ich ihm die Eier ab!«

»Also, die Drohung dürfte ihn völlig kalt lassen«, seufzte Dan, dessen Niedergeschlagenheit von Sekunde zu Sekunde größer wurde. Plötzlich spürte er Netties Hand auf seinem Arm. Er drehte sich herum, blickte ihr direkt in die Augen und fühlte, wie sein Magen nachgab. Eine Woge wundervoller Hilflosigkeit rollte über ihn weg, während ihr Blick in seinem versank. Und trotzdem sagte sie etwas ganz anderes. Dan kam nicht dahinter, was es war, was Nettie sagte, so überwältigt war er von ihrer Nähe und der Art, wie ihr Busen unter dem durchscheinenden Musselin ihres yassakkanischen Gewandes wogte. Im nächsten Augenblick, bevor er wieder zu Bewußtsein kam, war sie ziemlich aufgeregt davongerannt.

Dan wandte sich an Lucy. »Was hat sie eben gesagt?« brachte er heraus.

»Sie sagte eben: ›Moment mal! Ich hab's! Ich habe die Antwort! Ich wußte, ich würde sie finden!‹«, erwiderte Lucy.

»Oh!« sagte Dan.

Es gab eine Pause. Dann setzte er hinzu: »Tut mir leid wegen des Hotels. Ich weiß, wieviel es dir bedeutet hat.«

Lucy sah ihn ziemlich verblüfft an. »Ich hab mir mehr um dich Sorgen gemacht. Ich weiß, du hattest alles darauf gesetzt.« Dan zog die Stirn kraus und trank ein Schlückchen von seinem Wein. »Deshalb war ich damit einverstanden«, fuhr Lucy fort. »Eigentlich habe ich das Pfarrhaus nie sehr gemocht. Ich konnte den Gedanken einfach nicht ertragen, daß *du* enttäuscht wärst.«

Dan trank noch ein Schlückchen von seinem Wein. Dann tat er etwas, das so untypisch für ihn war, daß Lucy zur Salzsäule erstarrte: Er schleuderte sein Glas gegen einen der Oleander, und es zersprang in winzige Splitter.

»Tja«, sagte er. »In diesem Fall haben wir beide uns wohl lange Zeit selbst und gegenseitig zum Narren gehalten. Ich war nur so begeistert, weil ich dachte, du wärst es.«

Lucy spielte mit einem der Knöpfe herum, der bei ihrem letzten Rencontre mit dem Journalisten von ihrem Nadelstreifenkostüm abgegangen war. »Vielleicht sagt das alles, Dan ... Vielleicht sagt das alles.«

Als Dan Nettie wiedertraf, war sie äußerst erregt. Auf ihrem Weg über den Rasen hatten ihr gerade Kapitän Bolfass, Korporal Inchbewigglit, Korporal Rintineagelbun, Korporal Buke-Hammadorf, sein angeheirateter Halbvetter Korporal Buke-Willinujit, Buke-Willinujits Vater, Korporal Golholiwol, der yassakkanische Premierminister und mehrere andere Yassakanier, die sie allesamt nicht kannte, Heiratsanträge gemacht. Der Premierminister hatte ihr sogar eine Flasche eines berühmten yassakkanischen Parfüms verehrt. »Tragen Sie es nur für uns Yassakkanier, meine Teure«, hatte er gesagt und ihr in den Hintern gekniffen.

Als Dan Nettie einholte, suchte sie verzweifelt nach ihrer Handtasche.

»O Gott! Du glaubst doch nicht, daß sie jemand geklaut hat, oder?«

»Ich glaube, hier auf Yassakka gibt's nicht viel Kriminalität«, sagte Dan.

»Es gibt reichlich organisiertes Verbrechen, seit die Wirtschaft den Bach runtergegangen ist«, sagte Nettie.

»Aber das organisierte Verbrechen wird sich nicht die Mühe machen, dir deine Handtasche zu klauen, Nettie!«

Dan versuchte beruhigend zu wirken.

»Ich muß sie unbedingt finden!« rief Nettie, und ihre Augen funkelten nur wenige Zentimeter von seinen entfernt.

Dans Knie lockerten plötzlich ihren Griff an der Stehhaltung, und er mußte sich auf den nächsten Baumstumpf setzen.

»Menschenskind! Was für ein wundervolles Parfüm du hast!«

»Der Premiergrapscher von Yassakka hat's mir eben gegeben ... in mehrerlei Hinsicht«, antwortete Nettie.

»Nettie! Ich ...« Dan hatte eigentlich keine Ahnung, was er sagen wollte. Es war, als hätte ihn der Duft eingehüllt und würde nicht lockerlassen, bis er ihr nicht die Wahrheit gesagt hätte.

»Was denn?« Nettie war inzwischen dabei, einen Berg Kleider zu durchwühlen, die verschiedene Leute auf einem Bett abgelegt hatten, das auf der Veranda von Korporal Golholiwols Haus stand.

»Nettie, ich ... ich glaube ... ich ... ich bin verrückt nach dir!« Dan wußte nicht ganz genau, wie es passiert war, aber plötzlich hatte er seine Arme um Netties Taille geschlungen und küßte ihren Nacken. Nettie fuhr herum.

»Laß das!« rief sie. Dan wich zurück. »Du willst doch Lucy heiraten! Du willst ein Hotel aufmachen! Du willst Kinder haben und all solche Sachen!«

»Alles hat sich geändert!« sagte Dan. »Wir können nicht zur Erde zurück. Hier ist alles ganz anders!« Und er versuchte wieder, den Arm um sie zu legen.

Nettie machte sich los. »Nun mal langsam, Romeo!« sagte sie. »Ich bin nicht dein Gefühls-Fußabtreter, wenn's dir gerade paßt! Außerdem! Du kommst ja zur Erde zurück! Wir kommen *alle* zur Erde zurück – hoffe ich –, sobald ich meine Handtasche finde!«

»Was hast du denn in deiner Handtasche? Ein Concorde-Rückflugticket? Eine Taschenrakete?« Dan bezweifelte keine Sekunde, daß Nettie die Lösung hatte, wenn sie das sagte – er wußte, wenn irgend jemand von ihnen den Grips hatte, sie zurückzubringen, dann war es Nettie. Er verehrte sie. Er bewunderte sie. Aber warum konnte er ihr das nicht einfach sagen, statt sich wie ein sexbesessener Trottel aufzuführen?

»Laß sie uns einfach suchen, ja?« sagte Nettie. Und Dan hörte auf, Fragen zu stellen, und konzentrierte sich auf die Suche nach der Handtasche.

»Ich bitte um Entschuldigung! Suchen Sie vielleicht das hier?« Korporal Golholiwol hielt Netties Handtasche in die Höhe. Nettie schnappte sie sich, klappte sie auf und begann fieberhaft darin herumzuwühlen.

Dan sah Korporal Golholiwol an. »Nettie hat etwas da drin, das uns vielleicht zur Erde zurückhilft.« Er hoffte nur, Nettie würde nicht hören, daß er wie ein sexbesessener Trottel klang.

»Etwa das hier?« Korporal Golholiwol hielt ein Päckchen in die Höhe, das sorgfältig in ein großes Blatt eingeschlagen war. Nettie riß es ihm weg, überprüfte den Inhalt und hob dann den Blick zu dem Korporal.

»Was, zum Kuckuck, fällt Ihnen ein, Sachen aus meiner Handtasche zu nehmen?« Ihre Augen waren wie miniaturisierte SV-Pistolen. Korporal Golholiwol hatte das Gefühl, er löse sich auf und ergieße sich über die ganze Veranda. Er machte ein wirklich bestürztes Gesicht.

»O Teuerste!« sagte er. »Habe ich etwas getan, das Ihren Erdensitten widerspricht? Auf Yassakka ist es Tradition, daß der Gastgeber die Handtaschen seiner Gäste durchstöbert und am Inhalt kleine Reparaturen und Ausbesserungsarbeiten vornimmt ...«

»Auf der Erde nicht ...«, sagte Nettie, immer noch wütend. »Aber ... danke, daß Sie den Film für mich entwickelt haben. Genau danach habe ich gesucht.«

»Es war mir ein Vergnügen«, sagte Korporal Golholiwol und sah Nettie voller Bewunderung an. »Die meisten Fotos scheinen ganz gut geworden zu sein. Ich habe außerdem Ihre Nagelschere frisch verchromt, an ihrem Kamm mehrere fehlende Zähne ersetzt und ihren kleinen Spiegel neu versilbert.«

»Hach! Ich danke Ihnen sehr, Korporal!« Nettie hatte ihre Fassung wiedergefunden und sah die Fotos durch, die Golholiwol entwickelte hatte. Dann fand sie plötzlich, was sie gesucht hatte. »Hier! Guck mal, Dan! Das Pfarrhaus! Sie sind gelungen! Diese Langzeitbelichtungen, die ich gemacht habe! SIE SIND GELUNGEN!«

Dan war ein bißchen ratlos, aber er sagte ohne Begeisterung: »Schön. Wird nett sein, ein Andenken zu haben.«

Nettie aber hatte bereits kehrt gemacht und war zu einer Gruppe von Yassakkaniern hinübergerannt, die bei den brutzelnden Schnorken standen und sich schwermütig unterhielten.

»Rodden!« rief Nettie, und der Navigationsoffizier drehte sich herum. »Rodden! Ich hab's! SIE KÖNNEN UNS ZUR ERDE ZURÜCKBRINGEN!« Nettie drückte ihm zwei von den Fotos in die Hand. Er nahm sie widerwillig entgegen, denn er wollte sich nicht in die Hirngespinste dieser Frau vom fremden Stern hineinziehen lassen.

»Na!« rief Nettie, die ihre Aufregung kaum im Zaum halten konnte. »Sehen Sie sich das an! Was sehen Sie?«

Rodden senkte widerstrebend den Blick auf die Fotos in seiner Hand und betrachtete sie sich näher. »Ich sehe ein Haus … vermutlich auf der Erde …«, sagte er langsam. »Ein ehemaliges Pfarrhaus … so wie's aussieht … mit einer Baugenehmigung für gewerbliche Nutzung …«

»Das ist ja verblüffend!« rief Nettie. »Woher wissen Sie das denn alles?«

Der Navigationsoffizier lächelte selbstgefällig, als er seine Dolmetschbrille abnahm und sagte: »Das steht auf der Tafel des Grundstücksmaklers.« Er liebte es, schöne, aber nicht allzu kluge Frauen in Erstaunen zu versetzen.

»Oh! Stimmt … Na, jedenfalls ist das das Haus, das Dan und Lucy kaufen wollten, bis Ihr Raumschiff hineingedonnert ist.«

»Ach ja?« Plötzlich besah sich Rodden die Fotos mit wachsender Aufmerksamkeit. »Wie kommen Sie auf die Idee, daß sie Ihnen helfen könnten?«

»Ich hab sie nachts aufgenommen!« rief Nettie aufgeregt. »Sehen Sie sich den Himmel an! Besonders auf dem hier! Sehen Sie!« Ein breites Lächeln zog sich plötzlich über Roddens Gesicht.

»MAN SIEHT DIE STERNE!« rief Nettie.

»Meine liebe, junge Frau«, sagte Rodden. »Sie müssen mir verzeihen, daß ich unterschätzt habe, wie …«

»Schenken Sie sich die Schmeicheleien!« antwortete Nettie. »Mir ist egal, was Sie gedacht haben! Mich interessiert nur, ob diese Sternbilder irgendwelche Koordinaten hergeben, mit denen wir die Position der Erde bestimmen können. Sind genügend Sterne auf dem Foto?«

Rodden schwieg eine Weile. Nettie sah ihn ängstlich an, und plötzlich fand Dan, der eben zu ihnen getreten war, Netties Hand in seiner, und sie drückte sie.

Rodden starrte das Foto endlos an. Schließlich blickte er auf. »Theoretisch«, sagte er, »müßte es eine simple Frage der räumlichen Geometrie sein. Es gibt nur einen einzigen Ort in der Galaxis, an dem die Sterne in exakt dieser Konstellation erscheinen ... Aber ich bin nicht sicher, ob dieses Foto ausreichend viele Informationen hergeben wird.«

Die Erdenleute verließ der Mut. Der Navigationsoffizier versuchte zweifellos, es ihnen schonend beizubringen. Nettie verfluchte sich; sie hatte sich zu viele Hoffnungen gemacht. Das tat sie immer – vor allem mit ihren Männern.

»Aber«, fuhr der Navigationsoffizier fort, »ich denke, ich könnte das Bild vergrößern – haben Sie das Negativ?«

»Es ist hier!« schrie Korporal Golholiwol.

»Dann sehen wir mal, was wir machen können«, sagte Rodden. Und mit einemmal erschien die Party allen Beteiligten viel fröhlicher.

Es dauerte zwei Dormillion-Tage, die vergrößerten Fotos des Nachthimmels der Erde durch den Astronomischen Großrechner an der Universität Yassakkanda laufen zu lassen. Der Computer führte fünfzehn Billion Milliarden fünfhunderttausend Millionen siebentausendvierhundertneunundsechzig verschiedene Vergleiche durch, bis er schließlich auf eine passende Sternanordnung stieß. Sie lag an einem äußeren Spiralarm der Galaxis in einem Sektor, der, offen gesagt, immer für unbewohnbar gehalten worden war.

»Leiderleider«, sagte Rodden, der Navigationsoffizier, »wird es viel Zeit brauchen, um zu so einem fernen Ort zu gelangen!«

Nettie hielt noch immer Dans Hand in ihrer. Dan hatte den Eindruck, daß sie seine Hand ununterbrochen festgehalten hatte, seit die Fotos wiedergefunden waren. Natürlich hatte sie das nicht, aber es war einfach so, daß Dan sich nur in den Momenten lebendig fühlte, wenn sie es tat. Aber er wagte kein Wort mehr zu ihr zu sagen. Nie wieder würde er sie als »Gefühls-Fußabtreter« benutzen – da konnte sie sicher sein.

»Wir haben nur noch vier Dormillion-Tage, bis die Bombe explodiert!« sagte Nettie. »Wie lange brauchen wir bis zur Erde?«

Rodden wartete, ehe er wieder sprach. Er wollte exakt sein. Er wollte in niemandem sinnlose Hoffnungen erwekken – am wenigsten in sich selbst. Schließlich sagte er: »Um zu so einer entlegenen Gegend zu gelangen, wären mindestens drei Dormillion-Wochen nötig ...«

Nettie lehnte den Kopf gegen Dans Schulter und brach in Tränen aus. Es war einfach zu viel. Das dünne Hoffnungsseil, auf dem sie die vergangenen zwei Tage balanciert war, hatte plötzlich nachgegeben. Dan legte den Arm um sie und fühlte, wie weich ihre Schultern waren.

»Nettie!« sagte er. »Du wirst schon zurechtkommen! Du wirst dir hier ein Leben aufbauen. Yassakka ist schön!« So schön wie du, hätte er am liebsten hinzugesetzt, überlegte es sich aber anders. Nettie klammerte sich inzwischen an Dans Arm, als wäre er ihr Rettungsring.

»Allerdings«, fuhr Rodden fort, »wird das *Raumschiff Titanic* von einer völlig neuen und unendlich viel stärkeren Kraftquelle angetrieben. Nach der Zeit zu urteilen, die seit dem Stapellauf, dem Schiffbruch auf der Erde und dem Zeitpunkt vergangen ist, seit wir Sie aufgelesen haben, müßte das Raumschiff in der Lage sein, die Erde in vielleicht drei Dormillion-Tagen zu erreichen.«

War das eine gute oder eine schlechte Nachricht? Drei Dormillion-Tage! Damit hätten sie kaum einen Tag auf der Erde Zeit, um Leovinus zu finden und das fehlende Großhirn wieder in Titanias Hirn einzufügen, vorausgesetzt, er hatte es noch immer bei sich.

Fest stand allein, daß sie jetzt sofort starten mußten.

*

Das erste Problem jedoch war, Lucy zu finden. Nach ihrem letzten Gespräch mit Dan hatte Lucy über ihr Leben nachgedacht.

Sie hatte sich ein seidenes yassakkanisches Gewand übergestreift und einen langen Spaziergang am Strand von Yassakkanda unternommen. Die roten Wellen, die gegen das blaue Ufer schlugen, klangen genauso beruhigend wie die Wellen zu Hause in Topanga. Doch bei allem Trost, den sie ihr brachten, empfand sie kein Heimweh. Etwas in ihr hatte sich verändert. Etwas war gestorben. Etwas war gewachsen. Lucy versuchte gerade dahinterzukommen, was das war, als Nettie sie fand.

»Lucy! Sie haben die Koordinaten der Erde! Wir fahren nach Hause! Aber du mußt dich beeilen!« Nettie hatte noch nie lange um den Brei herumgeredet. »Übrigens steht dir das fabelhaft!«

»Danke ... aber ...« Lucy blickte auf das ungewohnte Bild hinaus, das ihr das Meer bot. »Ich werde hierbleiben«, sagte sie.

»Was, um alles auf der Welt, redest zu da?« rief Nettie. »Wir können wieder *nach Hause!*«

»Ich weiß nicht mehr, wo mein Zuhause ist«, sagte Lucy. »L.A.? London? Oxfordshire? Früher habe ich gedacht, es wäre überall da, wo Dan ist, aber jetzt ...«

»Was gibt's denn zwischen dir und Dan?« Nettie war aufrichtig besorgt um sie – schon die ganze Zeit seit Dans unerklärlichem Verhalten, als sie nach ihrer Handtasche gesucht hatte.

»Keiner von uns beiden wollte das Pfarrhaus.« Lucy drehte sich herum und sah Nettie zum ersten Mal an.

»*Was?*« entfuhr es Nettie.

»So einfach ist das. Wir haben uns jahrelang gegenseitig etwas vorgemacht ... Über alle möglichen Dinge ... Du weißt doch, daß ich ursprünglich in Nigel verliebt war?« Lucy ließ das Meer ihre nackten Füße umspülen.

»Bis dir klar geworden ist, was für ein Arsch er ist?« fragte Nettie.

»Nicht ganz ... Es war eher wie ... Wie soll ich es beschreiben? Nigel war Engländer ... anders ... aufregend. Durch ihn spürte ich in meinem ganzen Inneren Gänsehaut. Es war beunruhigend ... Dan dagegen verstand ich ... Dan war vertrautes Gelände, bei dem wußte ich, woran ich war.«

»Aber Dan ist wunderbar!« rief Nettie. »Er ist so aufregend! So anders als all die anderen! Als diese fiesen Typen wie Nigel!« Lucy sah Nettie in aufrichtigem Erstaunen an. »Tut mir leid!« fuhr Nettie fort. »Ich sollte über Dan nicht so reden. Ich hab damit nichts sagen wollen ... Wie auch immer, wir müssen uns beeilen.«

»Durchbrennen ... weglaufen ... Immer habe ich das getan, Nettie. Ich habe meine Gefühle in ein hübsches, elegantes Nadelstreifenkostüm eingewickelt und bin dann davor weggelaufen. Also, das mache ich nicht mehr.«

»Aber Dan braucht dich doch, Lucy! Ihr seid ein tolles Team!«

»Genau das haben wir uns auch immer gesagt. Wir haben es uns so oft und so lange gesagt, bis wir's geglaubt haben. Aber ich weiß nur, daß ich nicht die Frau bin, die ich euch die ganze Zeit vorgespielt habe.«

»Lucy!«

Lucy und Nettie fuhren herum. Sie hatten niemanden näherkommen hören.

»Lucy! Das Raumschiff hebt jeden Augenblick zur Erde ab!« Es war der Journalist, der von einem Wellenbrecher aus rief. »Wir haben nur ein paar Minuten, wenn wir es noch schaffen wollen!«

»Wir?« murmelte Lucy.

»Natürlich!« rief der Journalist. »Du glaubst doch wohl nicht, daß ich dich allein zurückgehen lasse ... Jetzt nicht mehr, nachdem du gesagt hast, daß du mich heiraten wirst!«

»Aber ... Der! Ich bleibe mit dir hier, wenn du das willst!« Lucy war zu ihm gelaufen und küßte ihn.

»N-n!« sagte der Journalist. »Ich muß mir diese Geschichte unbedingt bis zum Ende ansehen!«

Und schon rannten die drei über den Strand auf den Raumflughafen zu.

Die Rückreise zur Erde im *Raumschiff Titanic* verlief während der ersten hundertsiebzehn Milliarden Meilen ziemlich ereignislos. Der Empfangsboter war genauso hochnäsig wie immer, aber da Lucy, Nettie, Dan und der Journalist Erster Klasse (V.I.P.-Status) reisten, waren alle anderen Boter unglaublich servil. Der Liftboter gab Dan einen erstaunlichen Bericht von der Evakuierung Dünkirchens, der die Ereignisse wie einen großen Sieg der Alliierten Streitkräfte erscheinen ließ, und der Empfangsboter bat Nettie um ein Autogramm (niemand wußte so recht, warum, bis sie den Empfangsboter zufällig einem der Türboter zuflüstern hörten: »Das ist Gloria Stanley, die Schauspielerin, verstehst du!«). Doch ansonsten nahm das übliche Leben an Bord des Raumschiffs seinen gewohnten Gang.

Kapitän Bolfass ließ sich seine hoffnungslose Liebe zu Nettie heldenhaft nicht anmerken. Und trotzdem hatte sie, wie er seiner Frau sagte, seinen alten Tagen zumindest einen Sinn gegeben – auch wenn dieser Sinn nur darin bestand, über sie hinwegzukommen.

Nettie ihrerseits war hauptsächlich um Dan besorgt. Die Trennung von Lucy und ihre wilde Liebesgeschichte mit dem Journalisten schienen ihn doch sehr mitzunehmen. Er blieb meistens in seiner Kabine, und wenn er mit ihnen aß, war er in der Regel still und mürrisch.

»Armer Dan!« dachte Nettie im stillen. »Er macht sicher die Hölle durch; schließlich waren er und Lucy sich all die Jahre so nah, und sie jetzt so vernarrt in einen anderen Mann zu sehen ... obendrein noch in einen Außerirdischen!«

Auch Lucy und der Journalist blieben meistens in ihrer Kabine, aber den Geräuschen nach zu urteilen, die durch ihre geschlossene Tür drangen, grübelten sie über nichts nach. Es hörte sich so an, als würden sie vielleicht Polo spielen oder ein bißchen Wasserski laufen und das Ganze immer wieder durch professionelles Gewichtheben unterbrechen. Alles in allem war es ein Glück, daß die Nachbarkabinen zu beiden Seiten leer waren. Trotzdem fielen mehrere Bilder von den Wänden, und ein Ständer, auf dem ein Topf mit yassakkanischen Lilien stand, kippte mysteriöserweise um.

*

Am dritten Tag gelangte das große Raumschiff in die Weltraumgegend jenseits von Proxima Centauri.

»Jetzt sollten wir Ihren Stern jede Minute orten können – wie nennen Sie ihn noch?« fragte Kapitän Bolfass.

»Die Sonne«, sagte Nettie.

»Was für ein wunderschöner Name«, sagte der galante Kapitän und starrte Netties wundervolles Profil an.

Nettie nickte. »Sie ist etwas Wunderschönes.«

»Hmmmm«, stimmte der Kapitän gedankenverloren zu.

»Erkennen Sie schon irgendwelche von den Sternbildern wieder?« fragte der Navigationsoffizier besorgt. Es war ja schön und gut, wenn man sich mit so dürftigen Daten zu einem unbekannten Ziel aufmachte, doch in diesem Fall befanden sie sich alle an Bord eines Raumschiffs, das innerhalb von zwei Tagen explodieren sollte! Seiner Ansicht nach war das ganze Unternehmen Wahnsinn, und er hatte seine Ansicht Kapitän Bolfass gegenüber recht energisch zum Ausdruck gebracht. Angenommen, sie fänden die Erde nicht – würden sie irgendwo sonst einen Landeplatz finden in dieser entlegenen Achselhöhle der Galaxis? Und selbst wenn – war das Raumschiff erst mal explodiert, säßen sie auf dem trockenen für ... tja, der Himmel wußte, wie lange es dauern würde, bis eine Rettungsflotte käme.

Nettie schüttelte den Kopf. »Ich bin nicht sehr gut in Astronomie. Ich hol mal die anderen an Deck.«

Aber weder Dan noch Lucy hatten auch nur etwas mehr Ahnung als Nettie von den heimatlichen Sternkonstellationen, und Rodden schüttelte über die Unwissenheit der Erdenleute müde den Kopf.

»Könnte es sein, daß Sie von Ihrem Planeten aus die Sterne gar nicht sehen?« bot er an. Doch sie mußten zugeben, daß sie es konnten, und kamen sich doppelt so dumm vor.

Aber das Schlimmste stand ihnen noch bevor.

»Sehen Sie!« rief Rodden plötzlich. »Sehen Sie den Stern dort! Dort! Das muß Ihre Sonne sein!«

Und so war es dann auch. In der nächsten Stunde verlangsamte das Raumschiff sein Tempo, und sie konnten deutlich die Sonne als winzige Scheibe erkennen.

»So, und welcher ihrer Planeten ist nun die Erde?« Es

war eine simple Frage, die Rodden gestellt hatte, aber sie stürzte die drei Erdenleute in äußerste Verwirrung.

»Ich *glaube*, es ist der vierte Planet von der Sonne aus«, wagte Dan sich vor.

»Oder ist es der dritte?« fragte Nettie.

»Es ist der zweite!« sagte Lucy.

Da mußte der Navigationsoffizier sich entschuldigen. Er verließ die Brücke und schloß sich in der Toilette ein, wo er mehrere Minuten lang mit dem Kopf gegen das Abflußrohr bummerte. Wie konnten lebende Wesen nur so ungeheuer und bodenlos unkundig über ihren eigenen Planeten sein!?

»Guckt mal!« sagte Dan. »Ganz außen: Pluto, stimmt's?«

»Ja.«

»Neptun ... Saturn ... oder ist der Jupiter der nächste?«

»Saturn«, sagte Nettie.

»Saturn ... Jupiter ... Mars ... Erde! So ist es, der sechste von außen!«

»Sehr gut!« rief Kapitän Bolfass. »Dann steuern wir ihn jetzt sofort an! Alles klar zum Zünden der Bremsraketen! Schiff beim Bremsmanöver auf Kurs halten! Umlaufbahn um die Erde in fünfunddreißig Edos einschlagen! Landen mit kleinem Landeraumschiff.«

Als der Navigationsoffizier wieder aus der Toilette kam, befand sich das *Raumschiff Titanic* in der Erdumlaufbahn.

»Sieht man durch die Raumschiffenster eigentlich alles rot?« fragte Nettie.

»Vielleicht ist es das Wetter«, sagte Lucy. Die Erde sah tatsächlich ungeheuer rot aus.

»Meine Damen und Herren«, sagte Kapitän Bolfass. »Es ist mein Privileg, Sie nach unten zu Ihrem Landeraumschiff begleiten zu dürfen. Wenn Sie mir folgen würden …«

»Warten Sie!« sagte Nettie. »Wir haben Uranus vergessen. Das hier ist der Mars!«

Der Navigationsoffizier ging wieder nach draußen. Er spürte, wie ihn einer dieser grauenhaften yassakkanischen Wutanfälle überkam. In der Toilette zog er seine SV-Pistole und schoß sich den eigenen Kopf weg. Danach war er ruhiger und kehrte auf die Brücke zurück.

Unterdessen näherten sie sich einem blauen Planeten, der mit braunen Flecken und weißen Wirbeln übersät war. Es war ohne Zweifel die Erde; selbst der alte Rodden empfand unwillkürlich Sympathie für die drei Erdenleute, als er sah, wie ihre Stimmung sich hob und ihre Herzen pochten vor Stolz und Staunen über diesen Anblick des Planeten, der ihnen das Leben geschenkt hatte.

*

Als sie sich vor dem winzigen Landeraumschiff versammelten, hielt Bolfass eine kurze, sachliche Rede.

»Wir haben die ganze Zeit angenommen, wir hätten genau einen Tag, um Leovinus und hoffentlich auch das fehlende Großhirn der *Titanic* zu finden, es zurück zum Schiff zu bringen und wieder in Titanias Hirn einzusetzen. Aber so viel Zeit haben wir nicht. Ich habe darüber zuvor nicht gesprochen, aber nun muß ich es … Wir haben nur einen *halben Tag*, und wenn Sie bis Mittag nicht zurück sind, bleibt uns keine andere Wahl, als das Raumschiff in sichere Entfernung zu steuern und in die Rettungsboote zu steigen, bevor es explodiert. Möge uns allen ein solches Schicksal erspart bleiben! Starten Sie! Und viel Glück!«

Nettie ergriff Dans Hand, als er ihr in das Landeraumschiff half. Der Journalist sprang neben Lucy hinein. »Ach, Dan?« sagte er. »Eins wollte ich dich die ganze Zeit fragen.«

»Schieß los.«

»Willst du unser Trauzeuge sein?«

Dan überlegte, ob er dem Journalisten eine knallen sollte. Statt dessen lächelte er. »Ja«, antwortete er, »sehr gern.«

»Wunderbar!« lächelte der Journalist. »Dann können wir eine echte blerontinische Weiße Hochzeit feiern. Sie wird euch gefallen.«

Dan drehte die Augen zum Himmel, und Nettie lächelte, als die Schutzhaube des Landeraumschiffs über ihnen einrastete.

Kapitän Bolfass zog sich in den Kontrollraum zurück; die Flanke des großen Raumschiffs öffnete sich, und das winzige Landeraumschiff sprengte sich in Richtung des blauen Planeten.

Leovinus war nicht besonders gut gelaunt. Trotz all der Dinge, in denen er gut war – Astrophysik, Architektur, Molekularbiologie, Geophysik, Malerei, Bildhauerei, Maschinenbau, Physik, Anatomie, Musik, Dichtung, Kristallographie, Thermodynamik, Elektromagnetismus, Philosophie und Canapé-Arrangement – in Sprachen hatte er immer versagt.

Als er sich ohne Dolmetschpflaster auf einem fremden Stern wiederfand, war er verständlicherweise frustriert. Da stand er nun, das Größte Genie, das die Galaxis je gekannt hatte, und konnte diese Fremdlinge in ihren merkwürdigen blauen Anzügen nicht einmal um eine Tasse Tee bitten.

»Das ist er, Sergeant, ganz bestimmt«, sagte Wachtmeister Hackett.

»Was denn, schwul?« fragte Sergeant Stroud, der bemerkt hatte, daß sich der alte Mann die Augenbrauen mit Toupetband festgeklebt hatte.

»Nein, Libanese«, sagte der Wachtmeister.

»Kennen wir irgend jemanden in der Gegend von Oxford, der libanesisch spricht?«

»Tja, das ist doch so 'ne Art Arabisch, nicht?«

»Ja, muß 'ne Masse davon an der Universität geben«, und so wurde ein Anruf getätigt, und wenig später sah Leovinus sich einem fülligen Mann mit afrikaförmiger Nase gegenüber, der ihm auf arabisch mitteilte, sein Name sei Professor Dansak. Aber das führte zu nichts.

Allmählich verlor Leovinus die Geduld. Nicht genug damit, daß niemand ihn behandelte, wie eine Rasse fraglos tieferstehender Geister das Größte Genie, das die Galaxis je gekannt hatte, eigentlich behandeln sollte, nein, jeder ging mit ihm um, als wollten sie ihn eigentlich bloß loswerden.

»Ich beschuldige Sie hiermit, ein illegaler Einwanderer zu sein.« Sergeant Stroud las von einem polizeilichen Aktenblatt ab. »Ich muß Sie darauf hinweisen, daß alles, was Sie eventuell äußern, gegen Sie verwandt wird, und daß Sie in Gewahrsam genommen werden, bis die Regierung Ihrer Majestät imstande ist, Sie in Ihr Heimatland zurückzuführen.«

»Vorausgesetzt, wir finden raus, wo das ist«, murmelte Wachtmeister Hackett.

Professor Dansak hatte einen Professor Lindstrom empfohlen, der den Linguistik-Lehrstuhl innehatte. Professor Lindstrom hörte sich aufmerksam das Wenige an, das Leovinus ihm zu sagen bereit war, und kam zu dem Schluß, daß sich der alte Herr mit dem weißen Bart und den falschen Augenbrauen die Sprache wahrscheinlich zusammenphantasierte.

»Sie hat keine Ähnlichkeit mit irgend etwas aus der indoeuropäischen Sprachenfamilie«, sagte Professor Lindstrom. »Wenn es überhaupt eine Sprache *ist*, lege ich mich fest, daß sie in keiner Beziehung zu den uralischen, altaischen oder sinotibetanischen Sprachengruppen steht. Das

Malaiisch-Polynesische ist nicht mein Gebiet, aber es würde mich überraschen, wenn sie irgendeine Affinität dazu hätte. Was das Eskimo-Aleutische und das Paläo-Asiatische betrifft, so gehört sie nach meiner Überzeugung nicht dazu. Kurz gesagt, meine Herren, Sie haben hier vermutlich einen verwirrten alten Herrn vor sich, der diese weitverbreitete Sprache spricht: Kauderwelsch. Wahrscheinlich sollte er besser zu Hause bei seiner Familie sein, oder aber es wird sich in einer Anstalt um ihn gekümmert.«

An diesem Punkt hatte Leovinus beschlossen, die minderbemittelten Wesen in den Genuß einer Rezitation ausgewählter Höhepunkte aus seinem letzten Werk kommen zu lassen: *Die Gesetze der Physik*, einer radikalen Neubewertung dieses Themas, die die gesamte wissenschaftliche Öffentlichkeit hatte kopfstehen lassen. Es war vielleicht das einzige wichtige Buch, das jemals in der Galaxis geschrieben worden war, und allein es wiederzuhören, gab dem Großen Mann das Gefühl der Zugehörigkeit und erinnerte ihn daran, daß er ein Individuum von immenser Bedeutung war – ganz gleich, wie sie ihn auf diesem entlegenen und primitiven Planeten behandelten.

Er rezitierte noch immer aus seinem zehnten Hauptsatz, der thermodynamischen Belastung, als Sergeant Stroud die Zellentür hinter ihm zuschlug. Leovinus sah sich in seiner neuen Umgebung um. Er hatte den Verdacht, daß er sich in keinem Hotel befand. Der Zugang schien durch eine simple Schließvorrichtung geregelt zu werden, und die Darmentleerung schien man in einen Eimer zu verrichten. Auf was für einem primitiven Stern war er hier nur hängengeblieben?

Wenn er doch bloß das Bewußtsein wiedererlangt hätte, ehe das Raumschiff seine Bruchlandung machte! Aber das hatte er nicht. Nach dem Handgemenge mit Scraliontis war er ohnmächtig gewesen – während des ganzen Stapellaufs, des SMEV (des Spontanen Massiven Existenz-Versagens) und der Bruchlandung auf diesem gottverlassenen Planeten, wo immer der sich auch befand. Er war erst wieder zu sich gekommen, als dieser entsetzliche Journalist ihn aus dem Vorhang gewickelt hatte. Im Irrglauben, es sei immer noch der Morgen vor dem Stapellauf und Scraliontis sicher nach Hause gegangen, um sich diebisch über sein übles Komplott zu freuen, hatte sich Leovinus den Versorgungslift gekapert und war, laut nach Rache schreiend, aus dem Raumschiff gestürmt. Im Dunkeln war ihm entgangen, daß er sich gar nicht mehr auf der Abschußrampe in Blerontis befand. Und er war schon ziemlich weit vom Schiff weg, als er den Lärm des gewaltigen Triebwerks hörte, das in Gang gesetzt wurde. Er hatte sich abrupt herumgedreht und zugesehen, wie sich sein großes Meisterwerk in einen vollkommen fremden Nachthimmel erhob. Erst in diesem Augenblick wurde er gewahr, daß er auf einem unbekannten, nicht identifizierbaren Planeten gestrandet war.

Zu Tode erschrocken öffnete Leovinus die Tür eines kleinen Fahrzeugs, das er zufällig in der Nähe fand, und stieg ein. Das Fahrzeug war, wie sich herausstellte, bereits von einem besonders dußlig wirkenden Fremdling besetzt, der sich vor Schreck fast in die Hose machte, als er Leovinus erblickte. Dem Großen Mann selbst fehlten zum ersten Mal in seinem Leben die Worte – wobei ihm bewußt war, daß Worte, selbst *wenn* er welche herausgebracht hätte, unverständlich geblieben wären. Er hatte deshalb völlig stumm dagesessen und zugelassen, daß der Fremdling ihn zu diesem Haus hier fuhr, in dem er sich jetzt befand und das, seiner immer fester werdenden Überzeugung nach, *kein* Hotel war.

Was für ein völliges und absolutes Kuddelmuddel.

»UM HIMMELS WILLEN! ICH WILL EINEN ANWALT SPRECHEN!« schrie Leovinus aus vollem Hals und rüttelte in altehrwürdiger Tradition an den Gitterstäben seiner Zelle.

Sergeant Stroud sah Wachtmeister Hackett an, und beide schüttelten die Köpfe. Er war ja vielleicht ein harmloser, verwirrter alter Mann, aber ihrer Ansicht nach machte es sich im Dienstbuch des Reviers besser, ihn als illegalen Einwanderer zu betrachten. Sie würden beim Innenministerium ein paar Pluspunkte einheimsen, wenn sie es schafften, daß er irgendwohin zurückgeschickt wurde ... Vielleicht in den Tschad oder nach Simbabwe ...

Lucy war begeistert, wie fachmännisch der Journalist das Landeraumschiff an der Stelle aufsetzte, wo früher der Garten des alten Pfarrhauses gewesen war. In der Finsternis sah das verfallene Haus noch wüster aus als in jener verhängnisvollen Nacht: Andenkenjäger hatten alles Bewegliche mitgehen lassen, selbst lose Ziegelsteine.

Ihr Plan war, vom Ort der Bruchlandung aus Leovinus' Spur aufzunehmen. Möglicherweise trieb er sich sogar noch dort herum – in der Hoffnung, das Raumschiff käme zurück.

An sich war das kein schlechter Plan, aber als Dan aus dem Landeraumschiff sprang, knatterte ein Lautsprecher quer über den alten Pfarrhausrasen, und ein greller Suchscheinwerfer traf ihn voll ins Gesicht: »Heben Sie die Hände über den Kopf! Keine Bewegung! Sie sind von bewaffneter Polizei umstellt!«

Sie hatten nicht mit der Polizei von Oxfordshire gerechnet, die, von ihrem kürzlichen Erfolg mit der Verhaftung eines illegalen Einwanderers beflügelt, den Landeplatz rund um die Uhr bewachen ließ.

Dan machte instinktiv all das, wovon ihm das Megaphon abgeraten hatte: Er hob die Hände nicht über den

Kopf. Sondern sprang – urplötzlich – in das Landeraumschiff zurück und schrie: »Gib Gas!«

Der Journalist zündete den Motor, und das kleine Raumschiff schnellte in die Luft, während ein Gewehrkugelhagel über den Rasen pfiff. Binnen weniger Sekunden war das Raumschiff in der Nacht verschwunden, und die Polizei von Oxfordshire stand da und starrte auf den leeren Rasenplatz.

»Beruhigt euch alle!« Nettie hatte die Sache in die Hand genommen, obwohl Lucy zu der Diskussion den wortreichsten Beitrag lieferte:

»Aaaaaarrrgh! Agggh!« Sie wählte ihre Worte sorgfältig.

Der Journalist richtete seine Aufmerksamkeit darauf, das Raumschiff unter Kontrolle zu halten. Dan zitterte.

»Okay«, fuhr Nettie fort, »wir haben zwölf Stunden Zeit, Leovinus zu finden. Unsere zwei Chancen sind: erstens seine Spur hier in der Gegend zu finden, und zweitens Nigel.«

»Nigel?« Dan wurde wütend – wie konnte diese wunderbare Frau nur immer noch an diesen Fiesling denken?

»Soweit wir wissen, ist er der einzige, der hier war, als Leovinus aus dem Raumschiff gerannt ist. Er hat ihn vielleicht gesehen – vielleicht weiß er sogar, wo er jetzt ist!«

»Nettie! Du bist genial!« sagte Dan.

»Aaaaah! Oooooh!« setzte Lucy hinzu.

»Ich schlage vor, du und Lucy forscht hier in der Gegend nach, während Der und ich nach London fahren, um Nigel zu finden.« Nettie hatte bereits alles durchdacht. Binnen weniger Minuten hatte das Landeraumschiff Dan und Lucy in einer stillen Seitenstraße in der Nähe des Hotels abgesetzt, in dem sie gewohnt hatten, und kurz darauf sausten Nettie und der Journalist auf die M40 zu.

*

Es begann hell zu werden, als sie sich der Autobahn näherten. »Wir wollen nicht, daß uns die Polizei schnappt«, dachte Nettie laut. »Da tun wir am besten so, als wären wir ein normales Auto – die japanische Kopie von was Italienischem vielleicht. Kannst du das Ding nur ein paar Zentimeter über dem Boden fahren?«

»Kein Problem!« sagte der Journalist und steuerte das Raumschiff auf die leere Landstraße hinunter. Er brauchte ein paar Sekunden, bis er den Bogen heraus hatte, wie man es ständig in so geringer Höhe hielt, aber er schaffte es.

»Und du nimmst das Tempo besser einen Hauch zurück, Der«, sagte Nettie. »Zweihundertachtzig Sachen ist ein bißchen schnell bei diesen Kurven.«

Als sie auf der M40 auf die Überholspur ausscherten, war es dem Journalisten gelungen, das Raumschiff auf bloße hundertzwanzig Stundenkilometer zu drosseln und den recht überzeugenden Eindruck eines vollkommen normalen (wenn auch extravagant gestylten) Autos zu erzeugen. Nettie hoffte nur, niemand würde bemerken, daß sie keine Räder hatten.

Da Hauptverkehrszeit war, guckten die meisten Fahrer nicht nach links oder rechts, während sie langsam auf das Londoner Zentrum zukrochen. Der schönste Stau war jedoch der malerischen Strecke hinter der Abfahrt Uxbridge vorbehalten. Dort fanden Straßenbauarbeiten statt, und die Rush-hour kam knirschend zu einem nerventötenden Stillstand. »Purpurnes Pangalin!« rief der Journalist. »Was für ein Verkehrssystem soll das denn sein? Je mehr es genutzt wird, desto langsamer funktioniert es! Welches Genie hat sich das denn ausgedacht?!« Er war wirklich rechtschaffen empört.

»Tja, aber das ist doch unvermeidlich, oder?« Nettie war selbst erstaunt, daß sie das Recht des Planeten auf Verkehrsstaus so in Schutz nahm.

»Nein, natürlich *nicht*!« explodierte der Journalist.

»Man muß ein System entwickeln, das desto schneller funktioniert, je mehr es genutzt wird, damit es mit der Sache fertig wird! Das ist doch wohl klar!«

Nettie trommelte mit den Fingern auf dem Armaturenbrett des Landeraumschiffs herum und lächelte alle an, die ihnen zufällig komische Blicke zuwarfen. Lächeln war immer der beste Weg, andere zum Weggucken zu bringen. Nettie sah immer öfter auf ihre Uhr. Die Zeit lief ihnen allmählich weg.

Der Stau rückte drei Zentimeter auf London zu.

»Ich meine, ein Verkehrssystem mit einer Durchschnittsgeschwindigkeit von etwas über Stillstand ist eigentlich überhaupt kein Verkehrssystem!« Mittlerweile tobte der Journalist. »Das ist doch eher ein Speichersystem!«

»Okay! Komm, wir machen's!« Nettie klang plötzlich entschlossen. »Davon habe ich schon immer geträumt!«

»Wovon?«

»Bring das Ding in die Luft! Niemand schaut her!«

Und es schien tatsächlich niemand davon Notiz zu nehmen, als der Journalist das Raumschiff nach oben riß und über den vor ihnen stehenden Verkehr hinwegbrauste. Er brachte das Raumschiff in einer Lücke auf der anderen Seite des Staus wieder zur Erde hinunter. Der Fahrer des Wagens, vor dem sie landeten, war kein glücklich verheirateter Mann. Er hatte darüber nachgedacht, was passieren wurde, wenn seine Frau von dem Skiurlaub, den sie gerade machte, nie zurückkäme. Vielleicht würde sie mit dem Skilehrer durchbrennen und Alpenschafe züchten und im Sommer Spaziergängern englischen Tee servieren. Und dann die Kinder. Er würde sie selber jeden Tag zur Schule bringen müssen, und er könnte nach Dienstschluß nicht mehr im Büro bleiben, um sich an die neue Sekretärin ranzumachen ... In diesem Moment tauchte plötzlich ein sehr auffälliger Wagen vor ihm auf. »Jessas!« rief er und machte unwillkürlich einen Schlenker, »ich hab nicht mal gemerkt, daß der mich überholt hat! Herrgott noch mal! Manche Leute rasen aber auch!«

Aber erst, als der auffällige Wagen auf der Überholspur davonraste, bemerkte er, daß er offenbar überhaupt keine Räder hatte. »Konzentrier dich!« sagte er sich. »Sonst fängst du an, Gespenster zu sehen.«

Ein neuer Stau brachte sie quietschend zum Halten, als sie gerade die Westway-Überführung erreichten.

»O nein!« stöhnte Nettie.

»Früher hatten wir auf Blerontin auch mal solche Probleme«, sagte der Journalist. »Vor mehreren Millionen Jahren, ehe sich intelligentes Leben entwickelte.«

»Ach, sei ruhig!« sagte Nettie. Sie konnte selbstzufriedene Außerirdische nicht ertragen, die nur die schlechten Seiten der Erde sahen. »Es ist hoffnungslos. Wir haben nur noch neun Stunden Zeit!«

»Wo müssen wir denn hin?«

»Zur Earl's Court Road«, antwortete Nettie.

»Sollen wir die Abkürzung nehmen?«

Nettie blickte sich um. Es waren keine Polizeiwagen da, soweit sie sehen konnte, und die Frau in dem Wagen hinter ihnen pulte an ihren Fingernägeln herum.

»Los! Tu's!« sagte sie, und zum Erstaunen von ein paar kleinen Kindern, die gerade zur Schule gefahren wurden, erhob sich das Raumschiff von der Überführung.

»Guck mal, Mammi! Das Auto da kann fliegen!«

»Tja, ich bestimmt nicht, Schätzchen«, sagte die Mutter, ohne den Blick von ihrer Illustrierten zu heben. »Was wir wohl als nächstes sehen!«

*

Nettie und der Journalist sausten im Tiefflug über Notting Hill und brachten eine Landung auf der Südseite des Holland Parks zustande. Hier warteten sie auf einen günstigen Moment, dann hopsten sie über ein geschlossenes Tor und fädelten sich in den Einbahnverkehr um Earl's Court herum ein.

»Halb neun!« sagte Nettie, als sie aus dem »Wagen« sprang. »Du bleibst hier! Wenn ich diesen Widerling Nigel richtig kenne, liegt er noch im Bett!«

Sie benutzte ihren Schlüssel, um ins Haus zu kommen, und eilte die Treppe zu Nigels Wohnung hinauf. Sie öffnete und fiel sofort über ein kaputtes Bügelbrett, das hinter der Wohnungstür lag.

»Wer ist da?« rief eine Stimme aus dem Schlafzimmer.

»Ich bin's!« schrie Nettie, rappelte sich hoch und ging ins Schlafzimmer.

Das junge Mädchen, mit dem Nigel momentan beschäftigt war, versuchte so zu tun, als hockte sie lediglich rittlings auf einem Berg schmutziger Wäsche.

»Scheiße! Nettie!« rief Nigel und machte den Versuch, sich in den fraglichen Berg schmutziger Wäsche zu verwandeln, indem er alle Laken über sich zog. »Ich dachte, du wärst von Außerirdischen entführt worden!«

»Nigel, wir haben ein echtes Problem!« Nettie kam sofort zur Sache.

»Ich kann das alles erklären ...«, fing Nigel an. »Das

hier ist nämlich Nancy, und ihre Mutter ist vor kurzem gestorben, und ich habe versprochen, mich um ...«

»Erinner dich, Nigel! Nachdem das Raumschiff abgehoben hatte, hast du da jemanden getroffen?«

»Du meinst, einen Psychiater oder so was?«

»Nein! Nein!« Das sieht Nigel ähnlich, daß er bloß an sich denkt, dachte Nettie. »Hast du einen alten Mann mit weißem Bart in der Gegend um die Ruine gesehen?«

»Ich gehe wohl lieber«, sagte Nancy, die eigentlich neunzehn war, aber jünger aussah.

»Nein! Nein! Warte«, sagte Nigel instinktiv. Er merkte, daß Nettie andere Dinge im Kopf hatte, als seine Eier in den Toaster zu stecken, und hoffte insgeheim, er könne weitertreiben, was er gerade getrieben hatte, wenn er erst mal rausgekriegt hatte, was seine Ex-Freundin *wirklich* von ihm wollte. »Ob ich *was* gesehen habe?«

Nettie wurde plötzlich von der Hoffnungslosigkeit der ganzen Sache überwältigt. Da hing eine ganze Welt – eine ganze Zivilisation, die so viel moderner war als ihre eigene – davon ab, daß sie eine vernünftige Antwort aus diesem Fiesling herausholte, in den sie mal verliebt gewesen war. Was für eine vergebliche Hoffnung! Genausogut könnte sie versuchen, der Katze Türkisch beizubringen!

»Ein alter Mann mit weißem Bart?« fragte Nigel. »Er hat in meinem Wagen gesessen. Ich hab ihn in Oxford aufs Polizeirevier gebracht.«

Nettie begriff nicht sofort, daß dies genau die Information war, um deretwillen sie den ganzen Weg hierher auf sich genommen hatte. Kaum war ihr das klar, rannte sie zum Bett und gab Nigel einen schmatzenden Kuß auf den Mund. Dann gab sie Nancy gleich noch einen dazu, und im nächsten Augenblick sprang sie, immer zwei Stufen gleichzeitig nehmend, die Steintreppe der großen viktorianischen Villa hinunter, und schrie: »Der! Der! Der!«

»Ich denke, ich geh wohl besser«, sagte Nancy. Sie stand gerade kurz vor einem Examen in Kunstgeschichte.

Leovinus hatte sich von Grund auf verändert.

Als erstes hatte er seine falschen Augenbrauen abgenommen und sie direkt über der Tür an die Wand seiner Zelle geklebt. Noch wichtiger war jedoch, daß er die vergangene Woche mit etwas zugebracht hatte, das er wirklich noch nie getan hatte – jedenfalls nicht seit seiner Frühzeit, als er dicht davor stand, ein Wunderkind zu werden. Sieben Tage in einer Gefängniszelle, ohne etwas zu lesen, ohne jede Möglichkeit, mit anderen in Gedankenaustausch zu treten, und vor allem ohne einen einzigen Bewunderer, hatten ihn gezwungen, sich über sich selber klarzuwerden. Er hatte eine Woche damit zugebracht, auf sein Leben und auf die Person, die er geworden war, zurückzublicken. Und je länger er das tat, desto mehr wurde ihm sein Scheitern bewußt. Je tiefer er in sein Inneres blickte, desto klarer wurde ihm, wie weit er das Ziel verfehlt hatte.

Er wand sich in heftiger Verlegenheit, als er an diese letzte Pressekonferenz zurückdachte – wie hatte er sich da in den Schmeicheleien gesuhlt! Er krümmte sich vor Scham, als er an die Antwort dachte, die er diesem Journalisten auf seine Frage gegeben hatte, ob er sich verantwortlich fühle für den Zusammenbruch der yassakkanischen Wirtschaft. Was hatte er gesagt? »Er sei nur der Kunst verpflichtet«? Und während er sich jetzt so zwischen den nackten Wänden seiner Zelle umsah, wurde ihm klar, daß er Dünnschiß geredet hatte. Niemand durfte sich hinter den Ansprüchen seines Schöpfertums verstecken, wenn Leute darum litten – vielleicht sogar starben.

Er erinnerte sich der beiden blutjungen Reporterinnen mit ihrem reizenden Lächeln und den verführerischen grünen Lippen ... Wie überlegen er sich ihnen gegenüber gefühlt hatte ... Tief in seinem Inneren hatte er geglaubt, daß niemand für ihn gut genug sei. Je mehr er sich nun umblickte in der Einsamkeit und Erbärmlichkeit seiner Gefängniszelle, desto deutlicher empfand er, daß *er* für niemand *anderen* gut genug war. Jeder beliebige Blerontiner, der durch diese Tür hereinkäme, hätte ein größeres Recht auf Freiheit und Glück als er. Sogar dieser grauenvolle Gat von Blerontis!

Leovinus waren solch wundervolle Gaben – solch sagenhafte, unbegrenzte Gaben – verliehen worden, und was hatte er damit angefangen? Hatte er jemanden damit glücklich gemacht? Hatte er anderen Planeten Reichtum und Frieden beschert? Nein. Soweit Leovinus sah, hatte er seine Gaben fast ausschließlich zur eigenen Selbsterhöhung benutzt. Punkt. Er blickte zurück und fand alles erbärmlich. War er geliebt worden? Hatte er geliebt?

Hätte jemand draußen vor der Zelle des Großen Mannes heimlich gelauscht (was Wachtmeister Hackett tatsächlich tat), dann hätte er in diesem Moment gehört, wie ein grauenhaftes Stöhnen sich dem Größten Genie, das die Galaxis je gekannt hat, entrang, als ihm bewußt wurde, daß seine Liebe und Zuneigung sich nie auf ein lebendes Wesen gerichtet hatte – auf keine Ehefrau, keine Geliebte, nicht einmal auf ein Schoßschnorkelchen! –, sondern allein auf ein Konglomerat aus Drähten und Neuronen, Sensoren und Cybernetbahnen – Titania –, seine letzte, seine größte, seine absolute Passion!

»Aber sie liebt mich doch!« rief er aus der Tiefe seiner Verzweiflung.

»Aber sie ist doch nicht lebendig ...«, echote es, als seine Gedanken von den kahlen Zellenwänden widerhallten. »Du hast sie geschaffen!«

Die Veränderung, die Leovinus in seiner Gefängniszelle in Oxfordshire durchmachte, wäre leider starke Munition für alle rechtslastigen Politiker gewesen, die die heilsamen Wirkungen des Gefängnisses in die Gegend posaunen. Zum Glück vollzog sich diese Veränderung aber vollkommen unbemerkt von allen, die auf der Erde politische Macht haben.

*

Leovinus hatte die Selbstzüchtigung gerade so weit getrieben, daß sie anfing, ihm richtig Spaß zu machen, als er unsanft unterbrochen wurde.

»Besuch für dich, Tschang!« sagte Wachtmeister Hakkett. Er hatte den alten Zausel im Verlauf der letzten Woche regelrecht ins Herz geschlossen.

Die Tür wurde aufgerissen, und der grauenhafte Journalist kam herein, begleitet von einer außerordentlich attraktiven weiblichen Fremden, die nur um so attraktiver war, als sie in yassakkanischem Stil gekleidet war, nämlich in das schlichte Gewand mit dem einfachen Emblem an der Seite, das zu erkennen gab, daß die Trägerin unverheiratet und an Heiratsanträgen interessiert war.

Sie trug außerdem dieses sagenhaft teure yassakkanische Parfüm, das auf ganz Blerontin mittlerweile fast nicht mehr erhältlich war.

»Mein lieber Freund!« rief Leovinus dem (überraschten) Journalisten zu. »Sie haben Freiheit und Glück weit mehr verdient als ich!« Es war eine merkwürdige Äußerung gegenüber dem ersten Blerontiner, der zu ihm hereinkam, aber Leovinus, der gerade befürchtet hatte, dies nie wieder äußern zu dürfen, äußerte es schon mal auf alle Fälle.

»Wir dürfen keine Zeit verlieren!« rief die auffallend attraktive und auffallend alleinstehende weibliche Fremde. »Wir haben nur noch eine Stunde!«

»Haben Sie's?« rief der Journalist.

»Ich weiß nicht ...«, erwiderte Leovinus. »Ich weiß nicht mehr genau, was ich habe und was nicht. Wenn ich auf mein Leben zurückblicke, habe ich beinahe das Gefühl, ich hätte alles weggeworfen und stünde mit leeren Händen da. Teure Lady, wollen Sie mich heiraten?«

Leovinus wußte, daß es als schlechtes Benehmen galt, jungen Frauen im Gewand mit dem bestimmten Muster keinen Heiratsantrag zu machen.

»Haben Sie das Großhirn? Titanias Gehirn!« ging der Journalist dazwischen, bevor Nettie antworten konnte.

»Ach! Welcher Jammer!« rief der große Leovinus. »Ich habe es weggeworfen! Ich habe dafür keine Verwendung mehr!« Und er wandte sich wieder Nettie zu. »Teure Lady! Meinen Sie, Sie könnten mich jemals lieben?«

»SIE KÖNNEN ES DOCH NICHT WEGGEWORFEN HABEN!« schrie die auffallend attraktive und auffallend alleinstehende weibliche Fremde.

»DENKEN SIE NACH!« schrie der grauenhafte Journalist. »Wo haben Sie es hingeworfen?«

»Was spielt das noch für eine Rolle?« Leovinus war ein klein wenig rührselig geworden. Was in Wirklichkeit an dem berühmten yassakkanischen Parfüm lag, das der yassakkanische Premierminister Nettie geschenkt hatte und das sie jetzt zum ersten Mal trug. Nettie hatte sich ein Tröpfchen aufgetupft, als sie vor der Zellentür warteten – ein nervöser Reflex vor dem Zusammentreffen mit dem Größten Genie, das die Galaxis je gekannt hat. Nettie konnte nicht wissen, daß das yassakkanische Parfüm nicht zuletzt deshalb so berühmt war, weil es auf Blerontiner eine außerordentlich berauschende Wirkung hatte. Dieser Rausch trat normalerweise so plötzlich und so heftig ein, daß das Parfüm auf Blerontin verboten worden war, was natürlich erklärt, warum es so begehrt und so sagenhaft teuer war.

»Meine teure Lady! Mein Leben! Wie habe ich mich danach gesehnt, einer Frau zu begegnen, die so schön und so intelligent ist wie Sie!«

Der Journalist hatte Leovinus inzwischen am Revers seiner Gefängniskleidung gepackt. »WO IST TITANIAS GEHIRN?« brüllte er.

Unter der starken Wirkung von Netties Parfüm baute Leovinus rasch ab. »Ha! Mr. Journalisto! Wer schneuzt nun die Schiffe? Wer entgrätet die Pyramiden?« Leovinus zitierte einen blerontinischen Nonsensvers, der Kindern oft zum Schlafengehen vorgesungen wurde.

»Kledense Rartext, Mann!« schrie der Journalist, der plötzlich ebenfalls Netties Parfüm bemerkte. »'s unneheua wichtig, 's wir wissen, wo Sie diels ßentrale Großirn hingeschmißn ham – *hick!*«

O nein! Betrunken könnte er sie unmöglich zum Raumschiff zurückfliegen!

»Nettie!« rief er. »Ssnell! Du m'ßt unnading ssfort hier raus!«

»Nicht ums Verrecken!« rief Nettie. »Glaubst du, du kriegst das besser hin, bloß weil du ein Mann bist?«

»Nein ... nein ... ich bin kein Mann ... 's heißt ... Ich bin ein Blerontiner ...« Der Journalist hatte angefangen zu kichern. Und jetzt fing auch Leovinus an.

»Aufhören!« rief Nettie, die etwas Vernunft in sie hineinzuschütteln versuchte. »Wie könnt ihr nur lachen! Wir müssen Titanias Großhirn finden! Wo ist es, Leovinus?« Aber je heftiger sie sie schüttelte, desto mehr yassakkanisches Parfüm stieg von ihrem schönen Körper auf und haute die beiden Blerontiner vom Stuhl ... und sie lachten lauter und lauter, bis ihnen Tränen die Wangen hinunterrollten. In Leovinus' Kopf drehte sich alles. Und der Journalist begann ein altes blerontinisches Lied von einer Akrobatin und einem Zeitungsreporter zu singen, dann sank er aufs Bett.

Nettie gab schließlich angewidert auf. Sie stürmte aus der Zelle, um nach dem Diensthabenden zu suchen. Vielleicht hatte er Titanias fehlendes Teil in sicherer Verwahrung.

Kaum war Nettie gegangen, unternahm der Journalist den heldenhaften Versuch, sich zusammenzureißen. Es gelang ihm allmählich, mit dem Lachen aufzuhören, und als ihm wieder klarer im Kopf wurde, drehte er sich zu Leovinus herum und schüttelte ihn, bis der alte Mann wieder zur Vernunft kam.

»DENKEN SIE NACH!« rief der Journalist. »Selbst wenn Sie in Ihrem ganzen erbärmlichen Leben nie irgendwas Anständiges getan haben! Tun Sie's jetzt! Erinnern Sie sich, wo Sie das fehlende Teil aus Titanias Gehirn hingeworfen haben?«

Kein Appell hätte gezielter in Leovinus' großes, wenn auch berauschtes Gehirn vordringen können. »Das Großhirn ... Titanias Zerebralarterie ... Wo hab ich die hingeworfen?«

»Ja! Verdammt, Mann! Wo haben Sie sie hingeworfen?«

»Oh! Ich weiß! In die Ecke ... dort drüben ...« Der Große Mann zeigte in die Zellenecke. Im Nu war der Journalist dort und kramte hinter dem Latrineneimer herum, dann stand er plötzlich auf und hielt ein silberglänzendes Metallstück in der Hand.

Doch ehe er auch nur die Zeit hatte, einen Triumphschrei auszustoßen, erschien Nettie in der Zellentür. »Wir kommen zu spät!« verkündete sie. »Meine Uhr muß falsch gegangen sein. Nach der Uhr hier im Polizeirevier ist es bereits Mittag ...« Und noch während sie das sagte, hörte man die BBC-Pieptöne aus dem Radio des Reviervorstehers. Das *Raumschiff Titanic* mußte sich bereits auf dem Weg zu seinem Friedhof im All befinden.

Dan und Lucy ging es miserabel. Mit einem wachsenden Gefühl der Hilflosigkeit waren sie in Oxfordshire herumgelatscht. Niemand hatte einen alten Mann mit einem weißen Bart gesehen. Niemand hatte was davon gehört, daß Außerirdische mit einem Raumschiff gelandet waren. Niemand wollte auch nur etwas davon hören. Solche Dinge passierten nicht in Oxfordshire.

Schließlich gingen sie zurück zu dem Hotel, in dem sie alle gewohnt hatten. Auch dort hatten sie kein Glück gehabt. Ja, Nigel war noch am selben Tag ausgezogen. Nein, er hatte niemanden bei sich gehabt. Nein. Kein alter Mann mit einem weißen Bart war bei ihnen abgestiegen. Nichts. Null.

Sie saßen bei einer miserablen Tasse Kaffee zusammen, und Dan sah Lucy ausdruckslos an. Mit einemmal kam sie ihm so weit weg vor. Hatte sie ihm nicht genau das immer vorgeworfen? Daß er ihr so weit weg vorgekommen war?

Er versuchte an all die Dinge zu denken, die ihnen früher ein Gefühl von Nähe gegeben hatten ... und trotzdem erschien ihm alles, woran er jetzt dachte, wie ein reines Hirngespinst. Zum Beispiel Lucys Begeisterung darüber, das alte Pfarrhaus in ein Hotel umzubauen ... In gewisser

Weise, dachte er, war wohl ihre ganze Beziehung nur ein Produkt seiner Phantasie gewesen. Er hatte sich die Sache zusammenphantasiert, und nun war sie in Scherben gegangen, nichts blieb zwischen ihnen. Nicht einmal Verbitterung.

Lucy beobachtete Dan, wie er über seinem Kaffee brütete, und überlegte, ob er mit der Sache zu Rande käme. Sie hatte ein schlechtes Gewissen. Sie hatte das Gefühl, ihn im Stich gelassen zu haben. Doch jetzt, da sie jenen Teil von sich entdeckt hatte, der während der ganzen Zeit mit Dan verschüttet gewesen war, wußte sie, daß sie die Uhr nicht zurückdrehen konnten. Es war, als hätte sie selbst das Band zwischen ihnen geknüpft – ein Band, das sie vor anderen, stärkeren, beängstigenderen Gefühlen schützte, zu denen sie imstande war –, ein Band aber, das ansonsten nicht existierte.

Lucy legte ihre Hand auf Dans. »Es tut mir leid«, sagte sie.

Zu ihrer Überraschung blickte Dan auf und lächelte. »Wir waren ein gutes Team«, sagte er. »Wir haben uns gegenseitig geholfen, dorthin zu gelangen, wo wir sind, aber jetzt sollten wir wohl besser allein weitergehen.«

Lucy beugte sich zu ihm hinüber und küßte ihn leicht, und in genau diesem Augenblick kamen Nettie, der Journalist und Leovinus zur Tür herein.

*

Bis sie die Oxforder Polizei davon überzeugt hatten, daß Leovinus kein illegaler Einwanderer sei (obwohl er es genaugenommen war), war es weit nach halb zwei. Bis Nettie sich das ganze berauschende yassakkanische Parfüm von der Haut geduscht hatte, war es halb drei. Und bis sie Lucy und Dan gefunden hatten, war der Termin lange überschritten. Sie saßen alle zusammengesackt vor ihren Kaffees, und keiner sagte ein Wort, bis Nettie plötzlich den Kopf hob.

»Hört zu!« sagte sie. »Es hat doch keinen Sinn, daß wir hier alle bloß rumsitzen wie verbrannte Toastscheiben. Mag sein, daß es nicht viel Zweck hat, aber ich schlage vor, wir fliegen dorthin zurück, wo wir das Raumschiff in der Umlaufbahn verlassen haben – nur für den Fall – vielleicht haben sie ja was hinterlassen – oder jemand ist vielleicht zurückgelassen worden – oder ... was weiß ich. Aber ich werde meines Lebens nicht mehr froh, ehe ich nicht selber gesehen habe, daß es nicht mehr da ist.«

»Sie sind so bezaubernd, teure Dame«, sagte Leovinus, »und besitzen so ein zartes Gemüt.« Es wäre schwierig zu sagen, wer eifersüchtiger war – Lucy oder Dan. Keiner von beiden sagte ein einziges Wort, und dann folgte eine kurze Diskussion über Sinn und Unsinn von Netties Vorschlag, woraus sich wohl nahtlos eine Diskussion über Sinn und Unsinn des Lebens selbst ergeben hätte, wäre Nettie nicht dazwischengegangen. »Also, ich gehe, bringst du mich hin, Der?«

*

Merkwürdigerweise war ihnen allen fröhlicher zumute, als sie in dem winzigen Landeraumschiff abhoben. Die Illusion, etwas zu tun, mag es auch nutzlos sein, ist immer gut für die Psyche. Sie donnerten hinauf in die Stratosphäre, und dort, wo sich unter ihnen die Erde drehte – eine wunderschöne Kugel voll von echtem Leben –, hatten sie plötzlich einen anderen, noch schöneren Anblick. Einen verblüffenden Anblick. Einen Anblick, der sie in Beifallsstürme und Freudengeschrei ausbrechen und sich gegenseitig küssen ließ. Dan küßte Nettie und wurde von Nettie wiedergeküßt und küßte darauf Nettie noch mal, und dann küßte sie den alten Leovinus, und Dan erinnerte sich, daß sie ihn schon einmal abgewiesen hatte, aber es hatte keinen Zweck, erneut gekränkt zu sein ... Und dann erinnerte er sich plötzlich an den Anblick – den wunderschönen Anblick, der sie überhaupt alle in Beifallsstürme hatte ausbrechen und sich gegenseitig küssen lassen: Über der strahlenden blauweißen Rundung der Erde schwebte die gewaltige, ungeheuere Masse des *Raumschiffs Titanic*!

»Natürlich!« rief Nettie. »Was sind wir für Idioten! Kapitän Bolfass hat von Dormillion-Tagen gesprochen!« Sie warf einen prüfenden Blick auf ihre Uhr. »Wir haben noch zwanzig Minuten Zeit!«

*

Leovinus blickte in ihr wunderschönes Antlitz. Ihre Lider flatterten, und langsam öffnete sie ihre wunderbaren Augen und erwiderte seinen Blick. Er hatte die fehlende Zerebralarterie – Großhirn – so sanft wie nur möglich in Titanias Hirn gleiten lassen. Er wußte, daß der Schauder des Lebens, ein Vorbote von Freude und Schmerz, sie durchfahren würde, wenn nicht in Anspruch genommene Neuronen und ungenutzte Cybernetbahnen pulsierend ihren Betrieb wieder aufnahmen.

»Titania!« flüsterte der alte Mann. »Ich liebe dich noch immer.«

Nettie, Dan und die anderen schnappten nach Luft, als das wunderschöne Geschöpf den Kopf vom Boden hob, sich auf einen der Ellbogen stützte und sich dann, die Schultern von Haaren umwogt, majestätisch, machtvoll erhob und so hinsetzte, wie ihre Sitzhaltung immer geplant gewesen war, das Kinn gedankenvoll auf eine Hand gestützt. Titania war zum Leben erwacht, und das *Raumschiff Titanic* war endlich fertig.

*

Sofort spürte Nettie eine Veränderung am ganzen Raumschiff – als wache ein mächtiges und gütiges Wesen über sie alle –, ein Wesen, das enorm intelligent, freundlich, klug, fürsorglich, heiter, herzlich war ... Nettie drückte Dans Hand.

»Dan«, sagte sie, »würdest du mich noch mal küssen?«

*

Und dies ist tatsächlich das Ende der Geschichte. Kapitän Bolfass, Lucy und dem Journalisten gelang es, die Bombe zu entschärfen, kaum daß Titania wieder zum Leben erwacht war – zur großen Erleichterung der Bombe: Sie hatte eigentlich nie Lust gehabt, zu explodieren.

Als Belohnung für die Rettung des Raumschiffs boten die dankbaren Yassakkanier Dan, Nettie, Lucy und dem Journalisten Anteile daran an. Außerdem baten sie Lucy und Dan, es als Hotelschiff zu führen.

Dan lehnte dankend ab; er wolle auf der Erde bleiben, sagte er, und so wurden Lucy und der Journalist Besitzer der Raumschiff Titanic Hotel AG, des absolut erfolgreichsten Luxus-Ferienunternehmens in der gesamten Galaxis – das zudem innerhalb seines ersten Geschäftsjahres die yassakkanische Wirtschaft wieder auf die Beine brachte.

Die Yassakkanier kehrten zu ihrer friedlichen und segensreichen Lebensart und Handwerkskunst zurück und setzten dem Raumschiff mit einer Statue in Originalgröße (in prachtvoller Detailliertheit innen und außen) auf dem Hauptplatz von Yassakkanda ein Denkmal.

Nach umständlichen Zeremonien hier auf der Erde und auf Blerontin liefen Lucy und der Journalist in den Hafen der Ehe ein. Er schrieb seine Geschichte auf, und sie wurde der Knüller des Jahrhunderts und brachte ihm so viel Geld ein, daß er den Journalismus endgültig an den Nagel hängen und sich nützlicheren Dingen zuwenden konnte. Daß er kein Journalist mehr war, hieß natürlich auch, daß er Lucy seinen wahren Namen nennen konnte, der, wie sich herausstellte, Schnuckelhäschen lautete. Folglich konnte sie ihn Hasi nennen, und das gefiel Lucy ziemlich gut. Was allerdings »Lucy« auf blerontinisch bedeutete, verriet er ihr nie.

Leovinus kam über seine vorübergehende Leidenschaft für Nettie hinweg, die zum Teil durch die berauschende Wirkung ihres Parfüms ausgelöst worden war. Er verbrachte immer mehr Zeit damit, mit Titania in ihrem Privatgemach zu plaudern. Er wußte, daß sie nicht real war, aber dann war ihm der Gedanke gekommen, daß er vielleicht sowieso zu alt für die Realität sei. Das Größte Genie, das die Galaxis je gekannt hatte, gewann in gewissem Maße sein altes Selbstbewußtsein zurück, aber Freunde und Bewunderer fanden, daß er bescheidener und mitfühlender geworden war. Vielleicht war das der Einfluß von Titania. Vielleicht lag es auch daran, daß seine Augenbrauen endlich nachgewachsen waren.

Der gute Kapitän Bolfass hingegen kam eigentlich nie wieder so richtig über seine Schwärmerei für Nettie hinweg, obwohl ihm seine Frau unzählige Kräutertinkturen und -einreibemittel kaufte. Doch der Gedanke an Nettie hielt ihn während der dunklen Weltraumwachen in Schwung und überstrahlte seinen Lebensabend mit dem Goldglanz tragischer Hingebung. Tatsächlich gab es eine ganze Menge Yassakkanier, die das gleiche für Nettie empfanden. Die Yassakkanier waren nämlich Leute, die ein ungeheuer intelligentes, freundliches, kluges, fürsorgliches, heiteres und herzliches Wesen erkannten, wenn sie wirklich einem begegneten.

Nettie ihrerseits konnte ihr Glück nicht fassen, als Lucy wegging und den Journalisten heiratete. Sofort fühlte sie sich frei, Dan einen Antrag zu machen, und auch er konnte sein Glück nicht fassen. Die beiden wurden nicht nur ein Paar, sondern auch beste Freunde. Nettie machte ein Examen in höherer Mathematik und konnte dem alten Leovinus bei einigen seiner späteren Werke zur Seite stehen. Damit verdiente sie so viel Geld, daß sie und Dan das alte Pfarrhaus wieder aufbauen und in ein gemütliches Familienhotel verwandeln konnten, das mit zentralgalaktischen Küchenspezialitäten aufwartete. In der Eingangshalle pflegten zu Besuch weilende yassakkanische Eltern ihren Kindern die berühmte gerahmte Fotografie zu zeigen, die die Inschrift trug: »Dans und Netties Hotel unter den Sternen.«

Und der Papagei? Der Papagei kam wahrscheinlich von allen am besten weg – nach papageiischen Begriffen. Er hatte nämlich in Wirklichkeit die ganze Zeit als Geheimagent für die Yassakkanier gearbeitet und war an Bord des *Raumschiffs Titanic* geschmuggelt worden, ehe es nach Blerontin geschafft wurde. Der Papagei hatte seine Aufgabe heldenhaft erfüllt und Leben und Federn riskiert, um Berichte über den skandalös schluderigen Bau des Raumschiffs nach Yassakka weiterzuleiten. Er nämlich war die Quelle all der Gerüchte gewesen, die die Runde gemacht hatten. Als der Papagei schließlich in seine Heimatstadt auf Yassakka zurückkehrte, erhielt er eine eigene goldene Sitzstange und einen eigens für ihn geschaffenen Orden als erster Papagei auf Yassakka, der für seine Tapferkeit und die dem Planeten geleisteten Dienste ausgezeichnet wurde. Außerdem wurde er lebenslang mit Hirse und Pistazienkernen versorgt. Kurze Zeit später paarte er sich und wurde stolze Mutter von vier Papageienküken, denen er die Namen Dan, Nettie, Lucy und Der gab.

NACHWORT

Die Idee zu *Raumschiff Titanic* erblickte das Licht der Welt wie so viele Ideen – als zwei, drei Sätze aus dem Nichts. Vor Jahren war sie nichts weiter als eine kleine Abschweifung in *Das Leben, das Universum und der ganze Rest* gewesen. Ich schrieb damals, das *Raumschiff Titanic* hätte kurz nach seiner Jungfernfahrt ein Spontanes Massives Existenz-Versagen erlitten. Das war bloß einer von diesen kleinen Einfällen, die man einbaut, während man darauf wartet, wie sich der Plot weiterentwickelt. Man überlegt: »Ach, ich denk mir schnell einen andern Plot aus, wo ich schon mal dabei bin.« Und so blieb die Idee in Form von ein paar Sätzen in *Leben, Universum & Rest* stecken, und nach einer Weile dachte ich: »Na, da ist doch wohl ein bißchen mehr dran«, und wälzte sie eine Zeitlang hin und her. Kurze Zeit zog ich sogar in Erwägung, einen eigenständigen Roman daraus zu zimmern, aber dann dachte ich, nein, sie hört sich doch zu sehr nach einer guten Idee an, und mit denen bin ich immer besonders vorsichtig.

Mitte der achtziger Jahre produzierte ich mit einer Firma namens Infocom eine nur auf dem Text beruhende Computerspielversion von *Per Anhalter durch die Galaxis*.

Ich hatte jede Menge Spaß an der Arbeit. Der Spieler wird in eine virtuelle Unterhaltung mit der Maschine verwickelt. Wenn man an so was schreibt, versucht man, sich immer die Reaktionen eines virtuellen Publikums vorzustellen und darauf zu reagieren. Mit Texten kann man allerhand anstellen, wie mehrere Jahrtausende menschlicher Kultur beweisen, aber mir schien, daß der Computer uns quasi in die Zeiten vor dem Buchdruck zurückversetzte und die Möglichkeit bot, die alte Kunst interaktiven Geschichtenerzählens wieder aufleben zu lassen. Damals nannte man das natürlich noch nicht interaktiv. Damals gab es nichts, was *nicht* interaktiv war, also brauchte man auch kein besonderes Wort dafür. Wenn jemand sich erhob und eine Geschichte erzählte, reagierten die Zuhörer darauf. Und der Geschichtenerzähler reagierte wiederum sofort auf die Zuhörer. Der aufkommende Buchdruck kassierte das interaktive Element und sperrte Geschichten in starre Formen. Mir kam die Idee, interaktives, computergestütztes Erzählen müsse etwas vom Besten beider Formen verbinden. Dann jedoch erschien, während das Medium noch in den Kinderschuhen steckte, die Computergraphik auf der Bildfläche und machte meiner Idee den Garaus. Text mag ein sehr ergiebiges Medium sein, aber auf dem Monitor sieht er langweilig aus. Er blinkert nicht und hüpft nicht herum, folglich mußte er Dingen den Weg frei machen, die es taten.

Frühe Computergraphiken waren natürlich langsam, unfertig und häßlich. Das Medium an sich interessierte mich nicht, also dachte ich, ich fasse mich einfach in Geduld und warte ab, bis die Graphiken gut werden. Zehn Jahre später waren sie gut. Nur war die Interaktion im großen und ganzen darauf reduziert worden, daß man auf etwas zeigte und es anklickte. Ich vermißte die Unterhaltungen, in die die Textspiele einen früher immer verwikkelt hatten. Vielleicht, dachte ich, könnte man beides miteinander verbinden ...

Etwa um die Zeit war ich mit mehreren Freunden dabei, eine neue digitale Medienfirma zu gründen, The Digital Village (<*http://www.tdv.com*>). Ich begann mich nach einem geeigneten Stoff für unser erstes großes Projekt umzusehen, ein Abenteuerspiel auf CD-ROM, bei dem modernste Graphik mit einem Spracherkennungssystem kombiniert und so der Spieler in die Lage versetzt werden sollte, die Figuren in ein Gespräch zu verwickeln. Und plötzlich trat das *Raumschiff Titanic* aus der Menge heraus.

Während der Arbeit an dem Projekt, das sich zu etwas Riesigem auswuchs, kam das Thema »Fassung in Romanform« aufs Tapet. Nun ist Romane schreiben das, was ich normalerweise tue, und das hier war eine prima Sache, denn in verblüffender Abweichung von meiner üblichen Praxis hatte ich mir eine Geschichte einfallen lassen, die nicht nur einen Anfang hatte, sondern auch eine Mitte und (kaum zu fassen) einen erkennbaren Schluß. Doch die Verleger bestanden darauf, daß der Roman zur selben Zeit wie das Spiel auf den Markt kommen müßte, damit sie das Buch verkaufen könnten. (Das kam mir komisch vor, weil es ihnen früher gelungen war, Bücher von mir völlig ohne irgendein begleitendes CD-ROM-Spiel zu verkaufen, aber dies ist Verlegerlogik, und Verleger kommen, wie wir alle wissen, vom Planeten Zog.) Beides gleichzeitig konnte ich nicht machen. Ich mußte mich damit abfinden, daß ich den Roman nicht schreiben konnte, es sei denn um den Preis, daß ich eben das nicht weiterführte, was ich mir als erstes vorgenommen hatte, nämlich das

Spiel. Wer also konnte möglicherweise den Roman schreiben?

Um die Zeit betrat Terry Jones das Produktionsbüro. Eine der Figuren in dem Spiel ist der Papagei eines halbirren Arbeiters, der an Bord des Raumschiffs zurückgeblieben ist, und Terry hatte sich einverstanden erklärt, die Rolle zu sprechen. Im Grunde ist Terry nur wegen dieser Rolle überhaupt geboren worden. Als er all die Graphiken und Trickfiguren sah, die wir im Laufe der Monate geschaffen hatten, geriet er über das ganze Projekt in ungeheuere Begeisterung und stieß die schicksalhaften Worte hervor: »Braucht ihr sonst noch was?« Ich sagte: »Willst du einen Roman schreiben?« und Terry sagte: »Klar doch. Vorausgesetzt«, sagte er, »ich kann ihn im Rohzustand, sozusagen nackt liefern.«

Terry ist einer der namhaftesten Menschen im bekannten Universum, und sein Gesäß ist nur ein klein bißchen weniger bekannt als sein Gesicht. Sein nackter Hintern ist natürlich immer nur dann zur Schau gestellt worden, wenn es aus künstlerischen Gründen unbedingt erforderlich war, aber seine Kunst ist von solcher Art, daß sich dies als außergewöhnlich oft herausgestellt hat. Von »Nackter Mann an der Orgel« und »Mann im Bett mit Carol Cleveland« aus den *Monty-Python*-Fernsehsendungen bis hin zum »Nackten Eremiten in der Grube« in *Monty Python's Life of Brian* (einem Film, bei dem er nackt Regie geführt hat, während das übrige Ensemble weitgehend bekleidet blieb) ist das künstlerische Leben für Mr. Jones eine einzige, lange Nakkedei-Herumbalgerei gewesen. Darüber hinaus ist er bekannt als Film- und TV-Regisseur, als Drehbuchautor, Mittelalterspezialist und als Verfasser von Kinderbüchern, zu denen die preisgekrönte *Saga of Erik the Viking* gehört, aber keine dieser Tätigkeiten bietet ihm genügend Möglichkeiten, sich völlig seiner Plünnen zu entledigen. Daher seine Bedingung, daß er *Raumschiff Titanic* nackt liefern würde. Hinzu kommt all die Frische, Leichtigkeit und lyrische Verletzlichkeit eines Mannes, der mit bloßem Hintern an seinem Textcomputer sitzt.

Ich hatte mir schon immer gewünscht, mit Terry irgendwann zusammen zu arbeiten, seit ich ihn vor fast fünfundzwanzig Jahren zum ersten Mal traf, als er auf einer grünen Vorortstraße in Exeter in einem hübschen Blümchenkleid eine kleine taktische Atomwaffe auf die Ladefläche eines Pferdewagens lud. Wie Sie wohl festgestellt haben, hat er einen alles in allem verrückteren, frecheren und wunderbareren Roman geschrieben, als ich es je geschafft hätte, und damit hat er sich diese wirklich einzigartige Titelei verdient –

»Papagei und Roman von Terry Jones.«

Douglas Adams

Raumschiff Titanic ist nicht nur ein Roman, sondern auch ein außergewöhnliches Videospiel mit Graphiken in Kinoqualität. Das Spiel arbeitet mit einem dynamischen Sprachprozessor, der die vielschichtige und amüsante Unterhaltung zwischen Ihnen – dem Spieler – und dem bunten Figurenensemble des Spiels erleichtert.

Von Simon & Schuster Interactive und The Digital Village publiziert, ist *Douglas Adams' Raumschiff Titanic* auf CD-ROM für die Betriebssysteme Windows 95 und Macintosh erhältlich. Sie finden es bei Ihrem Lieblings-Softwarehändler. Weitere Informationen über das Spiel erhalten Sie im Internet unter:

http://www.raumschifftitanic.com

Gegenüber der deutschen Fassung des Spiels weist die hier vorliegende deutsche Fassung des Buches einige wenige Abweichungen auf: Wir haben uns erlaubt, die *Bots Boter* zu nennen, immerhin sagen wir ja auch *RoBoter*. Und *Upgrade* mochten wir auch nicht einfach so stehen lassen, wir sagen lieber *Höhergruppierung*. Und *Kreide Bleich* heißt bei uns nach wie vor *Chalky White*, denn jene Schlacht, um die es geht (1915), ist nun mal ein *britisches* Trauma. Aber Sie werden sich schon zurechtfinden.

Der Verlag

Um ein Originalexemplar des Spiels zu erwerben, statten Sie Simon & Schuster Interactive im Internet einen Besuch ab unter:

http://www.ssinteractive.com

Mehr Neuigkeiten und Infos über Douglas Adams' neue Firma *The Digital Village* und über den Mann selbst sind zu finden unter:

http://www.tdv.com

Wenn Sie an den Werken von Douglas Adams interessiert sind, möchten Sie vielleicht ZZ9 Plural Z Alpha beitreten, dem offiziellen »Per-Anhalter-durch-die Galaxis«-Fanclub. Sofern Sie an Einzelheiten über diesen Club interessiert sind, schicken Sie einen adressierten Rückumschlag mit internationalem Antwortschein an: 67 South Park Gardens, Berkhamsted, Herts HP4 1HZ, Großbritannien. Oder statten Sie ZZ9 Plural Z Alpha im Internet einen Besuch ab unter:

http://www.atomiser.demon.co.uk/mh/faq/index.htm

Terry-Jones-Fans, Monty-Python-Fans und Norweger besuchen am besten:

http://www.pythonline.com

Dieses Buch wurde auf Recyclingpapier gedruckt,
das zu 75 % aus echtem Altpapier besteht.

Das Vorsatzpapier besteht aus 85 % Recyclingpapier,
der Überzug wurde auf 100 % Recyclingpapier gedruckt.
Der Karton des Einbandes ist aus 100 % Altpapier.
Das Kapitalband ist aus 100 % ungefärbter
und ungebleichter Baumwolle.

Letzte gesicherte Position
der Titanic